南部は沈まず(上)

近衛龍春

角川文庫
24210

目次

主な登場人物

南部《なんぶ》（田子《たつこ》）信直《のぶなお》　石川高信の庶長子。三戸晴政の娘婿。田子城主。幼名は亀九郎。
石川高信《いしかわたかのぶ》　信直の父。津軽郡代。三戸南部家二十三代当主安信《やすのぶ》の次男。
三戸晴政《さんのへはるまさ》　三戸南部家二十四代目当主。三戸城主。石川高信の兄。
安東愛季《あんどうちかすえ》　北出羽の檜山城主。南部領へ進出する。
九戸政実《くのへまさざね》　室町幕府から三戸家と同格と見なされる、九戸家十代目当主。
九戸実親《くのへさねちか》　政実の弟、仮名《けみよう》彦九郎。晴政の次女の婿。
照姫《てるひめ》（照《てる》ノ方《かた》）　南部家の支族、泉山古康《いずみやまふるやす》の娘。南部一の美貌と言われる。
大浦為信《おおうらためのぶ》　津軽三屋形の大浦氏の養子となり、のち当主となる。
石川政信《いしかわまさのぶ》　信直の異母弟。
北信愛《きたのぶちか》　剣吉城主。南部北家当主。
東政勝《ひがしまさかつ》　名久井城主。南部東家当主。

南慶儀《みなみよしのり》（盛義《もりよし》）　浅水城主。南部南家当主。

八戸政栄《はちのへまさよし》（政吉《まさよし》）　八戸家十八代当主。八戸城主。

南部利正《なんぶとしまさ》　信直の嫡男。母は照ノ方。

高田康真《たかだやすざね》（中野直康《なかのなおやす》）　九戸政実の末弟。斯波《しば》詮真《あきざね》の養子。

安東実季《あんどうさねすえ》　安東愛季の嫡男。湊城主。のちに秋田姓。

羽柴《はしば》（豊臣《とよとみ》）秀吉《ひでよし》　織田信長《おだのぶなが》亡き後、天下を統一し、太閤と称する。

前田利家《まえだとしいえ》　七尾城主。信長亡き後、秀吉の重臣となる。

浅野長吉《あさのながよし》（長政《ながまさ》）　信長、秀吉の重臣。豊臣五奉行の一人。

蒲生氏郷《がもううじさと》　黒川城主。秀吉から重用される武将。

伊達政宗《だてまさむね》　伊達家十七代当主。米沢城主。

徳川家康《とくがわいえやす》　遠江、三河の大名。秀吉に臣従する。

はじめに

現在、東北と言われる地域は六県からなっている。面積は約六万六千六百余平方キロメートル、人口はおよそ九百二十万余人。全国比の面積は十七・六パーセント、人口は七・二パーセント。人口密度は約百三十九人と、全国の三百三十九人と比べて極めて低い。

この広い東北は、かつて陸奥《むつ》と出羽《でわ》という二つの国に区分されていた。奥羽《おうう》に対して京都府は山城《やましろ》のほか丹波《たんば》と丹後《たんご》の一部、大阪府は摂津《せっつ》の一部と和泉《いずみ》、河内《かわち》に分けられていた。畿内の感覚で国分すれば三十ヵ国近くになっていたであろうが、二国ですませたということは、大和《やまと》朝廷の人たちの頭には、外国と言っても過言ではない、よく判らない遠い地だったに違いない。

日本海側の東北・出羽の由来は、かつて渡来したウデヘ一族が住んでいたウデが出《いで》、ヘが羽《は》となり、「いでは」が「では」に訛ったとか、越後（新潟県）の北に位置する「出端《では》」が「出羽」に変化したといわれている。出羽は大方、北出羽（秋田県）、南出羽（山形県）とされていた。県が成立する前の明治時代には北出羽を羽後国《うごのくに》、南出羽を羽《う》前国《ぜんのくに》と分けた時もある。

太平洋側の東北・陸奥の由来は、陸《りく》の奥と字に印されているとおりである。最初は道の奥が「みちのく」と略され、東北訛りで「むつ」と呼ばれるようになったという。朝廷の人々には未知の奥だったのかもしれない。諸説あるものの陸奥は、北陸奥（青森県）、東陸奥（岩手県）、中陸奥（宮城県）、南陸奥（福島県）とされていた。中でも北陸奥は一年の半分近くを雪と付き合わねばならない極寒の地でもある。

朝廷のある大和から遠い陸奥と出羽に住む人々は古くは蝦夷《えみし》と呼ばれていた。由来は遣唐使が唐に渡った際、唐の政権に逆らう周辺地域を唐の人々が呼んでいた名称の受け売りである。

飛鳥《あすか》時代には他の地同様に蝦夷《えぞ》の地にも国司《こくし》が設置され、政権下に組み込んだ。命令に従わぬ蝦夷に対して朝廷は、斉明《さいめい》天皇四年（六五八）四月、阿倍比羅夫《あべのひらふ》を蝦夷征伐に派遣して以来、何度も兵を出陣させて制圧し、服従を強いられて、豪族たちは服属と抵抗を繰り返した。郡司《ぐんじ》や郷長《ごうちょう》に任じられた各地の豪族は、国司に従いながらも、これを利用して力をつけ、平安時代には武士化して独自性を持つようになった。鎌倉時代の武士の世となると、これが顕著となり、奥羽の豪族たちは守護《しゅご》や地頭《じとう》と肩を並べている。室町時代も応仁《おうにん》の乱以降は奥羽でも下克上《げこくじょう》が横行し、官位官職を持とうとも、弱い者は敗れ去っていった。

室町時代の後期、北陸奥で強い力を持っていたのは南部《なんぶ》氏である。諸説あるものの同氏は清和《せいわ》天皇の血を引く源氏というのが一般的で、甲斐《かい》の南巨摩《みなみこま》郡南部邑《むら》より出たとされている。

新羅《しんら》三郎《さぶろう》義光《よしみつ》の曽孫・加賀美《かがみ》次郎《じろう》遠光《とおみつ》の三男・三郎光行《みつゆき》は文治《ぶんじ》五年（一一八九）、父と共に源頼朝《みなもとのよりとも》の軍に従って奥州・平泉《ひらいずみ》の藤原泰衡《ふじわらやすひら》討伐に参じて軍功をあげ、糠部《ぬかのぶ》の五郡を賜った。

糠部郡は北上《きたかみ》山系の北方、中山峠の山谷を水源とする馬淵川《まべちがわ》流域以北の汎称でもある。五郡とは北陸奥のほか東陸奥の北部と北出羽の東北に跨がる広大な領地で、階上《はしがみ》（三《さん》戸《のへ》）、北、津軽《つがる》、九戸《くのへ》、鹿角《かづの》郡とするが、糠部、岩手、閉伊《へい》、鹿角、津軽郡という説もあり、現在に至るまで定まっていない。のちに所領の正統性を主張するため、広範囲であることを記したのかもしれない。最近の研究では北陸奥の東半国と、東陸奥の北一郡ぐらいという説が有力視されている。

この広い地域の中には一から九までの戸《へ》が置かれ、接する東西南北の門、いわゆる四《し》門《もん》が設置され、それぞれが郡や郷に匹敵する単位となっていた。これを四門九戸と言う。戸は貢馬《こうば》置牧《ちぼく》のための地でもあり、村よりも大きい広域行政地域でもあった。

糠部の三戸に下向した加賀美光行は同地に南部出身の者であることを根付かせるために、南部三郎光行と名乗るようになった。

鎌倉の御家人《ごけにん》である南部光行は鎌倉に住んで幕府に出仕し、与えられた所領には一族あるいは代官を置いて所領の支配を行った。光行には六人の男子がおり、家督は次男の彦次郎実光《さねみつ》が継いだ。

承久《じょうきゅう》元年（一二一九）、南部実光は一族を率いて糠部に本拠を移し、本領の甲斐には弟の波木井《はきい》（波切井《はぎい》とも）六郎実長《さねなが》を残した。実光は兄弟を領内に配置し、それぞれの地名を姓とさせた。庶兄は一戸《いちのへ》彦太郎行朝《ゆきとも》、弟は順番に七戸《しちのへ》太郎三郎朝清《ともきよ》、四戸《しのへ》孫四郎宗朝《むねとも》、九戸五郎行連《ゆきつら》である。実光は父の光行同様、鎌倉に出仕して、三戸の本拠には代官を置いていたという。

鎌倉時代の後期、津軽で安藤《あんどう》の乱が勃発し、甲斐本領の波木井長継《ながつぐ》が糠部に出陣したことによって北陸奥と関わるようになった。新田《にった》義貞《よしさだ》の鎌倉攻めに従軍した波木井師行《もろゆき》は鎌倉幕府滅亡後、陸奥守《むつのかみ》の北畠顕家《きたばたけあきいえ》に従って北陸奥に下向し、八戸《はちのへ》に根《ね》城を構えて多《た》賀《が》国府《こくぶ》の顕家を支えた。これにより、波木井氏は八戸南部氏と名乗るようになった。幕府方についた三戸南部家に対し、倒幕方についた八戸南部家は本領の甲斐と合わせ、宗《そう》家《け》を凌《しの》ぐ力を持った。

南北朝期、三戸南部家は北朝につき、八戸南部家は南朝方について戦った。南北統一後、甲斐波木井の南部政光《まさみつ》は八戸に下り、三戸南部守行《もりゆき》の麾下《きか》となった。

応仁の乱に関わりなく、南部家でも同族争いが起こり、三戸南部家の勢力は弱まるものの、惣領家《そうりょうけ》として主導権を握っていたというのが通説であるが、別説は多分に存在する。

というのも、天文《てんぶん》八年（一五三九）、南部家第二十四代当主・晴政《はるまさ》の代に居城の三戸城が、寛永《かんえい》十三年（一六三六）には第二十七代当主・利直《としなお》の代に盛岡《もりおか》城が炎上して、古記録、書状の大半が焼失したとされているので、後年に編纂されたものに頼るしかなく、家譜、系譜が錯綜《さくそう》、混乱している。南部藩となった一族にとって都合の悪い書類は処分されたのかもしれない。

北畠顕家などの書状により、南部師行が糠部奉行や津軽一方検断《いっぽうけんだん》などの要職に任じられたことが確認できる。『八戸家伝記』などによれば、これによって南部氏の北陸奥支配の足掛かりを作ったとしているが、自家の由緒を強調する中で、改変された部分もなくはない。

残された史料を纏《まと》めると、大方次のようになる。

南部光行が源頼朝から糠部郡を与えられたという正式な史料はない。光行の嫡子・実光が、鎌倉幕府の執権・北条得宗家《ほうじょうとくそうけ》の時頼《ときより》の最期の時に看病にあたっていることが『吾妻鏡』に記載されている。南部惣領家は得宗家の有力な身内人でもあったことが明らかでもあるので、鎌倉時代、南部氏は甲斐に本領を置き、糠部には入領していなかった。

弘安《こうあん》八年（一二八五）に霜月《しもつき》騒動が起こり、鎮圧後、連座した御家人は処罰された。この中に南部家第四代目の当主と思《おぼ》しき孫次郎（政光《まさみつ》）の名が見られる。切腹こそ免れたものの、惣領家の地位は幕府によって剝奪《はくだつ》され、孫次郎から孫次郎の弟の政行《まさゆき》に移された。政行の次男が師行《もろゆき》である。これが八戸南部氏の祖ということになり、三戸南部氏の祖は政行の末弟の義元《よしもと》となる。鎌倉幕府が崩壊したのち、建武《けんむ》新政下の陸奥国府では、北畠顕家が中陸奥の多賀城で奥州小幕府体制を築いて執行。この時に南部師行は糠部に入領し、その下で郡検断《ぐんけんだん》奉行として糠部を中心に活躍した。三戸南部家は逸早く北朝方を支持したというが、のちまで南朝年号を使用しているので、後世の歪曲の可能性が極めて強い。

南部氏は八戸南部家を惣領として根城に居城を構え、一族の大半も甲斐から北陸奥ならびに東陸奥の各地に移り住み、一戸、二戸《にのへ》、三戸……九戸とその地名を姓にした。

八戸家の家督争いを機に三戸城の三戸家が台頭し、惣領家として諸家を主導するようになった。ただ、三戸家が圧倒的な力を持つものではなく、諸家はそれぞれ強い独立性を保持していた。

あくまでも三戸家は南部連合体の盟主であり、強大な家中への統率力は持ち合わせていないので、同族間の争いが絶えない。それでも三戸家は室町幕府からは関東衆の一大名として認められているので、南部諸家も理不尽な要求さえなければ従っている。中には大浦《おおうら》(のちの津軽)氏のように、南部家支流から頭角を現し、主家を凌ぐようになった家もある。

また、激動の戦国後期を生き抜いた信直《のぶなお》の父・石川高信《いしかわたかのぶ》の生年等には諸説あり、晴政の弟と叔父説に分かれている。南部氏が記載される系図で一番成立が古い『寛永諸家系図伝』では晴政の弟とされていることもあり、ここ近年の研究でも晴政の弟としている。

南部の血を引く者たちは、家督をめぐる熾烈な同族争いをしながら、周囲の豪族、国人衆と戦い、天下統一の荒波に飲み込まれていくのを止めることができなかった。

第一章　確執のはじまり

一

南北朝期以降、北陸奥《むつ》（青森県）のほか、東陸奥（岩手県）と北出羽《でわ》（秋田県）の一部までをも掌握した南部家の中に東家《ひがし》、西家《にし》、南家《みなみ》、北家《きた》と方角を姓としている一族がある。

東家を除く三家は惣領の三戸《さんのへ》家から枝分かれした一族であり、三戸城の四方に居屋敷を構えたことから、各位置が家名として呼ばれていた。

西家だけが異質で、同城から二里半ほど南西に位置する田子《たっこ》城を居城とすることから、西家ではなく田子家と呼ばれていた。南部家最大の軍事力を誇る家なので特別視されている。

田子城の城主は田子信直《のぶなお》が務めている。信直は天文《てんぶん》十五年（一五四六）三月一日、石《いし》川《かわ》高信《たかのぶ》の庶長子として、東陸奥の岩手郡・一方井《いっかたい》城で誕生した。母は一方井定宗《さだむね》（安倍《あべ》貞宗《さだむね》とも）の娘で、この女性は高信の側室だったため、高信は嫉妬深い正室に気遣い、信直を実家で産ませたという。

父の石川高信は、これまで田子姓を名乗っていたが、不安定な津軽《つがる》郡を治めるため同郡の郡代として石川城に妻子を連れて移動したので、地名の石川を称するようになった。信直は本領を守っていることになる。

信直の幼名は亀九郎《かめくろう》といった。一方井城下に修験者の自光坊《じこうぼう》が住んでおり、亀九郎の利発さに感心して読み書き、学問を教えたので、永禄《えいろく》元年（一五五八）頃、二十四代目当主の晴政《はるまさ》の命令で三戸城に迎えられる時には、『孫子《そんし》』や『呉子《ごし》』などは読破していたという。

亀九郎は三戸城で元服して九郎信直と名乗り、晴政の長女・亀姫《かめひめ》と結婚して三戸家の世子《せいし》となった。残念ながらこの女性は、結婚後、数年のうちに病死したので、再び信直は一人身のままでいた。

晴政には死去した長女のほかに四人の娘がおり、すでに嫁いでいたので、新たに養女を迎え、信直に妻せる《めあわ》という話も出ていた。

（婿は疲れる。嫁は迎えるものじゃ）

田子城に戻った信直は肚裡《とり》で独りごつ。家督の第一候補なので、三戸城での生活は窮屈なもの。毎日行う朝駆けにすら、一方井以来の近習のほか、監視役が付けられていたので息が詰まる。跡継とされていたので、万が逸のことがあってはならない、ということは理解しているが。

信直が田子城に戻ったのは出陣するためである。北出羽の檜山《ひやま》城に居を置く安東愛季《あんどうちかすえ》が、同国内の南部領・鹿角《かづの》郡の攻略を目論み、永禄七年（一五六四）から進出。前年の同十年（一五六七）、ついに長牛《なごし》城を攻略されてしまった。信直は晴政から同城を奪還する総大将に任じられた。

信直の容姿は引き締まった体軀《たいく》で長身。彫りの深い細面《ほそおもて》のせいか、鼻骨が高く頬骨が目立っている。眼光鋭く、力強く髭が跳ね、唇は「へ」の字に結んでいるので、普通にしていても他人には気難しく映るかもしれないが、本人は優しい顔だちだと思っている。

すでに信直は鉄錆地塗浅葱糸素懸威二枚胴具足《てつさびじぬりあさぎいとすがけおどしにまいどうぐそく》に身を包み、その上から緋羅紗《ひらしゃ》の陣羽織《じんばおり》を羽織り、主殿《しゅでん》に据えた床几《しょうぎ》に腰を下ろしていた。出陣前の神聖な刻である。

「用意が整いましてございます」

伯父で田子家の家老を務める一方井安宗《やすむね》が告げる。安宗は定宗の嫡子である。

「承知」

闘志溢れる信直の前に三方《さんぼう》が運ばれた。上には干し鮑《あわび》、勝ち栗、結び昆布が乗せられている。鮑は打ち鮑と呼ばれ、打って、勝って、喜ぶという験《げん》に因《ちな》んだもの。武将の出陣には欠かせない。どれほど闘争心が滾っていても、目に見えぬ拠り所は欲しいところである。

（周囲は儂《わし》を、たまたま惣領家の婿になったゆえ、跡継のように見ておるが、才あるゆえ選ばれた、と考えを変えさせてやる。儂は実力で南部家の当主となり、今よりも強固な家を築くのじゃ）

覇気に満ちた信直は干し鮑から順に、口に運んでは嚙み砕き、それを酒で胃に流し込んだ。

「長牛城を奪い返し、鹿角から安東を一掃する。いざ、出陣じゃ！」

信直は床几を立って盃を床に叩きつけて割る。

「おう！」

破片が飛び散る中、主殿に居並ぶ田子家の重臣たちのほか、剣吉《けんよし》城主の北信愛《きたのぶちか》、浅水《あさみず》城主の南盛義《みなみもりよし》、八戸《はちのへ》城主の八戸政吉《まさよし》、佐々木《ささき》舘主《だてぬし》の佐々木綱氏《つなうじ》などが鬨《とき》で応えた。

大音声《だいおんじょう》が響く中、信直は大股で主殿を出た。外には栗毛の駿馬が曳《ひ》かれており、黒漆《くろうるし》塗《ぬり》の鞍《くら》が乗せられていた。大柄の信直なので、騎乗すると周囲からは凜々《りり》しく見えることであろう。跨ぐと、それだけで歓声が上がった。

「出立！」

信直は馬上で号令をかけ、軍勢を進ませた。声を放てば息が白んだ。北陸奥の三月初旬は、平地でも残雪を見ることができる。真冬ほどではないにしろ、雪の上を通るので、まだ風は冷たく、陽の出ない日は身震いするほどである。

軍勢は北信愛勢を先頭に雪を踏み締めながら、来満《らいまん》街道とも言われる三戸街道を西に向かう。信直の馬印である白地に黒の『二引両と南部鶴』のほか、縹地《はなだじ》に白の『九曜《くよう》紋《もん》』が晴れた空に翩翻《へんぽん》と翻《ひるがえ》り、これに諸将の旗指物《はたさしもの》が靡《なび》いた。具足、甲冑《かっちゅう》の摩擦音や地を踏む音、馬蹄《ばてい》が続いた。

（以前は参陣しただけに終わったが、こたびは我が手で敵を敗る。儂が大将じゃ）

信直は晴政らに従い、二度にわたって鹿角郡に出陣したが、いずれも碌《ろく》な戦いもせずに帰城していた。大将の本陣にいたので致し方ないことかもしれないが、攻めあぐねたり、膠着状態が続く時に大将が後方にあって采《さい》を振るだけで戦を勝利するのは難しいと信直は考えている。

（奥羽で動かせる兵の数は上方のように多くはない。参陣した全兵をうまく使うのが大将じゃ）

これが信直の戦術であり、暮らしを含める根本でもあった。

（いずれは儂も万余の兵を采配してみたいの）

北信濃で上杉輝虎《うえすぎてるとら》（謙信《けんしん》）と武田信玄《たけだしんげん》が戦った川中島《かわなかじま》合戦などの情報も田子に伝わっている。奥羽の兵を纏め、関東方面に進軍するのが信直の夢でもあった。このたび率いた兵は一千五百ほど。

（その前に安東を討つ）

永禄十一年（一五六八）の春、二十三歳の信直は馬に揺られながら希望に目を輝かせた。

田子城から四里ほど西に向かい、来満峠を越えると北出羽の鹿角郡となる。信直はさらに兵を道なりに四里半ほど進ませ、大湯《おおゆ》で足を止めた。大湯川の南岸にある丘陵（比高約七十メートル）に大湯四郎左衛門《しろうざえもん》昌次《まさつぐ》の鹿倉館《かくらだて》が築かれている。昌次は時には南部、時には安東と侵攻してくる多勢に下って生き残りを図っている。小領主ならではの処世術である。

信直が着陣すると、即座に挨拶に罷《まか》り出た。

「お待ちしておりました。どうぞ、館《やかた》にてお寛《くつろ》ぎください」

慇懃《いんぎん》に出迎えられ、信直は鹿倉館で具足を外した。同館のすぐ北には大湯館や古館をはじめ、周囲には大湯氏の館が点在している。南部家の家臣たちも草鞋《わらじ》を脱いだ。戦の前に弛緩の懸念はあるものの、同地は温泉も出るので、心身共に休養するにはいいところである。

信直の到着を知り、長牛城に近い小豆沢《あずきざわ》大日堂《だいにちどう》別当《べっとう》の刑部左衛門《ぎょうぶざえもん》や毛馬内《けまない》信次《のぶつぐ》が挨拶に訪れた。

大日堂は長牛城から一里ほど北に位置する地に鎮座しており、南部家が古くから崇拝している神社である。文明《ぶんめい》十八年（一四八六）に荒廃したおりには、南部十五代当主の政盛《まさもり》が堂舎を修造している。中世の寺社勢力は兵力としても期待できた。

毛馬内信次は南部家二十三代当主・安信の末弟で、当初は秀範《ひでのり》と称していたが、毛馬内氏を継いで改名している。信直にとっては大叔父にあたる。三戸家の鹿角郡支配の楔《くさび》の役割を担っていた。

「長牛の様子はいかがか」

鹿倉舘の主殿で信直は、大日堂別当の刑部左衛門に問う。

「まだ田子殿の出陣を摑んでおらぬ様子。安東からの後詰もありませぬ」

大日堂刑部左衛門が答える。ある意味、南部家は大日堂の氏子《うじこ》でもあるので、熱心である。

「それは重畳《ちょうじょう》。安東から大日堂が焼き討ち等に遭うことは？」

「当大日堂には天照大神《あまてらすおおみかみ》や吉祥姫命《きちじょうひめのみこと》のほか十一柱が祀《まつ》られております。神の祟りを恐れてできますまい」

「左様なこととなれば、遠慮なく仕寄せることが出来るな」

信直は安堵した。戦《いくさ》に勝利する自信はある。一番面倒なのは、安東氏が直に南部家に攻撃を仕掛けてこず、領民など弱いところを攻めて、民心を南部家から離すこと。一つの地域でも領民を守れなかったとなると、各地に噂が広まって南部家が所領を統治していくことが困難になる。決して刈田、狼藉、放火などをさせてはならなかった。

その後も信直は長牛城のことを細々と聞いた。

翌日、津軽から羽州《うしゅう》街道を通り、清水《しみず》峠を越えて北出羽に入り、のちに濁川《にごりがわ》街道と呼ばれる間道を進み、信直の父・石川高信が一千の兵を連れて参じた。

「お待ちしておりました」

久々に会う父を信直は舘の外で出迎えた。石川高信は惣領家の軍事力を支える最功労者であり、当主で兄の三戸晴政から信頼され津軽郡代を任されている。信直としても、父の参陣は心強い。

「こたびは大将か、重責を任されたの。気負わず采を振れ。儂は一兵卒として鑓《やり》を振るおう」

息子の成長を喜び、石川高信は笑みを向ける。知命《ちめい》（五十歳）も近い高信、鬢《びん》に白いものが目立つようになってきたものの、気概は失われていないようだった。

「彦次郎は息災ですか？」

信直は異母弟のことを気遣った。正室の子なので石川家としては嫡子ということになる。

「まだ前髪の子供じゃ。近く元服させるゆえ、その時は面倒を見てくれ」

「なんの父上が後見ゆえ、左様な必要はありますまい。彦次郎が元服すれば、ますます津軽は安泰。北から安東を追い詰めることができますな」

「そのつもりじゃ。そのためにも、こたびこそは長牛城を落とさねばの」

石川高信の言葉に信直は頷いた。

安心している石川高信と信直親子であるが、この時、津軽では石川麾下にあって大浦《おおうら》家を継いで一年ほどになる為信《ためのぶ》が、怪しい画策をしはじめているものの、南部家は、まだこの事実を摑《つか》んではいなかった。高信は、まだ大浦家が混乱しているからと、為信の参陣を免除していた。

「九戸《くのへ》の姿が見えぬが、同陣するのか」

石川高信の目が少し険しくなった。高信のいう九戸は、晴政の次女を娶《めと》る実親《さねちか》の兄・政実《まさざね》のこと。南部領の南に勢力を持ち、高信ともども両輪として南部家の軍事力を支えてきた武将である。

「我らとは別の路を通り、長牛城を挟み撃ちにする手筈になっております」

「左様か。彼奴は曲者《くせもの》じゃ。気を許すではないぞ」

「承知しております」

信直は首を縦に振る。九戸政実は表向き三戸家を惣領家と仰ぐものの、家臣という意識はほとんどない。というのも、当主の許可も得ず、隠居した先代の信仲《のぶなか》は都の将軍家に使者を送り、晴政ともども亡き足利《あしかが》十三代将軍・義輝《よしてる》から関東衆の一人として認められている。晴政は将軍に謁見《えっけん》したこともあるにも拘わらず、幕府からは上洛したこともない信仲と同格として見られていることになる。相当の贈物をしたことが窺えた。家督第一候補の信直としては、油断のできぬ存在だった。

城攻めに際し、信直は種市吉廣《たねいちよしひろ》と、長牛旧城主の友義《ともよし》を遣わし、周囲の国人衆に対し、麾下に参じるならば本領を安堵し、功によっては恩賞を与えるが、聞き入れなければ容赦なく討ち取ることを伝えさせた。南部軍が三方から数千で迫るとも触れさせたので、国人衆は挙《こぞ》って信直に対し、忠節の申し入れをしてきた。

「思いのほか慎重じゃの。若いゆえ、遮二無二城に向かうと思っていたが」

息子の策を父は評価する。

「父上に習いました。人は力。無駄な血は流さぬがよいと」

「されど、降伏ばかり許していては、恩賞を与える土地がなくなる。討たねばならぬ時もあるぞ」

「それは他国にて行います。敵は多いゆえ、足りなくなることはないでしょう」

信直の返答に石川高信は頰を吊り上げた。

種市吉廣らの説得で小枝指宗完《こえさしむねさだ》、柴内親教《しぼうちちかのり》といった国人衆が安東氏から離反することを申し出てきた。片や大里親基《おおさとちかもと》、花輪《はなわ》親行《ちかゆき》、長内昌茂《おさないまさしげ》らは南部家に従えぬと郡外に逃れている。これによって長牛城は孤立することになった。

「そなたは九戸勢を案内するように」

信直は長牛友義に命じて南に向かわせた。

打てる手は打った。あとは城攻めに踏み出すまでである。信直は大日堂刑部左衛門を先導として軍勢を進めた。一里半ほど南西の毛馬内で鹿角（津軽）街道に入り、三里ほど南に向かって長牛城から半里ほど北の三ヶ田《みだ》に着陣した。

父の石川高信には後詰として三ヶ田から半里ほど北の大里館に備えてもらった。

「すぐに仕寄せますか」

一方井安宗が問う。

「一日、九戸を待つ。抜け駆けしたなどと言い掛かりをつけられても腹立たしいゆえの」

「大将より遅れて参じるなど忌々《ゆゆ》しきこと。気遣いなど無用にござる」

憤《いきどお》りをあらわに一方井安宗は主張する。

「そう申すな。血気に逸《はや》るは尻の青い証、などと言わせぬため。物見を放って、城の様子を詳《くわ》しく探らせよ。采を振ったのちは、一気に片をつける」

「承知致しました」

不服そうに一方井安宗は応じ、配下を長牛城に向けて放った。

長牛城は夜明島川《よあけじまがわ》の東岸に隆起する東西に広がる舌状台地《ぜつじょうだいち》（比高約二十メートル）の先端に位置する平山城である。すぐ東を支流の水沢川《みずさわかわ》、熊沢川《くまざわかわ》が流れて、天然の堀としている。城の形状は丘陵に空堀を設け、東のタタラ舘と八幡舘《はちまん》の間を硯川《すずりがわ》で分け、八つの郭が造られている。

「城に籠る兵はおよそ五百。我らの着陣を摑んだようで、城門を閉ざして堅く守っております」

物見のほか、大日堂刑部左衛門や小枝指宗完ら周囲の国人から聞き、一方井安宗が報告する。城代は長牛城攻略に奮戦した浅利勝頼《あさりかつより》家臣の七兵衛と阿仁《あに》（嘉成《かなり》）貞清の家臣・重兵衛《じゅうべえ》だという。

「左様か。夜討ちに気をつけさせよ」

「畏《おそ》れながら、逆に我らが夜討ちをかけてはいかがにございましょう」

「敵の五倍の兵を有する我らが、堂々と仕寄せる前に夜討ちするのは常道に反しよう」

城攻めは籠城兵の三倍をもって対等とし、五倍をもって優勢とする。信直は夜襲を許さなかった。あくまでも正攻法で陥落させるつもりでいた。

進言を却下された一方井安宗は落胆しつつも、家臣たちに信直の下知を伝えさせた。

南に向かわせた使者によれば、翌日、九戸政実が着陣するとのこと。信直は翌日を心待ちにした。

翌日の昼前に九戸政実が長牛城から半里ほど南に着陣した。政実は五百の兵を率いて宮野《みやの》城（九戸城）を出立し、奥州道中を南西に進み、途中で進路を西に変え、七時雨山《ななしぐれやま》を越えて鹿角街道を北西に向かい、田山《たやま》を通過して北出羽の鹿角郡に入郡。ここで長牛友義に合流、友義を先導の下に到着した。これで南部軍は三千を数えることになる。

九戸政実は陣を動かず、家臣が使者として詫《わ》びの口上を伝えに来たところである。

（儂が大将に任じられたゆえ、嫉妬もし、軽んじてもいるのであろうな）

判らないわけではない。九戸政実は歴戦の勇将で、信直よりも十歳年上。見下すのも無理はないかもしれないが、信直としては腹立たしい限り。

「即座に仕寄せるゆえ、搦手《からめて》から進むように申せ」

信直は九戸政実の遣いに命じて、帰陣させた。

（蔑《ないがし》ろにするのは許さん。儂が石川高信の息子で、同等以上の将才があること見せつけてくれる）

敵とともども信直は同僚への闘志を燃やした。

約四半刻後、信直は本陣で采を振り下ろした。

「かかれーっ！」

信直の怒号と共に南部勢は城に向かって殺到する。先陣は北信愛と、三戸城近くの川守田《かわもりだ》館主の川守田常陸正広《ひたちまさひろ》で、城の北東から攻めかかる。二陣は南盛義と田子城に隣接する佐々木館主の佐々木綱氏で、城の北西から猛進する。東政勝《ひがしまさかつ》と旧惣領家の八戸政吉は後備《あとぞなえ》とした。

少し遅れて九戸勢は長牛友義を先鋒として南の搦手から攻め上がった。

各登り口は狭く、城兵はそこに弓、鉄砲を集めて接近を阻止している。ほかの地は傾斜が急で、空堀に阻まれて破るのは困難。一刻経っても突破口を見出せない。寄手は攻めあぐねた。

鎧袖一触《がいしゅういっしょく》するつもりであったが、思惑どおりにはいかず、苛立った信直は床几を立った。

「かような小城になにをしておるか！　兵数は十分であろう」

「落ち着かれませ。大将は雨、風のみならず、矢玉が降っても床几から動かぬものでござる」

一方井安宗が窘《たしな》めるものの、信直は聞かない。

「戯《たわ》け、退くのではないわ。先陣の尻を叩きに行くのじゃ」

言い放つや、信直は本陣から歩みはじめる。

「お待ちくだされ。大将が前線に立つなど軽はずみ過ぎます。先陣の将にも自尊心がござる」

「まごまごしていれば、九戸に先を越される。さすれば、そちは愚将の家老になり下がるぞ」

信直の一番の懸念であった。

「それと、父上は常に先陣を駆けていたはず」

「畏れながら、左衛門尉《さえもんのじょう》（石川高信）様は惣領家の先陣。殿は惣領家の跡継、自《おの》ずと役目も異なりましょう。殿に流れ玉でも当たれば、こたびの戦は城を落としても南部の負けにござる」

必死に一方井安宗は止めだてるが、信直は応じるつもりがない。

「何事も最初が肝心。矢玉は兜で弾くゆえ安堵致せ」

信直は金の三日月を前立《まえだて》とした鉄製の鉄錆地塗椎実形筋兜《てつさびじぬりしいのみなりすじかぶと》をかぶっていた。重いが矢玉を弾く優れものである。一方井安宗に笑みを向けた信直は前線に向かった。

最前線では北信愛と川守田正広勢が交互に攻めかかっていたが、矢玉で足留めされている。信愛は南部一族なので、なにかと弊害が出るかもしれないので、正広の許《もと》に進んだ。

「大将が、かようなところになにをしにまいられた？　儂を信じられぬのか！」

信直を見た川守田正広は憤りをあらわに吐き捨てる。

「そなたの剛弓、直に見たくての」

川守田正広の闘争心を煽るように信直は言う。正広は三戸城から六町ほど北に位置する川守田館の主で、大弓を巧みに引く剛勇で通り、川守田館から三戸城に矢を放って急を報《しら》せたという逸話が残されている。実際に同館から三戸城まで一矢で届く距離ではないが、それでも誰よりも遠くから敵を倒す腕は北陸奥一と言われている。信直は三戸城で正広から弓を習ったこともあるので、気心が知れていた。

「承知。篤《とく》と御覧《ごろう》じろ」

自信満々に告げた川守田正広は大弓を引き、一気に弦《つる》を弾いた。途端に矢は大きく弧を描くように飛び、一町以上も先にいる敵の喉を射抜いた。

どうだ、といった目で川守田正広は信直を見る。

「さすが常陸。そなたに弓では敵《かな》わぬ。誰ぞ鉄砲を貸せ」

なかなか当たらない鉄砲衆を見かねて、信直は川守田家の家臣に命じた。

即座に玉込めした鉄砲が手渡された。畿内ほど多くはないものの、北陸奥にも鉄砲は伝わっている。多く欲しいところであるが、高価で貴重な品なので、求めるだけ手にすることはできなかった。

受け取った信直は筒先を敵に定め、引き金を絞った。刹那、筒口は火を噴き、轟音と共に周囲に硝煙《しょうえん》を撒き散らす。それでも、敵の胴を貫通して撃ち倒した。信直は鉄砲を得意としている。

「信直様もなかなかに」

「儂への阿諛《あゆ》など言う暇があれば、敵を射よ。九戸の兵が一番乗りしたら恥ぞ」

「左様なことなどさせぬ」

顔から笑みを消し、川守田正広は休む間もなく矢を放ち、敵を射倒した。信直は鉄砲の玉込めをさせながら、正広の腕前を堪能している。用意が整うと咆哮させた。

（玉込めの最中は弓を使えば隙を生まずにすむか。城の攻防には向いているが、野戦ではどうか）

轟音を響かせながら、信直は鉄砲の最大有効性を模索していた。

前線で信直と川守田正広が争うように敵を倒していると、南部勢は優勢になり、ついに大手門を破ることに成功した。

「押し立てよ！」

信直は大音声で叫び、先陣の二家を突撃させた。大将として、さすがに家臣となる者たちと戦功を争うような真似は控えた。劣勢にでもなれば戦うつもりではいるが。

北、川守田勢は城兵を蹴散らしながら大手道を駆け上がる。城門を破られたことで城兵は動揺している。寄手は勢いに乗って接近戦で圧しに圧す。南に向かって登り、すぐ東が八幡舘、西が本丸。川守田勢は八幡舘に、兵数の多い北勢は取り決めどおりに本丸に殺到した。

南部兵は次々に八幡舘や本丸に雪崩込み、剣戟《けんげき》を響かせた。当初は互角以上に戦っていた城兵であるが、兵数の不利は気概だけではどうにもならず、寄手の餌食にされた。

大手門が突破されると、搦手の城兵が狼狽《うろた》えた。旧城の奪還に執念を燃やす長牛友義らは命を顧みずに攻めたこともあり、ついに城門の中に突入した。

南北から寄手が城内に突撃したことを知った城代の浅利七兵衛と阿仁重兵衛は、配下に徹底抗戦を厳命するものの、城兵たちは戦意喪失して西の桃枝《どうじ》（道地）へ通じる抜け道へと逃れていく。

「逃すな。追い討ちをかけよ」

北信愛らは下知を飛ばし、散々に追撃して安東兵を討ち取った。

「えい、えい、おーっ！　えい、えい、おーっ！　えい、えい、おーっ！」

夕刻前に長牛城は陥落し、南部軍の鬨が谺《こだま》した。

大将として初めて兵を与《あず》かった戦で勝利した。信直も満足の体《てい》である。

二

首実検ののち、本丸の主殿に諸将は顔を揃えた。大将の信直は首座に腰を下ろし、諸将は左右の壁に居並んだ。その中には遅れて参陣した九戸政実の姿もある。

「こたびの戦勝、御目出度う存ずる」

他人事のように九戸政実は言う。

政実の九戸家は田子の南の東陸奥に一大勢力を持つ南部一族である。永禄六年（一五六三）五月に記された幕府の『諸役人附』の関東衆の中に南部大膳亮《だいぜんのすけ》（晴政）と共に九戸吾郎（信仲）の名がある。九戸家は田子家同様、三戸南部家の両輪として働いてはいるものの、幕府からは対等に近い存在として認識されていた。

九戸氏は南北朝で活躍した結城《ゆうき》親朝《ちかとも》の小笠原《おがさわら》一族だという説もあるが、南部光行《みつゆき》の六男・行連《ゆきつら》の系譜というのが一般的で、行連から数えて十代目の当主が政実である。父は九戸信仲で、母は八戸信長《のぶなが》の娘なので、かつての惣領家の外孫ということになる。政実は四戸《しのへ》政恒《まさつね》の娘を娶り、間には女子が一人誕生している。この年三十三歳、左近将監《さこんのしょうげん》を官途名としていた。

政実の「政」の字は三戸晴政からの偏諱《へんき》といわれているが、実際は義父の政恒からのもので、のちに家督の正統性を主張するために晴政からと公言したのかもしれない。

「重畳至極《ちょうじょうしごく》。九戸殿の参陣があったればこそ」

遅滞については言及せず、信直は嫌味を滲《にじ》ませながら鷹揚《おうよう》に答えた。

北信愛、川守田正広らへの論功の権限は信直にはないので、賞賛の言葉をかけた。長牛友義に対しては、搦手の働きを褒め、旧領の安堵と、褒美として佩刀《はいとう》と鉄砲一挺を与えた。これは長牛城奪還のおりに、活躍に応じて信直が晴政に許されていたことである。

「有り難き仕合わせに存じます」

長牛城主に返り咲くことができ、長牛友義は声を震わせながら礼を口にした。

九戸政実は、この戦いでは恩賞が得られぬと思っているのか、長牛友義を先陣にして申し訳程度に追撃を行うばかり。兵の損失を抑え、活躍の場を他の地に求めるつもりのようである。計算高くはあるが、嗅覚の鋭い武将なので、信直は政実の動向を注視した。

その晩、ささやかな戦勝祝いの酒宴が催され、信直は喜びに盃を重ねた。

翌日、信直は残党狩りを行わせ、鹿角郡から安東氏を一掃した。その後、信直は小枝指宗完が奪われた旧領を戻して安堵し、大日堂刑部左衛門の弟の宮内《くない》に同郡の湯瀬《ゆぜ》村の地を恩賞として与え、この地における仕置を終えた。

帰途に就くにあたり、父の高信が信直に向かう。

「こたびの采配は見事であった。難はそちが前線に出たこと。古今東西、大将が前に出れば兵は勇むが、流れ玉でも当たって命を落とせば、その戦に負けるどころか、家を滅ぼすことになる。自身が戦って勝てる戦には限界がある。大将になったら、いかに兵を使うかを思案するがよい」

家老の一方井安宗と同じことを言われた。

「父上は？」

「津軽の郡代と惣領家の当主とは違う。そちは采以外を手にすることなく勝つ算段を工夫せよ」

「ご助言、肝に銘じておきます」

戦はただ勝てばいいだけではないらしい。信直は大将の難しさを考えながら長牛城を後にした。

惣領家が居城とする三戸城は、北陸奥では南方にあたる三戸盆地のほぼ中央に屹立する、独立した丘陵（比高約九十メートル）に築かれた山城である。東を流れる馬淵川《まべちがわ》と北から西に流れる熊原川《くまはらがわ》を天然の惣濠《そうぼり》とし、東西約八町半（約九百三十メートル）、南北二町（約二百二十メートル）の規模を誇っていた。頂部に主郭の本丸を置き、階郭式《かいかくしき》縄張《なわば》りで、十人以上の重臣の屋敷が敷設《ふせつ》されていた。二ノ丸、三ノ丸という名称はなく、それぞれ北の谷丸、東は淡路《あわじ》丸と呼ばれている。水も豊富で、攻められても簡単に落ちる城ではなかった。

かつては三十二町（約三・五キロ）ほど北に位置していたが、天文八年（一五三九）に旧三戸城が焼失したので、右の地に新三戸城として再建し、新たな城下町を構築したのは南部二十四代当主の晴政である。

信直は意気揚々と凱旋《がいせん》し、晴政の前に罷り出た。

「不肖、信直、お屋形様の兵を与り、鹿角郡を平定してまいりました」

「重畳至極。よき働き、さすが我が婿、頼もしい限りじゃ」

笑みを湛えて晴政は労《ねぎら》う。すでに信直の正室、晴政にとっての長女は死去しているが、未だ信直を婿として優遇している。婿の件に関して信直としても悪い気はしない。少々鬱陶《うっとう》しくはあるが。

晴政はこの年五十二歳。戦上手ではないが、決して無能な武将ではなかった。天文三年（一五三四）、東陸奥の閉伊《へい》一揆を討ち、同五年（一五三六）には領内の浅水城で反旗を翻した工藤《くどう》秀信《ひでのぶ》を攻めて鎮圧。同八年（一五三九）には築城のほかに上洛を果たして足利十二代将軍・義晴《よしはる》に謁見して「晴」の字を偏諱として受け、安政《やすまさ》（晴信《はるのぶ》とも）から晴政と改名している。翌九年（一五四〇）には東陸奥の岩手郡を平定し、戸沢《とざわ》政安《まさやす》を出羽の秋田に逃亡させた。いずれも石川高信や九戸政実ら強い麾下の一族に恵まれたことが背景にはある。

これまで惣領家と言われていた八戸南部家第十四代目の当主・信長が国許の政《まつりごと》を顧みず、都に上って遊興に明け暮れていた。この間、晴政は南部諸家の城主を手なずけ、八戸南部家の家臣たちを取り込み、南部家全体の主導権を握ろうとした。

晴政の画策を知った南部信長は慌てて帰国したものの、八戸南部家は枝分かれした七《しち》戸《のへ》南部家や新田《にいだ》家、姻戚の九戸南部家などが争うようになり、収拾がつかない。争乱が収まらぬ中で信長が滅び、新田行政《ゆきまさ》が惣領家の座に就くものの、行政は永禄十年（一五六七）に死去して、再び内訌《ないこう》が続く。諸将が疲弊した時、武力で晴政が押さえ、三戸南部家が惣領の地位を掌握した。

「彦九郎（九戸《くのへ》実親《さねちか》）は一緒ではなかったのか？」

晴政は次女の婿を気にしていた。

「同陣致しました。和賀《わが》（義次《よしつぐ》）の動きが怪しいと、帰城しております」

九戸政実は東陸奥の西に勢力を持つ和賀義次と争っていた。

「左様か。残念じゃの。婿を並べての戦勝祝いは、さぞ賑やかであろうに」

冗談口調で晴政は言うが、表情は少し曇った。

（我が妻は死んでおる。やはり跡継には生きている娘の婿を据えるつもりかのう）

信直は晴政の面差《おもざ》しを見て、以前から抱いていた危惧《きぐ》を強くした。このまま信直に家督を譲れば、晴政は絶対に血を引く嫡孫を抱くことはできない。長女が存命だった時でさえ、信直への家督は、生まれてくるであろう嫡孫が成長するまでの陣代《じんだい》（代理）であると噂されていた。

（お屋形様から口にせぬということは、やはり噂は真実なのかのう。とすれば、儂は父上と同じように惣領家の手足として前線で働くだけになるのか）

不安が脳裏をよぎる。信直は立場上、自分から再婚の話を持ち出すことができない。

（次女を嫁にしている九戸が跡継になれば……）

これまで石川高信と九戸政実は南部家の両輪として働いてきたが、両家は決して仲が良いわけではない。もし、政実の弟の実親が三戸城に入れば、信直親子は麾下として厳しい扱いを受けるかもしれない。そうなれば、信直親子も所領と三戸直系の血を守るために戦わざるをえない。下火になっていた同族争いが再燃する可能性は大である。

（とはいえ、お屋形様も南部家の惣領。家の存続、繁栄を考えよう。あるいは、あくまでも血にこだわるか。儂もそろそろじゃのう……）

いまひとつ、信直は晴政の考えを摑みきれなかった。人生五十年と言われている時代なので、信直はもうすぐ折り返し地点に差し掛かる。信直自身、遠からず己の血を残さねばならない時期であった。

（周囲から話を勧めさせるにしても、慎重にせぬとな）

晴政に残る娘がいない以上、信直が三戸家の跡継になるには、南部一族の女子を晴政の養女として婚儀を結ぶことが、平穏な家督の移譲である。まさか、嫁がせた娘を離縁させ、信直に娶らすことを晴政がするはずがない。注意しなければならないのは、三戸家以外からの女子を妻に迎えるにあたり、お家乗っ取りを企てている、という印象を晴政に持たれないこと。惣領家を敵にすれば、一族から挙って叩かれ、石川、田子家は滅亡への危機に晒《さら》される。

（惣領家との戦は避けねばならぬ）

さすがに、今の信直に、北条早雲《ほうじょうそううん》や斎藤道三《さいとうどうさん》のように主家を討って取って代わるつもりはない。

戦勝の酒宴にも拘わらず、信直はなかなか酔うことができなかった。

翌日、信直は晴政と膝を詰め、改めて鹿角郡のことを相談した。長牛城を奪い返された安東愛季が黙っているはずがない。長牛友義や小枝指宗完、大日堂刑部左衛門らだけでは心許なく、毎度、信直らが兵を出すわけにもいかないので、三戸城に近い赤石舘《あかいしだて》主の桜庭光康《さくらばみつやす》と江刺《えさし》郡の岩谷《いわや》城主の江刺輝重《てるしげ》を鹿角郡に出張させることで、話は終了した。

桜庭氏は、南部氏が甲斐から糠部郡に下向した際に三上《みかみ》、安芸《あき》、福士《ふくし》氏と共に南部四天王あるいは四家老といわれた一族で、未だ勢力が衰えず、三戸家の重臣を務めていた。

(切り出しにくいのう……)

言いづらいというよりも、晴政に進言させないような雰囲気があった。

(まずは周りを固めるか。それからじゃの)

その日の午後、信直は数人の供廻《ともまわり》を連れて、三戸城から六町ほど北に位置する川守田館を訪ねた。

「昨日の今日なのに、いかがなされましたか」

館主の川守田正広が、不思議そうな顔で問う。

「実はのう……」

信直は弓の師でもある昵懇《じっこん》の川守田正広に心中を打ち明けた。

「承知致しました。頃合を見て申し上げましょう。されど、お屋形様の婿は九戸のみならず、東(政勝)、南(盛義)、北(秀愛)殿らの三家もござる。皆、家督を狙っているのではないですか」

「それゆえ、そなたに話しておる。三家と申しても、祖父・右馬允安信《うまのすけやすのぶ》の血を引くのは儂のみじゃ」

「なるほど、他家の血に三戸城を譲ってはならぬ、ということにございますな。それと、殿を廃嫡《はいちゃく》すれば、津軽の石川殿が黙っていない。南部は二つに分かれて戦うことになる。周囲の敵の草狩り場になりかねない、といったところですか」

さすが三戸城の北の守りを任されている川守田正広、信直の真意を理解したようであった。勿論、無償の自発的な奉仕ではない。信直が惣領家の家督を継いだ時、側近として恩恵を与りたいということであろう。信直としても、承知している。

川守田館を出た信直は、三戸城から十町ほど東に位置している泉山館《いずみやまだて》に馬を止めた。同館は馬淵川の東岸に端突した丘陵（比高約三十メートル）に築かれた平山館で、規模は約五十間（約九十メートル）四方で、館の南は堀切とし、残る三方は段丘崖で画されていた。

「ようお出で戴きました。どうぞ、お入りください」

出迎えたのは主の泉山出雲古康《いずもふるやす》。昨日、帰陣した鹿角の陣にも同行していた南部家の支族である。

南部家二十二代当主・政康《まさやす》の三男（一般的には四男）に石亀信房《いしがめのぶふさ》がおり、信房の三男・康朝《やすとも》が泉山家の養子となったが男子が生まれない。そこで、康朝は兄の政明《まさあき》（信房の次男）に頼み、次男の古康を養子として泉山家は続いている。

何度も訪れているので信直は館をよく知っている。愛馬を泉山家の家臣に預け、館の中に入った。

「ご無事のご帰陣ならびに、お見事なる戦勝、御目出度うございます」

奥座敷で三つ指をついて迎えたのは泉山古康の娘・照姫《てるひめ》である。

この年十四歳になる照姫は、北陸奥の女性独特の透き通るような白い肌。細面で鼻筋がとおり、唇は桜の花びらを張り付けたようであった。眉は優美で睫毛《まつげ》が長く、視線を落とす瞳は黒眼がちで切れ長。さすが南部一の美貌という評判に偽りはない。周囲から齎《もた》される縁談は引きもきらぬと噂されるが、一瞬でも面差しを見れば、誰もが納得するであろう。輿入れの適齢期でありながら、父の古康が嫁に出すのを惜しんでいるのは、愛娘の美しさゆえというのも、あながち流言ともいえない。

「照姫も息災でなにより。確か花が好きであったの」

信直は照姫に背後に隠していたサクラソウ科の雪割草《ゆきわりそう》を差し出した。

「まあ、有り難うございます」

淡い紫色の小さな花を見て、照姫は愛らしい声を発する。

「されど、次に摘まれる時は、根ごとにして戴きとうございます。されば、庭に植えることができて、長く見ることが叶います」

気後れすることなく口にする照姫。魅力の一つでもあった。照姫は小さな花瓶に雪割草を移した。

「左様か。そう致そう」

清雅な面差しを見ながら信直は答えた。

しばし雑談したのち、信直は運ばれてきた白湯《さゆ》を飲み干し、本題に入る。

「照姫には、好いた者はおるのか？」

「はい。父上と母上。弟たちも」

屈託のない笑顔で、信直の質問をはぐらかすように返答する。

「そうではなく、嫁ぎたい男子はおるかと聞いておる」

「左様なこと……」

途端に照姫は含羞《はにか》み、俯《うつむ》いた。通常、武家では婚儀の話は父親が決定事項を伝えるもので、まず問うことはない。しかも家族以外の者が質問することはありえなかった。

「居ぬのならば、儂の嫁にならぬか」

こちらも異例。城主が他家の娘に対し、直に尋ねるなど珍妙であった。

「……信直様は、お屋形様の婿ではないのですか？」

恥じらいながらも照姫は問う。武家の婚儀は親が決める。男女に変わりはない。

「婿じゃが正室はおらぬ」

「されば、いずれお屋形様が、いずこかのご息女を信直様に妻《めあわ》されるのではありませぬか？　わたしは泉山の長女。側室になるのは嫌にございます」

気丈に照姫は意見を述べた。

「頃合を見てということになるが、儂が娶る相手はそなたじゃ」

「一つ、お尋ねしてもよろしいですか」

伏し目がちにしていた大きな瞳を信直に定め、照姫は質《ただ》す。

「求婚する姫に偽りは申さぬ。なんなりと聞くがよい」

「わたしを嫁にというのは、泉山舘がお城（三戸）の東にあるからですか」

鋭い質問に信直は目を見張る。東、南、北の三家の中で東家とは些《いささ》か疎遠な信直であった。泉山舘は東家の屋敷のさらに東に位置している。

「さすが照姫じゃ。父が嫁に出したがらぬ理由は、容姿だけではないらしい。されど、それとこれとは別の話。そなたが西に居ようが北に居ようが関係なく、儂は娶りに行っていた。たまたま重要な泉山家の姫であったに過ぎぬ」

「左様ですか。直にお声がけして戴きましたのは信直様が初めてです。正室なればお受け致します。されど、諄《くど》いようですが、側室なれば、式の最中であっても、破棄させて戴きます。よろしいですか？」

もの怖じせず、意思表示を明確にする照姫に、信直はますます惹かれた。

「気に入った。誰ぞ出雲を読んでまいれ」

信直は照姫の侍女《じじょ》に命じ、泉山古康を連れてこさせた。

「照姫が儂の嫁になることを応じた。盃の用意をさせよ」

「なんと、まだ娘は……」

いきなりなので、泉山古康は狼狽《うろた》える。珠玉の愛娘を誰に嫁がせて、微禄の泉山家を繁栄させようかと思案していたに違いない。心中では、廃嫡の恐れもあり、とまだ図りかねているようだった。

「姫は応じた。そちが手塩にかけて育てた娘を信じ、そちも肚を決めよ」

「お屋形様にはいかがなされますか」

「おりを見て話す。決して泉山家を悪いようにはせぬ。ゆえに、そなたも我が後押しをせよ」

自信を持って信直は言う。

「……承知致しました。不束《ふつつか》な娘ながら、よろしくお願い致します」

本人を目の前にしてのことなので、断りづらいようである。泉山古康は不承不承応じた。

「目出たい。酒を持て」

信直は命じ、照姫と固めの盃を交わした。これによって婚約が成立した。

翌日には田子から泉山館に結納品として米、銭、馬、反物《たんもの》などが贈られた。信直としては、既成事実を作り、押していこうという戦略である。

すぐに晴政の耳にも入り、信直は呼ばれた。

「泉山出雲の娘を落とすとは、なかなかやるのう。さすが鹿角を奪い返した我が名代。それにしても、諸家の求婚を拒んでいたあの娘が、ようも側室で満足したの」

不快そうに晴政は言う。

「お屋形様には、改めて相談致そうと思っていたのですが……」

「そちが我が婿であるのは、亡き於亀《おかめ》（長女）が正室であるからではないのか」

信直の言葉を遮《さえぎ》るように晴政は告げる。

「仰せのとおりにございますが、残念ながら於亀はこの世におりませぬ。……このまま正室がおらぬのも妙なことかと存じまして」

さすがにまだ惣領家の跡継に、とは言えない。

「すでに亡き命とはいえ、そちが於亀との絆を大事にしておると思っていたゆえ、儂はそちを婿のまま置き、名代にも据えた。於亀との絆を切り、正室を迎えたくば田子に戻るがよい」

憤りをあらわに晴政は言い放った。

（ちと、急ぎ過ぎたかのう。いま少し大将としての実績を積めばよかったかの）

事後報告は通じなかった。

「申し訳ございませんでした。某《それがし》の早まった行い、お詫び致します」

武門の辛いところ。田子家のためにも、石川家のためにも、今、晴政の婿という立場を失うわけにはいかない。罪悪感などは持ち合わせていないが、即座に信直は両手をついて謝罪した。

「判ればよい。二度と儂を怒らせるな」

言い捨てた晴政は座を立つ。部屋から晴政が出るまで、信直は平伏し続けた。

（絆か、このお方にとって三戸の家督は南部の安泰ではなく、血の継承なのか）

心中は判るが、腹立たしいのは信直も同じ。

（お屋形様は惣領家の嫡子として生まれただけではないか。津軽郡まで支配下に置けるようになったのは我が父・石川高信の働きがあればこそ。惣領家に嫡子なくば、その弟である父上の嫡子である儂が継ぐのが筋じゃ）

歳を重ねるごとに、信直の思いは強くなる。

（だいたい、旧城を放火されたのは、お屋形様の女癖の悪さからであろう）

かつて、晴政は家臣の赤沼備中《あかぬまびっちゅう》の妻に手を出したことがあった。これに怒った赤沼備中は天文八年（一五三九）六月、旧三戸城に火をかけ、所領争いでも敗訴した奥瀬安芸守《おくせあきのかみ》を斬って逃亡。晴政は下斗米将家《しもとまいまさいえ》に赤沼備中を討ち取らせているが、城は焼失している。その後、晴政は現地に新城を築き直して今に至る。

（それに比べれば、どれほど儂はまともか。まあ、今は大人しくして時機を待つしかあるまいの）

信直は泉山舘で照姫に詫び、必ず正室に迎えることを説き続けた。

三

永禄十二年（一五六九）の田植え時、惣領家当主の晴政は、十数人の家臣を従えて領内を巡回した。北陸奥の糠部郡は山が多く、稲作がふるわない。開けたわずかな地を耕作して苗を植えるので、石高《こくだか》も多くはない。領主にとって農民が対している地は、とても貴重な収入源の地である。

(九郎め、一度名代にしてやったら図《ず》に乗りおって。庶家の血であることを忘れたか。三戸城に居られるのは、我が婿であるからぞ)

馬に揺られながら、晴政は肚裡で吐き捨てる。

信直が素直に側室を持ちたいと申し出てくれれば、晴政とて寛容に応じたかもしれないが、七回忌も終わらぬのに、こっそり正室を娶ろうというその思案が腹立たしい。

(そういえば、彼奴め、於亀が死んだ時、泣かなかったのう)

晴政は悲しみのせいか、あまりよく覚えていないが、信直への不満のせいか、晴政にはそう思えてならない。あるいは、不快感が、記憶を変えようとしているのかもしれない。

(しかも正室に選んだ女子が泉山の娘とはのう)

晴政は奥歯を強く嚙みしめる。頭にくる理由の一つは、南部一と言われる泉山古康の娘・照姫と密かに婚約し、通い夫さながらに泉山舘に泊まって、逢い引きを重ねていること。実は晴政も照姫には目をつけていたのだ。

(かような美貌なれば夜も楽しかろうて。されば我が念願叶い、男子を得られるかもしれぬ)

晴政は一挙両得を考えていたが、鳶《とんび》に油揚げを攫《さら》われてしまった。

(いっそ、儂が奪ってくれるか。彼奴《あやつ》の目を覚まさせるためにもの)

嫉妬と憤懣《ふんまん》が入り交じり、当主の権限で略奪してやろうかと何度も考えたが、かつて家臣の妻に手を出し、城が放火された苦い経験があるので堪えている。もう一つ、高信・信直親子は南部家最強の軍事力を持っている。晴政を支えてきた力の原動力でもある。これを敵にはできない。

（於亀が死なねばのう……。いや、儂に嫡子さえおれば、かように憂えることもあるまい）

前年から思い出すたびに憤る。

なにかよいことはないかと、馬上から周囲に目をやった。

領主を見た農民たちは、すぐさま作業を止めて跪《ひざまず》く。その中から、泥に浸かって稲を植えていた娘が晴政に近づいた。

「お屋形様に祝いじゃ」

言うや娘は晴政に両手の田泥を投げつけた。晴政の直垂《ひたたれ》と袴は泥に塗《まみ》れた。

「彼奴、気が触れたか」

三戸家の家臣は下馬して腰の刀を抜いた。

「申し訳ございません」

娘の家族は恐怖に震え、田の中に両手をつき、額を泥に埋めた。

「ははは っ、面白き女子じゃ。城に連れてまいれ」

一瞬、嚇怒《かくど》しそうになるが、晴政は娘の奇行を怒らず、笑い飛ばした。

「よろしいのですか？　あれなる愚行を許してはお屋形様のみならず、惣領家が蔑ろにされます」

近習の上斗米《かみと》大蔵《まいおおくら》が問う。

「構わぬ。親ともども乱暴にするではないぞ」

もしかしたら、という思いが晴政にある。命じた晴政は馬首を返した。

帰城してから四半刻もすると、泥を投げた娘が縁の下に引き出された。

「離せ、離せ、戯《たわ》け、離せ」

三戸の家臣に両手を押さえられた娘は悪態をつきながら、跪かされている。年の頃は十四、五歳で、灰色の小袖を細い紐で結わいただけの姿。髪は同じ色の麻布で桂包《かつらづつみ》にしていた。

「離してやれ」

縁の上から晴政が命じると、家臣たちは娘の両腕を自由にしてやった。

「そちの名を申せ」

娘は三上某《みかみなにがし》の娘で名は久米《くめ》だ、と無愛想に名乗った。

「先ほどは、愉快な祝いを貰った。そちはなにを祝ったのじゃ？」

「お屋形様に男子が生まれるからじゃ」

百姓の娘なので久米は敬語の類いは教えられていない。少々疳《かん》に障《さわ》るが、それよりも晴政は興味をそそられる。嬉しいが、心を逆撫《さかな》でもする。晴政が一番欲しているのが嫡子であるからだ。

「ほう、久米は易《えき》でもするのか？　誰が我が嫡子を産むのじゃ」

「わたしだよ。それなのに、此奴らは痛くしおって」

腕をさすりながら久米は左右の家臣たちを睨《にら》みつける。

「そちがのう」

晴政は久米を熟視した。農作業をするので、日焼けしているが、久米は細面で整った顔立ちをしている。城に連行させたのも、満更でもないと映ったからである。

「産めなかった時はいかがする？」

「斬ればいい。雑作ないだろう」

恐ろしくないのか、久米は平然と言ってのけた。度胸のある娘である。

「面白い。されば、今宵より我が伽《とぎ》を致せ。三年で身籠らなかったら、その時は首を刎《は》ねる」

「子を産んだら？」

「側室に致す」

晴政が本気で約束した。すでに晴政の正室は死去している。たとえ女子でも生まれれば、政略結婚を結ぶことができる。その母親を蔑ろにする気は晴政にはない。

「お待ちくだされ。お屋形様は南部惣領家の当主にございます。当主が百姓の娘を閨《ねや》に入れるなど前代未聞。それに、この娘が敵の乱波《らっぱ》なればいかがなされますか。今少し探りませぬと」

三家老の一人、小笠原定久《おがさわらさだひさ》が慌てて諫言《かんげん》する。

「久米が乱波なれば、泥を投げた時に儂は死んでおる。安堵致せ。久米を得たお陰で南部は安泰になるやもしれぬ。そちたちも、我が嫡子が家督を継ぐほうがよかろう」

期待のほうが大きいせいか、晴政は心配していない。これまで教育された武家の娘を側室にしたものの男子が得られなかったので、この風変わりな女子ならば願いが叶うかもしれぬと思ってのこと。

小笠原定久を説いた晴政であるが、懸念もある。

（儂が死んで喜ぶのは、周囲の敵よりも、あるいは九郎やもしれぬな）

今後は気をつけようと、気持を引き締めた。

誰もが久米は斬首されると思っていたところ、側室待遇になったので家臣たちは呆れていた。


「左様か、あとでお屋形様にご挨拶せねばの」

三戸城にある自分の部屋で近習の木村大炊介秀常《きむらおおいのすけひでつね》から報せを聞き、信直は答えた。

養父の晴政が新たな側室を娶ることは、今の信直としても有り難いことかもしれない。

（照姫のことを疎《うと》む心が和らいでくれればよいが）

晴政は高齢なので、久米との間に子ができるかどうか定かではない。晴政も子の誕生を期待するだろうから、当分家督の移譲はされないだろう。

五十三歳の晴政なのでいつ死んでもおかしくはない。家督移譲を遺言しないで死んだとすれば、第一候補であった信直が家督に就くのは自然の流れである。

晴政と久米との間に男子が生まれたとしても、健やかに育つかどうかも判らない。

(仮に男子が生まれれば、儂は縁戚第一の叔父ということになるのか)

その線も一応、思案の内に入れておかねばならないが、あくまでも仮定の話。とりあえず、波風立たぬように過ごそうと、信直は警戒心を新たにした。

信直は三戸城の北に位置する北家の屋敷に信愛を尋ねた。北家は三戸系の南部家二十一代当主・信義《のぶよし》の嫡孫にあたり、世が世ならば、惣領家の当主になっていてもおかしくはない血筋である。この年四十七歳になる信愛は前年の戦でも先陣を務め、頼りになる武将であった。

「ほう、珍しい」

屋敷を訪れた信直を見て、信愛は笑みを作る。なんとなく信直の目的は判っている様子だ。

「お屋形様が新たな側室を持たれたようなので、贈物が重ならぬようにと思った次第」

「さすが九郎殿じゃ」

北信愛は、目敏《めざと》い、といったような表情をする。

「三家老は、いかな思案をしておられるか」

三戸家の三家老は石井茂光《いしいしげみつ》、小笠原定久のほか、一族衆の北信愛も数えられていた。

「定久が反対したようじゃが、阻止できなかったと、悔やんでおった」

「北殿は？」

信直の問いに北信愛が口を開くまで、しばしの間があった。

「子を産めねば側室にはなれぬというが、これぱかりは誰にも判らぬところ。いずれにしても、久米と申す女子が男子を産めば、正統な源氏の血を引く我らが、主君と仰がねばならぬということ」

憂えた口調で北信愛は言う。信愛の次男・秀愛《ひでちか》は晴政の五女を正室に迎えているので、晴政の婿たちが次々に死ねば家督を得ることができる。実力者の信愛は院政を敷くことも可能だ。

「不満のようで」

「若いに似ず、九郎殿は狡《ずる》い申しようじゃ」

「乱世ゆえ、身分に拘わらず、実力ある者が上に立つことこそ、南部家のため。将才溢れる主ならば、致し方ないのではござるまいか。まあ、生まれてもおらぬ者の話をすれば、鬼が笑うどころか、閻魔《えんま》も腹を抱えるかもしれぬが」

あくまでも襤褸《ぼろ》を出さぬように信直は言う。

「排斥の旗頭を儂に、と？」

「いや、真に実力ある者を担ぐ時の大番頭を」

「喰えぬお人じゃ。九郎殿をか？」

察したようで北信愛は唇の両端を吊り上げた。

「あくまでも、主に相応しい人物でござる」

「当家に降りろと？」

北信愛も惣領家となる野望は持っているようである。

「同族争いを喜ぶ敵が周囲に多うござる。共倒れだけはせぬようにするが肝要でござろう」

「考えておこう」

明確な返答を避けた北信愛は改まって、続ける。

「初めて采を執ったにも拘わらず、九郎殿はわずか数日で鹿角郡を平定された。これをお屋形様は警戒なされておる。お屋形様が百姓の娘を側室にしたことで、目が女子に向くゆえ、ひとまず九郎殿は安堵したことであろうが、気をつけられよ。万が逸、照姫が男子を産めば、親子ともども狙われるやもしれぬ。九郎殿はお屋形様が欲して得られぬものを三つ持つことになるゆえの」

戦場での采配能力、照姫、嫡子。薄々感じていたことを聞かされ、信直はおぞましさを覚えた。

（かようなことを北殿が口に出したということは、我が意と同じということか）

勿論、北信愛も信直を利用しようとしていることは察している。

「ご助言、忘れぬように致そう。贈物は反物に致すので、重ならぬように」

告げた信直は北屋敷を出て、泉山舘に向かった。

稲穂が黄金色に染まり、頭を垂れた頃、信直は泉山舘で衝撃的な報告を受けた。

「稚《やや》ができたようにございます」

含羞《はにか》みながら照姫が告げる。薬師《くすし》の見立てでは妊娠三ヵ月だという。

「まことか！」

驚きに信直は目を見開き、一段高い声を発した。喜びが沸き上がるものの、未だ自分が父親になるという実感はない。これも照姫と結婚の儀を執り行っていないせいか。同時に北信愛の言葉を思い出して、えも言われぬ重圧を感じた。

「こののちのこと、いかがなされますか」

心配そうに泉山古康が問う。

「すまぬが今は照を三戸城に移すわけにはいかぬ。身の安全のため、ここに居てくれ」

照姫には不憫《ふびん》ながら、信直は晴政の妬心を煽る真似は避けねばならなかった。それでも照姫が無事に出産できるようにと、泉山舘の中に信直の出費で産屋《うぶや》として新たな部屋を増築させた。

（あとは、頃合を見てお屋形様に報せるか……）

すぐに判ることであるが、気が引ける。信直はしばらく様子を見ることにした。

初冬の気配が感じられる頃、久米が懐妊したという。信直にとっては悲喜交々となる。

（生まれる子が男子なれば我が家督の話は消える。女子が生まれ、照が男子を産めば、儂は惣領家を相手に戦をせねばならぬのか）

いくら晴政自身の采配が下手でも、惣領家と戦って勝利するには一族の大半が味方につく大義名分が必要になる。今の信直に、それはなかった。

まずは挨拶をしに出向いた。

「ご側室のご懐妊、お祝い申し上げます」

「重畳至極」

喜びをあらわに晴政は笑みを向け、思い出したように続けた。

「そういえば、泉山の娘も身籠っておるようじゃの。なにゆえ申してこなんだ？　惣領家として祝いの品でも贈らねば、儂がケチだと思われようて」

晴政は信直の養父というよりも、当主として信直を見ている。

「申し訳ありませぬ。最近は落ち着いてまいりましたが、以前は安定せず、いかなることになるか判りませんでしたので、お屋形様のお気を煩わせてはいかぬと存じまして」

「つまらぬ気遣いじゃ。こののちは報せるように。それにしても、儂とそちの子が揃って来年生まれるとは、なにかの運。そちの子を我が嫡子の側近にしようぞ」

これも親馬鹿の一つか、すでに男子が生まれることが確定しているかのように言う晴政であった。

「有り難き仕合わせに存じます。慎んでお礼申し上げます」

当たり障りのないように、信直は頭を下げた。

(これだけ信じきっておるのじゃ。まこと側室が女子を産み、照が男子を産めば争いが起こっても不思議ではないのう。生まれるのは我が子が先というのが強みじゃな)

信直は危機感を持った。


永禄十三年(一五七〇)四月二十三日、元号が永禄から元亀《げんき》に改元されたものの、北陸奥に伝わるのはまだ先のこと。それから何日か過ぎた若葉の鮮やかな日、泉山舘で産声が上がった。

「花のような姫君にございます。母子共に健やかにございます」

泉山舘を訪れていた信直は、広間で泉山古康と共に侍女の於夕《おゆう》から報せを受けた。

「そうか、健やかか!」

無事に子が生まれ、信直は喜ぶものの、複雑な感情が絡《から》まっていた。一城の主として男子の誕生を望むのは武将の常識であるが、晴政との確執を考えると女子でよかったという思いもある。

「これで九郎殿も親爺でござるの。御目出度う存ずる。されど、次は心安く産めるようにされねばなりませんな……。某は信じてござるぞ」

そうすれば男子も得られよう、とは口に出さぬものの、泉山古康は孫の誕生を祝いながら釘を刺す。早く結婚式を挙げ、田子城か三戸城に移動することを促している。

「承知しておる。さて、娘の顔を見にまいろう」

気を取り直した信直は、泉山古康と共に照姫の産屋に顔を出した。

「これは殿様、男子を得ることが叶わず、申し訳ありません」

信直を見た照姫は横になったまま、疲れた表情で詫びる。隣では生まれたばかりの嬰《えい》児《じ》が寝息をたてている。

「なにを申す。健やかなれば、どちらでも構わぬ。女子ゆえ、そなたに似てさぞかし別《べっ》嬪《ぴん》になろうなあ。明日にも嫁入りの申し入れがくるやもしれぬ」

「まあ、今からとは早すぎます」

「安堵致せ。我が長女をそう簡単に嫁に出せるか。陸奥を背負える武将でなくばやれぬ」

目に入れても痛くない愛娘とはこのこと。信直は飽くことなく見つめていた。

（お屋形様も亡き於亀を、かように見ていたのか）

親になってみて、少しだけ晴政の心情を酌《く》めたような気がした。

長女の名は千代子《ちよこ》と命名された。千代には一千年あるいは永遠という意味がある。長生きしてほしいと思うのは、当たり前の親心だ。

（あとはお屋形様のお子次第か）

久米が男女どちらを産んでもいいように、信直は幾つかの道を考えておかねばならなかった。

四

千代子が生まれてから二ヵ月ほどした猛暑の中、晴政待望の男子が誕生した。

「ご長男の誕生、御目出度う存じます」

挨拶に出向いた信直であるが、意地があるので嫡男とは口にしなかった。

「おおっ、九郎か、そちも喜んでくれるか。嫡子が生まれたのじゃ！」

信直が祝いの挨拶に行ったところ、晴政は気が触れたのではないかと思うほどに歓喜していた。心情は判らないわけではない。なにせ、これまで得た子は五人とも女子。五十四歳にして、初めて嫡子を得ることができたのだ。男子を得ることはできないと諦めていただけに、喜びもひとしおであろう。

（嫡子が成長すれば、儂の出る目はなくなるか。儂は仕えることができようか）

今さらながら、信直は北信愛の言葉を思い出した。

晴政の嫡子は鶴千代《つるちよ》と命名された。鶴は中国の神仙《しんせん》伝説で千年の寿命を楽しむと言われる長寿の象徴で、千代にも同様の意味がある。晴政は嫡子に、長生きの願いを込めたことが窺える。

（同じ千代を名づけるとは、儂への当てつけか）

北叟《ほくそ》笑む晴政の姿が目に浮かぶようであった。

嫡子が生まれると同時に、晴政は早くも鶴千代の烏帽子親《えぼしおや》は三戸南部家から枝分かれした北家の信愛、御着袴役《おちゃくばかまやく》に石井茂光、御着具足役に小笠原定久を決めた。いずれも三家老の面々である。

鶴千代がこの世に生を受けてから数日した夜のこと。夏場なので廊下の雨戸は閉めず、障子も少し開けて、部屋では吊った蚊帳《かや》の中で信直は寝ていた。

「何奴！」

宿直《とのい》を務める木村秀常の声で信直は目を覚ました。

「いかがした？」

起き上がった信直は、障子を開いて問う。

「誰ぞが殿の部屋を窺っておりましたゆえ、追いかけようと致しましたが、見失ってしまいました。申し訳ございませぬ」

木村秀常が報告する。

(鶴千代が生まれた途端、曲者が寝所を窺うか。あからさまじゃのう。お屋形様にすれば、まだ気づかぬのか、といったところか。左様な思案なれば、このまま城にいるわけにはいかぬか)

潮時であることを、信直は実感した。

翌日、朝餉《あさげ》を終えたのち、信直は晴政の前に罷り出た。

「朝方からいかがした？」

そしらぬ顔で晴政は問う。

「お屋形様には男子が誕生なられたゆえ、某は田子に帰城し、所領の仕置をしようかと存じます」

嫌味を込めて信直は告げた。

「なんと！　於亀は死んだが、儂はまだそちを婿だと思うておる。そちには鶴千代の後見を頼みたいと思うていたところじゃ」

老獪《ろうかい》なのか、してやったりといった表情ではなかった。晴政は思いのほか慌てている。

（腹黒いのか。あるいは、お屋形様ではなく、曲者は側室の画策か。それと、今の一言で、儂に家督を譲る気は消えたことは判ったの）

嫡男が生まれたので後見役を信直にするのは本気なのかもしれないが、身の危険を感じた以上、とどまってはいられない。帰城して次に備える必要があった。

「某にも妻子がおりますれば、一緒に暮らすつもりでございます」

この頃はまだ、北陸奥では関東以西のように、謀叛防止のために妻子を人質として城内や城下の屋敷に住まわせる制度は確立していなかった。

「妻子か。城内にある西屋敷はそのままにしておくゆえ、安堵致せ」

万が逸の保険か、晴政は信直を気遣った。

「有り難き仕合わせに存じます。家臣を常駐させておきますゆえ、なにかあればご用命くだされ」

これで、三戸城の情報はすぐに田子に伝わる。信直は慇懃《いんぎん》に挨拶して晴政の前を下がった。

三戸城を出た信直は、一旦足を止めて惣領家の城を見上げた。

（誰の画策かは知らぬが、城から追い出されたようじゃの。都落ちならぬ城落ちか）

信直は落ち人のような心境であった。

（次に登城する時は、後見人として臣下の礼を取る時か、はたまた家督者となる時かのう）

勿論、武士として後者を望むが、うまくやらねば反逆者として周囲から総攻撃を受ける。

（幸いにも烏帽子親を命じられても北殿は喜んでおらぬ。こたびの城落ちは田子で味方を増やすよき機会。照や千代子とも一緒に暮らせる）

気持を切り替えて、信直は帰城の途に就いた。

夜になると幾分、涼しくなるものの、まだ昼の残暑は汗を噴かせた。

田子城の北を流れる相米川《そうまいがわ》は、細野川《ほそのがわ》と種子川《たねこがわ》が合流して田子川となり熊原川に吸収されて下流へと流れる。山の谷間を流れる相米川は細く浅いものの、魚が多く生息する。

午後の熱い日射しを浴びながら、信直は数人の供廻を従えて、岸辺の岩に腰を下ろし、相米川に釣り糸を垂れていた。すでに籠の中には魚が数匹入っている。

「おっ」

糸が張ったので即座に信直は引き上げたが、魚は釣れず、針につけた餌《えさ》はなくなっていた。

「毎度、うまくはいかぬな。餌も、でかければいいというものではないらしい」

信直は餌籠から二寸ほどの蚯蚓《みみず》を取り出し、針につけて川中に沈めた。

「家督同様、魚にも逃げられましたか」

背後から声をかけたのは、剛弓の手練、川守田正広である。

「なんの、逃がしてやったまで。いつでも釣れる」

「向こう(晴政)はそう思っておらぬ様子」

籠の魚を覗きながら川守田正広は言う。釣れている魚を目にして一応、頷いている。

信直が跡継候補であったこともあり、昵懇の間柄であることは、鶴千代誕生後も変わらない。

「釣らずに銛《もり》で突くとか?」

「おそらくは」

「男子が生まれた時から予想はしていたが、性急な。自身の力が弱まると判らぬはずはあるまい」

南部家の主力が石川城の父ともども田子勢であることを、信直も自負している。

「嫡子への情で、視野が狭くなったやもしれぬ」

「喜ぶのは周囲の敵ばかり。もし、真実であるならば……」

当主の座から退《しりぞ》いてもらわねばならぬ、と信直は思案するが、軽はずみに口にはしなかった。

「お屋形様は本気。東家や九戸家に遣いを送られてござるぞ」

信直が田子に退いた途端、晴政は頻繁に使者を周囲に放っていた。

「熱心なこと。儂を討ったのちは東や九戸にも兵を向ける所存かの」

「そこまでは判りませんが、味方を集う信直殿を警戒しているのは事実」

「ようやく家族揃って暮らせることに、なんの不都合があろうか」

用意が整ったので、信直は照姫と愛娘の千代子を田子城に迎えることになっている。

「田子に退いたのは、返り忠（謀叛）の企て、と城内では噂してござる」

三戸城のすぐ北に城を構えているので、川守田正広は情報を摑むのが早い。

「一つ疑うと、全てが信じられぬか。まあ、斬られぬように用心しよう」

釣り竿に手応えがあったので、糸が動く反対側に手首を返してから上げると、八寸を超える大きな鮎を釣ることができた。

「待つも肝要」

川守田正広に笑みを向けた時、近習の木村秀常が跪いた。

「申し上げます。奥方様ご一行、もうすぐまいられます」

「左様か」

信直は腰を上げ、川守田正広ともども田子城に戻った。

西の相米川と北の細野川が合流する南岸の丘陵（比高約三十メートル）上に築かれた平山城が田子城である。かつては佐々木氏が在していた城に南部氏が入り、堀で南北に分断して南西の佐々木舘、北東の牛尾舘《うしおだて》にそれぞれ住み分けた。城の敷地は東西一・八町（約二百メートル）、南北一・一町（約百二十メートル）、城というよりも舘と呼ぶほうが正しい規模である。

四半刻ほどして泉山家の輿《こし》、葛籠《つづら》、長持《ながもち》、挟箱《はさみばこ》、屏風箱《びょうぶ》が連なる列が、紅白の幔幕《まんまく》を張りめぐらした田子城の城門を潜った。泉山舘は三戸城から十町ほど東に位置しており、二里半少々の道のりを進んできたことになる。万が逸のことを想定し、信直は道々に兵を配置したが、幸いなことに信直の花嫁を奪い取ろうとする不届者は姿を見せず、一行は無事に到着した。

田子城は三戸城や八戸城に比べて小さな城であるが、主殿は信直の婚儀を祝う客が集まっている。幼少時に信直を養育した母方の伯父・一方井安宗、石川城を守る父・高信の名代として家老の小山内永晴《おさないながはる》、先の川守田正広、剣吉城主で北家の信愛、浅水城主で南家の盛義、八戸城主の八戸政吉、佐々木舘主の佐々木綱氏などなどである。

釣りから戻った信直は身なりを正し、「南部鶴」の家紋の入った直垂に身を包み、扇子で煽ぎながら花嫁が現われるのを待っていた。前回は三戸惣領家の婿に迎えられる立場であり、肩身の狭い結婚式だったので気疲れしたものだ。今回は迎える立場なので落ち着いたものかと思いきや、意外にも緊張している。婚儀とはそういうものなのかもしれない。

昂《たかぶ》りの中、侍女に手を引かれた照姫が主殿に入ってきた。

「おおーっ」

白無垢《しろむく》姿の照姫を見た者たちは、一斉に感嘆の声をあげた。母親になっても美しさに陰りはない。未だ生娘と称しても、誰も疑うことなどないほどに初々しい女性であった。

照姫は楚々と信直の隣に座した。白綸子《しろりんず》の小袖に袿《うちき》を纏《まと》っている照姫は、信直には輝いて見える。真夏にも拘わらず、暑そうな素振りはなく、涼しげな表情は緊張のせいか。恥ずかしいのか伏し目がちにしている姿に、信直は改めて惹かれた。

照姫から見えるように、千代子は乳母に抱かれて一段下がったところにいた。

花嫁と花婿が並ぶと、半里ほど北東に建立《こんりゅう》されている真清田《ますみだ》神社の神主が前に立ち、御幣《ごへい》を振りながら祝詞《のりと》を口にする。神聖なものではあるが、信直には退屈この上ない。ちらちらと照姫を見ているばかり。そのうちに婚儀の御祓《おはら》いは終了し、堅苦しさから解放された。

三三九度が終わると、伯父の一方井安宗が祝いの言葉をかける。

「ご婚儀、御目出度うございます」

一方井安宗に続き、川守田正広らが祝福する。その後は酒宴となり、歌や舞が披露された。

信直をはじめ北国の武士は酒に強い。陽が落ちても酔う気配がない。信直には楽しい宴席であるが、足を崩せぬ照姫は辛そうである。信直は一方井安宗に合図をして酒宴をお開きにさせた。

すでに母親となっている照姫ではあるが、田子城では初夜ということになる。

「床入りの用意は整いましてございます」

居間にいると、廊下から侍女に声をかけられたので、信直は寝室に向かった。六畳間には蚊帳が吊られてあり、その中に寝具が二枚並べて敷かれている。部屋の四隅には防蚊対策として蓬《よもぎ》が燃やされていた。この臭いを消すために香も焚かれている。

床の間では油皿に灯がともされ、淡い光が蚊帳の中の照姫を妖しく照らしている。照姫は純白の小袖を身に纏い、俯いたまま褥《しとね》の横に正座していた。昂揚感を抑えながら信直は蚊帳を潜った。

薄い網状の布であるが、中に入ると異空間に踏み込んだような気がする。それも、湯あみをしたのであろう照姫の肢体から、ほんのりと漂う甘い芳香に信直の五感がくすぐられる。

「不束者にございますが、よろしくお願い致します」

照姫は三つ指をついて頭を下げた。よく考えてみれば今日初めて聞いた、愛らしい声である。

「その挨拶を受けるのは二度目じゃな。そなたが、不貞な族《やから》に奪われぬでよかった」

「それは誰のことにございますか」

知らぬとも思えない。照姫は信直を試しているように、笑みを向けていた。

「儂からそなたを奪う者のこと」

「万が逸の時はいかがなさいますか」

気心が知れているので、初夜の花嫁にしてはよく話す照姫だ。

「ならぬようにするのが家主の務め。たとえ、相手が将軍家であってもの」

「有り難き仕合わせ。ようやくご一緒に暮らせますなあ」

照姫は嬉しそうに笑みを浮かべる。

「儂は惣領家の家督候補から外されたが、そなたはよいのか」

「わたしには関係ありませぬ。わたしが申し上げたのは、側室では嫌だということ。父上は些か違うようにございますが。殿様はよろしいのですか」

「嫌なれば田子に呼んではおらぬ。望んだことじゃ」

「されば、側室などお持ちになりますまいな」

北陸奥の女子は嫉妬深いのか、照姫は念を押す。

「それとこれとは別の話。そなたが丈夫で嫡子を産み、儂を大事にすれば側室は持たぬ」

「まあ、ご勝手なことを。大事にするのは、殿方のほうではありませぬか」

「そうか、されば儂の大事ぶりを、そなた自身で確認せよ」

言うや信直は才ある照姫の華奢な肢体を抱き寄せ、唇を重ね合わせた。甘い夜の始まりである。

輿入れしたのち、照姫は周囲から照《てる》ノ方《かた》と呼ばれるようになった。


嫡子の鶴千代を得て以来、晴政は上機嫌であった。

蒸し暑い夏の夜、当主の晴政は、居間で若い側室の久米を侍《はべ》らせていた。

「まこと、鶴千代はお屋形様の跡継にして戴けるのですね」

当主の晴政にしなだれかかり、酒を注ぎながら側室の久米が言う。晴政の側に上がって一年余り、ようやく武家の言葉にも馴れてきたようである。

久米の両親も城に来るように晴政は勧めたものの、二人は武家のしきたりを覚えるには歳をとりすぎていると断り、未だ農作業に汗を流していた。

晴政にとって出自などは関係ない。嫡子を生んでくれた久米は愛おしくて仕方ない。晴政の正室が死去しているので、鶴千代を生んだ久米は、事実上の御台所《みだいどころ》として振る舞っていた。

そんな久米にも悩みがある。晴政には男子が生まれなかったので、一度は諦めて長女の婿である田子九郎信直を跡継に決めていたこと。誰しも我が子は可愛いものである。ましてや当主待望の男子を生んだ久米とすれば、跡継にしたいのは当然であった。

「安堵せよ。嫡子が家督を継がぬで誰が継ぐのじゃ」

注がれた酒を呷《あお》りながら晴政は、久米を安心させるように言う。

「陰では鶴千代を百姓の子だと愚弄しているようにございます」

「それは誰じゃ！　儂が首を刎ねてくれる」

顔をこわばらせて晴政は激昂する。晴政にとって、鶴千代はなににも替え難い宝だ。

「さあ、触れて回っているのは九郎殿という噂もございます。九郎殿はいかがなさるおつもりですか」

「無論、廃嫡致す。されど、今すぐというわけにもいくまい。まだ、九郎は使い道がある。存分に働いてもらわねばならぬ。まあ、本人も判っていよう。判らねば、おりを見て……」

始末するとは声に出せないが、晴政としては、そのつもりでいる。すぐに手を下すことができない理由は、まだ版図《はんと》を広げたいからである。三戸家が惣領家になった軍事力の最右翼は、晴政の弟の石川高信と、その嫡子の田子信直にあると言っても過言ではない。

「まずは、皆に鶴千代が家督を継ぐことを伝えてはいかがにございますか」

「そなたの心中が判らぬわけではないが、鶴千代に南部惣領家を継がせるにあたり、盤《ばん》石《じゃく》にしておかねばならぬ。それまでは彼奴らの力は必要じゃ」

なんとか田子家の力も、そっくり掌握したいと晴政は思案する。幸いにも信直に嫁がせた長女の亀姫は病死しているので、もはや婿という思いはない。晴政にすれば、娘を病死させたのは信直であるという認識でいるので、信直への負い目は消えていた。

(なんとか、手強い田子の家臣たちを手に入れたいもんじゃ)

北に版図を広げるには限界がある。津軽郡の残りを制圧すれば、あとは津軽海峡を渡り、異国のような蝦夷《えぞ》ヶ島《しま》(北海道)の地に兵を向けるしかない。これに対して、南や西は無尽蔵。晴政は精強な田子衆を先鋒として働かせたい思惑がある。田子衆は欲しいが、高信・信直親子は不必要。二人あっての田子衆であることは重々承知しているが、晴政にとっては痛し痒しといったところ。のちの豊臣秀吉《とよとみひでよし》がそうであるように、老いてから得た嫡子には、理屈ではない盲愛が芽生えるものである。

(田子は九戸に抑えさせるか)

晴政は五人の娘を上から順番に、田子信直、九戸実親、東家の政勝(朝行)、南家の盛義、北家の秀愛に嫁がせている。このうち東家は晴政派で、北家と南家は田子派となっている。九戸家は晴政派ではあるものの、三戸家と対等に近い勢力を持っているので、独自性が強かった。

北陸奥から東陸奥にかけての地は、極寒に加え山林部が多いせいか、領土は広いものの、関東以西のように稲が豊かに実らない。環境の違いのみならず、品種も異なるのか、尾張や近江《おうみ》で一反から収穫できる石高の半分以下であった。そのため、良田を求めて争いが絶えない。

これまでは、外敵が攻めてくれば、団結して排除にかかるものの、祖をたどれば皆同じという思いがあるので、南部家はなかなか強固な主従関係が築きにくかった。同族争いがようやく収束したかに見えたところであるが、鶴千代の誕生で、晴政の頭に信直排除の文字がくっきりと刻まれたのであった。

第二章　狂乱怒濤の蜂起

一

元亀《げんき》元年（一五七〇）、雪が舞う季節になった。周囲の山が紅葉した途端に降るのは毎年のことである。

惣領家である三戸《さんのへ》家の当主・晴政《はるまさ》が、側室の久米《くめ》の部屋で嫡子の鶴千代《つるちよ》をあやしている時、廊下から声がかけられた。

「申し上げます。東殿《ひがし》が登城なされました」

「儂とそなたの楽しい一時《ひととき》を邪魔する者が来おった。たんとお乳を飲んで温くするのじゃぞ」

嫡子に笑みを向けた晴政は、面倒だと思いつつ居間に移動した。

すぐに名久井《なくい》城主で東家の民部大輔《みんぶのたいふ》政勝《まさかつ》が姿を見せた。初名は朝政《ともまさ》と言い、晴政の娘婿になってから政勝と改名した。晴政派の有力一族である。

「九郎殿は泉山《いずみやま》の娘を娶ってから出仕しておりませぬか」

「警戒しているようじゃ」

「北家《きた》や南家《みなみ》とも連《つる》んでいる様子。思いのほか人望がありますなあ」

東政勝は信直を評価していた。

「あるのは親爺のほうであろう。八戸《はちのへ》の様子は？　九郎の婚儀には出席していたはずじゃが」

「田子《たっこ》ともお屋形様とも争うつもりはないようにございます」

「左様か。敵にせぬよう、取り込んでおけ」

八戸家は旧惣領家なだけに、晴政としても気遣いは必要だった。

「承知致しました。されど、あまり、事を荒立てぬほうがよいのではありませぬか」

「彼奴（信直）は油断できぬ」

「油断できぬのは、むしろ九戸《くのへ》ではござりませぬか？」

「九戸は北出羽の安東《あんどう》、東陸奥の斯波《しば》がいるゆえ、簡単に兵は出せぬと申してきた」

晴政の次女の婿・九戸実親《さねちか》からの返答である。

「お屋形様に内緒で公儀《こうぎ》（幕府《ばくふ》）に通じた九戸です。気を許しませぬよう」

「判っておる。牽制だけでも必ずさせる。それで九郎も安易に兵を挙げることができまい」

「九郎殿が蜂起《ほうき》するとは思えませんが。気を配るとすれば石川殿《いしかわ》でございましょう」

石川とは津軽郡の石川城主・石川高信《たかのぶ》のこと。田子信直の実父であり、晴政の実弟でもある。東西南北の諸戦場に出陣し、戦功の数は数知れず。高信なくして、南部家の勢力は維持できなかった。晴政が恐れているのは、甥の信直を攻めて、父の高信が出陣してくることである。

「行は思案《てだて》しておる。調略には日にちがかかる。相手は弱くない。慎重に運ばねばの」

噛み締める晴政の言葉に東政勝は頷いた。

晴政は改めて東政勝に対し、北家、南家と誼《よしみ》を通じるように命じて帰宅させた。

三戸城から三里ほど南東に位置する宮野《みやの》城。二戸《にのへ》の地に築かれているが、九戸氏の居城なので九戸姓が城名となって呼ばれることもあるので少々ややこしい。かつて九戸氏は二里半ほど南東の九戸に居を置いていたが、明応《めいおう》年間（一四九二〜一五〇一）に九戸光政《みつまさ》が奥州道中に近い二戸の地に居を移し、四代後の政実《まさざね》が大改修を行って堅固な城に築きあげた。その規模は惣領家居城とする三戸城よりも巨大である。

二年前の永禄《えいろく》十一年（一五六八）三月、政実は信直らと共に、安東愛季《あんどうちかすえ》に奪われていた鹿角《かづの》の長牛《なごし》城を奪い返したのちは、南の和賀《わが》郡に兵を進め、和賀薩摩守義次《さつまのかみよしつぐ》と戦って圧している。

九戸家の強さは勇猛な政実の戦いぶりと兵の采配の巧みさにあり、これを可能としているのは、兄弟の団結力である。すぐ下の弟は晴政の次女を正室にする実親、続いて久《く》慈政親《じまさちか》（政則《まさのり》）、康真《やすざね》がおり、妹は聟綿直顕《ほろわたなおあき》、七戸家国《しちのへいえくに》に嫁ぎ、皆が協力している。支配地の広さも含め、惣領の三戸家を凌ぐ勢いにあった。

寒風が吹く中、政実は弓場《ゆば》で体から湯気を上げながら矢を射ていたところ、弟の実親が現われた。

「三戸の使者が、是非とも兄上にご挨拶したいと申してござる」

二十九歳の実親が告げる。

「そちが会うたのであろう？　機嫌伺いに応じるため、着替えるのは面倒じゃ」

力強く矢を放ち、政実は言う。

「喜ばしい話もござるぞ」

「田子攻めへの後詰による恩賞か？　三戸殿にも、いつまでも主面《あるじづら》されては困るの」

足利《あしかが》十三代将軍・義輝《よしてる》に関東衆として認められた九戸家なので、政実は三戸晴政を主君とは思っていない。鹿角に兵を出して安東勢を追い払ったのは、あくまでも九戸家が安東氏と争っているからである。

「されど、少しでも所領が多くなるのは、よきことでござろう」

「よもや、嫁に泣きつかれたのではあるまいの」

この当時、女子は他家に輿入れしても、実家のために尽力するのが常であった。

「なにを申される。某《それがし》は九戸の者にござるぞ」

実親は憤りをあらわに否定する。

「ははは、そう怒るな。されど、全てを戯《ざ》れ言《ごと》とは申せぬ。田子を討てば、次は直に三戸家は当家を敵としよう。その時、苦悩するのは、そちであり、そちの嫁ぞ」

「されば、田子には兵を出さぬと？」

「目障りではあるが、今のところ田子と敵対してはおらぬ。緩衝《かんしょう》の地は必要じゃ。三戸と田子が争っている間に、我らは西や南に版図を広げられる」

的の中心を射抜き、政実は力強く主張する。

「三戸の申し出を断れば、田子と手を結んで当家に仕寄せてくるのではござらぬか」

「その時は返り討ちにしてやるが、兵を向けさせぬのも才覚の一つ。津軽《つがる》の大浦《おおうら》は南部から独立したがっておる。彼奴は使えようぞ。万が逸のため、誼を通じておくのも悪くない」

津軽の大浦為信《ためのぶ》は、政実の弟の久慈政親と姻戚関係にある。

「敵の敵は味方にござるか。大浦が挙兵致せば、津軽の石川も動けぬということにござるな。さっそく遣いを送っておきましょう。三戸の使者には、某が適当に応対しておきます」

納得したようで、実親は弓場を後にした。

（南部の家中は団栗《どんぐり》の背比べ。我らは一歩抜けだした。彼奴らが家中で足を引っ張り合っている間に、儂は東陸奥を制し、中陸奥、北出羽へと版図を広げてやる）

九戸政実の目は西から南に向けられていた。

津軽は北陸奥のおよそ西半分の地域を言い、東から田舎《いなか》、平賀《ひらが》、鼻和《はなわ》の三郡に分けられていた。古くは山辺《やまべ》、奥法《おきのり》郡さらに外浜《そとはま》、北浜、西浜なども存在したという。いずれも古代の国郡制下で命名された郡ではなく、蝦夷《えぞ》の一族長《おさ》の支配圏を呼んだものだとされている。津軽は蝦夷《えぞ》ヶ島《しま》にも近く、アイヌ民族との交易が頻繁に行われている地でもあった。

穀物が育ちにくい東陸奥や北陸奥の地にあって、津軽は比較的多くの収穫が望める地でもあるので、諸将が欲して争いが絶えなかった。

鎌倉時代の末期には安東一族が蝦夷管領として蝦夷ヶ島から北陸奥と北出羽の一部を支配していた。南部氏は同一族と長い戦いを繰り広げた末に勝利し、延徳《えんとく》三年（一四九一）、南部支族の大浦光信《みつのぶ》が東陸奥の久慈から西津軽に入り、種里《たねさと》城を築いて居城とした。

大浦光信が津軽における大浦氏の祖となり、同氏は津軽三屋形の一氏に数えられた。残りの二氏は三戸家の支族・大光寺《だいこうじ》氏と、浪岡御所《なみおかごしょ》に在する北畠顕家《きたばたけあきいえ》の子孫となる北畠氏である。

数多い三戸家の支族に久慈家の当主・信義《のぶよし》がいる。信義の弟の平蔵《へいぞう》は兄と不和になって出奔し、同じ三戸家一族の津軽郡代を務める石川高信を頼った。不憫《ふびん》に思った高信は、従者の飛鳥某《あすかなにがし》に平蔵を預けている。ほどなく平蔵は大浦光信の曽孫《ひまご》にあたる為則《ためのり》に取り入った。

一説には、平蔵の母は信義の父・治継《はるつぐ》の後妻で、平蔵が先妻の息子である信義に虐待されたので、平蔵を連れて津軽の大浦為則を頼ったともいう。

平蔵はよほど大浦家の当主である為則に気に入られたのであろう、偏諱として「為」の字が与えられ、為信《ためのぶ》と名乗っている。

永禄《えいろく》十年（一五六七）三月、大浦為則は病床につくと、十三日、次女の戌姫《いぬひめ》（阿保良《あほら》・福姫《ふくひめ》）を十八歳の為信に妻《めあわ》せ、大浦家の養子に迎えた。

大浦為則には三人の男子がいたとされる。長男の大浦紀伊守《きいのかみ》の存在自体が定かではなく、為則の弟で武田家を継いだ紀伊守守信《もりのぶ》と混同されていることが多い。次男の五郎と三男の六郎は幼少でとても大浦家を率いていくことは難しい。そこで才覚のある為信に白羽の矢が立てられた。あるいは、五郎らが成長するまでの陣代に任じられたのかもしれない。

為信を嗣子《しし》とした大浦為則はおよそ一月後の閏《うるう》三月十六日、失意のうちに病死した。享年四十八。あまりにも為信には都合がよいので、のちのことを考えると、為信が奸計《かんけい》で落命させた可能性が高い。

久慈家を出奔した為信よりも、大浦家には強い絆で結ばれている親族があった。大浦為則の長女・朝日御前《あさひごぜん》は、八戸家の支族で堤浦《つつみがうら》の横内《よこうち》城主・堤則景《つつみのりかげ》に嫁いでいる。為則の姉は則景の父・弾正《だんじょう》の正室で、則景の姉は為則の側室となって朝日御前や戌姫を産んでいる。

大浦家にとって堤家は最大の閨閥《けいばつ》で、為則亡きあと大浦家を継ぐと目されていたものの、為信はこれを押し退け、大浦家の養子として当主の地位に就いた。その後、則景の消息は不明になる。闇のうちに葬ったのか、享年《きょうねん》も諡号《しごう》も伝わっていない。為信が梟雄《きょうゆう》と言われる所以である。

大浦城で津軽の足固めをする為信は、永禄十一年（一五六八）、南出羽の尾浦《おうら》城主・大宝寺義氏《だいほうじよしうじ》と誼を通じた。翌十二年、この伝手を使って家臣の大浦十左衛門尉《じゅうざえもんのじょう》（のちの盛岡信元《もりおかのぶもと》）を同国の山形《やまがた》城主・最上義光《もがみよしあき》の許に派遣し、遠交近攻の盟約を結んだ。

翌元亀元年の春、為信は越後の弥彦大明神《やひこだいみょうじん》を参拝し、ついでというよりも、こちらが本命であろう山形城を直に訪れ、最上義光と昵懇になっている。ひとまず為信は北出羽の安東氏と和睦しているが、いつ破談するか判らない。大浦、最上両家の敵は安東氏である。

同盟の証として最上義光は為信に鉄砲三十挺を贈っている。

鉄砲は貴重な品で、全国の武将でもなかなか入手できなかった。種子島に伝わったとされる天文《てんぶん》十二年（一五四三）当時、西村天囚《にしむらてんしゅう》の『南島偉功伝《なんとういこうでん》』によれば、ポルトガル人は「鉄砲二挺を二千両に売りつけし」とある。比較するのは難しいが、江戸時代の一両が六万円とすれば、一挺六千万円という値段になる。『鉄砲記』には「その価の高くしておよび難し」と記されており、とにかく高価なものであったことは間違いない。

日本で鉄砲が製造されるようになると、鉄砲は足軽三年分の値段と言われるようになった。大卒初年度の年収が年齢×十五ヵ月だとすれば、三百四十五万円になる。三年分は一千三十五万円。仮にその半分だとしても、国産の高級車が買える計算だ。

石高の一石は米百五十キログラムで、現在十キロを四千円で計算すれば一石は六万円。元和《げんな》元年（一六一五）、幕府が近江《おうみ》の国友《くにとも》村に大小四百三挺の鉄砲を注文し、一万四千八十九石一升を払った。とすれば一挺平均で約二百九万余円まで下がったことになる。勿論、口径の大小、銃身の長短などによって値段は違う。寛永《かんえい》十四年（一六三七）、島原《しまばら》の乱が勃発した時には、再び高値になったという。いずれにしても、まだ一郡も支配していない大浦家とすれば、強力な支援を受けたことは確かだ。

大浦為信は居間におり、脇息《きょうそく》に手をつき、右手で鬚《あごひげ》を撫《な》でていた。三国志に出てくる関羽雲長《かんううんちょう》に憧れて、鬚のみならず、髭《くちひげ》と髯《ほおひげ》も伸ばしている。のちには鍾馗《しょうき》のようになり、髭殿と呼ばれる。

先ほど、為信は九戸家の使者と顔を合わせたばかり。提携には応じた。

「その仕種は迷われているのですか」

側近の大浦信元《のぶもと》が問う。

「思案しているだけじゃ。迷いなどはない」

「されば、いつということにございますな。雪深くなる前ですか、雪解けを待ちますか？」

「そう急《せ》くな。津軽も南部の支配下じゃ。腰を上げれば、九戸を除く南部を敵に廻すことになる。これらは我らの十倍以上の兵力ぞ。失敗すれば踏み潰される。兵を挙げたからには、少なくとも津軽の三郡を奪い取り、大浦の国を築くまで戦は止められなくなる。強大な敵に対し、勝てる行《てだて》が見つかるまで、今少しの根廻しが必要じゃ」

二十一歳の為信は、血気には逸《はや》らず慎重だ。

津軽郡には、大浦城の南東に郡代の石川城主の石川高信があり、平賀郡に大光寺城主の滝本重行《たきもとしげゆき》、その北東の浅瀬石《あさせいし》城主の千徳政光《せんとくまさみつ》（政吉《まさよし》）、その西の田舎館《いなかだて》城主の千徳正《まさ》武《たけ》、大浦城の東の和徳《わっとく》城主の小山内讃岐守《おさないさぬきのかみ》、北部の名門・浪岡御所の北畠顕村《あきむら》、さらに北の油川《あぶらかわ》城主の奥瀬善九郎《おくせぜんくろう》などが健在である。中でも石川高信は津軽最強の武将で、大浦家の寄親《よりおや》のような存在であった。

「申し上げます。三戸家の遣いがまいりました」

近習の成田市助《なりたいちすけ》が廊下から告げる。

「三戸家から？　珍しいの。通せ」

為信の許可に応じて、三戸家の使者が罷《まか》り出た。

「主の遣いでまいりました。このこと他言無用とのことにござる」

使者の小笠原義之《おがさわらよしゆき》が言う。

「承知致した。して、話とは？」

「お屋形様の下知《げち》次第に、石川殿を討って戴きたい」

「なんと！」

正直、為信は驚いた。目的が一致している。とはいえ、にわかには喜ぶことはできない。

（よもや、三戸に我が肚《はら》を知られたか）

おいそれと肚裡《とり》を晒《さら》し、謀叛の疑いありと、逆に兵を向けられては敵《かな》わない。

「これはまた、戯れ言を。儂の言葉尻を捕まえて、背心ありと言うつもりか？　剣吞《けんのん》、剣吞」

「戯れ言ではござらぬ。石川、田子親子の返り忠は確実。それゆえのこと」

「事実であれば、惣領家の下知に従うのも吝《やぶさ》かではない。されど、返り忠の証《あかし》でもあるのか？　石川殿は惣領家のご舎弟《しゃてい》ぞ」

二つ返事で応じたいところではあるが、為信は野望を面に出さぬように気遣った。

「田子は出仕を拒んで早四月《はやよつき》。近しい者を集めて戦の準備をしてござる」

「石川城に、左様な噂は聞かぬが。仮に、あったとしても田子だけではないのか」

「田子を討てば、石川殿が兵を挙げるのは必定。あるいは、その前に動くやもしれませぬ。寡勢《かぜい》の大浦殿が後手に廻るは不利になるばかり。それゆえの先手でござる」

小笠原義之は説くように言う。

（元々、跡継とされた田子だけに、主座に座りたい思惑はあろうが、蜂起より早く惣領家は田子を騙《だま》し討ちにする気か。その契機《けいき》を儂にさせようという魂胆とはのう。儂に石川を嚙み付かせ、注意を引き付けている間に。これに九戸も搦んで……。老いてからできた子は、よほど可愛いらしい。この近年、大きな争いをしていない南部家を、自ら争

乱に陥《おとしい》れようとするのだからの）

一瞬、九戸と挟撃するのか、と聞きそうになったものの、為信は堪えた。

「難題でござるな。石川殿は南部家で一、二を争う戦上手。しかも兵数は当家の倍以上。万が逸の時、後詰はして戴けようか」

「勿論、石川殿亡きあとの郡代は大浦殿にお任せ致すとのことにござる」

怪しい目で小笠原義之は告げる。

（郡代などにして戴かずとも、津軽に新たな国を築き、国主になってくれるわ）

本音をもらすわけにはいかない。

「このこと、儂のほかには？」

「今のところ貴殿だけにござる」

小笠原義之の言葉を聞き、為信は確信した。

（儂のところだけならば、やはり我が肚を疑っているのも事実じゃな。田子、石川を討ったあとは、儂に兵を向けるつもりか。そうさせてたまるか。仕寄せてくれば返り討ちにしてくれる。されど、その前に儂が石川を討たねばはじまらぬか）

津軽に落ちた時、石川高信を頼ったこと、為信は恩義にはまったく感じていなかった。

（田子の九郎、背信の噂を立てず、三戸に謀心を持たせるとは、未熟なのか、あるいは曲者なのか。もしかしたら、儂と同様、同じ穴の狢《むじな》やもしれぬな。九戸の左近将監もの）

惣領家でありながら謀略を企てる晴政よりも、警戒されるまだ見ぬ信直に、為信は脅威を感じた。

「されば、少なくとも津軽の者には、これ以上、申されぬようにと、お屋形様に告げられよ。〈天知る、地知る、我知る、人知る〉の喩《たと》えもある。三人の耳に入れば、世間に知れるも同じこと」

この喩えは、他人は知るまいと思っていても、すでに天地の神々も、自分もお前も知っている。本来、悪いことは皆知っているので、悪事はできないという諺《ことわざ》である。

「しかれば、下知に従うとお約束できましょうな」

「惣領家の命令とあらば」

為信が応じると、小笠原義之は喜んで帰途に就いた。

「惣領家にとって、石川殿は実弟でござるぞ。にわかには信じられませぬが」

大浦信元が疑念に満ちた目を向ける。

「老いの妄執《もうしゅう》というやつじゃ。自ら領国を乱してくれるとは、我らには有り難い限り。

三戸の南部もそう長いことはなかろう」

「されば、まこと石川城に兵を進めるのですか?」

「いずれはの。その前に致すことがあるが」

思案を巡らせながら為信は告げる。

「なんにしても石川は強敵。仕寄せるにあたり、惣領家から書状を得ておいたほうがいいのではないですか。下手をすれば躍らされて、餌にされることになりましょうぞ」

「左様なものを手にすれば、儂は南部の麾下であることを示すことになるではないか。儂は男子を産んでくれた三戸の側室に感謝致す。田子の九郎が、円滑に家督を継いでいたら、儂の出る目はなかったやもしれぬ」

「されば、殿は？」

両目を大きく見開いて大浦信元は問う。

「そうよ、石川への出陣は、南部から脱却し、津軽を切り取る戦のはじまりじゃ。もはや人の下にいるのは鼻持ちならん。下克上の世じゃ、力ある者が上に立って然《しか》るべき。滅びたくなければ、常に強くあればいい。乱世はやられるほうが悪いのじゃ！」

力強く為信は吐き捨てた。

（儂は大浦を元にして新たな家を起こし、南部から離脱して、新たな国主になってやる。南部など、もはや過去の力。この最北端の地から、どこまで南に進めようかの）

若き為信は出陣の日を心待ちにした。

二

元亀二年（一五七一）春、雪深い北陸奥でもようやく土筆《つくし》が芽を出し、蕨《わらび》や薇《ぜんまい》を目にできる。植物のみならず、冬眠から覚めた動物も姿を見せるようになった。

薺《なずな》の花が揺れる中、信直は鷹狩りに出た。場所は三戸との領境に接する長坂《ながさか》である。

鷹狩りは、ただ鷹に獲物を捕らせる遊びではない。事前に家臣を森林や茂みに配置し、獲物の様子を報告させ、家臣たちに追い立てさせてから鷹を放って獲得するもの。まさに軍事訓練の一環なので、諸国の武将は好んで行った。信直もその一人。

茂みに潜んでいた家臣が獲物を見つけ、鳴りものを打ち鳴らして野原に追い立てる。

「行け！　獲ってこい」

左腕に乗せた鷹を放って、信直は声をかけた。鷹は羽風を立てながら天高く舞い上がる。陸奥の鷹は馬と共に全国の武将から高値で求められる貴重なもの。中でも信直の持つ修羅《しゅら》と命名された鷹は、天下逸品と言っても過言ではない。これまで狙った獲物を逃がしたことはない。修羅は隼のように急降下はしないものの、風下から優雅に舞い降り、地を跳ねる野兎を両足で鷲摑みにした。

修羅は信直の足下に野兎を抛《ほう》り、差し出された左腕に戻ると誇らし気に鳴いた。

「愛《う》い奴じゃ。そちは日本一の鷹じゃ」

褒美の肉を修羅に与えながら、信直は笑みを向けた。そこへ近習の木村秀常が跪いた。

「申し上げます。北の茂みに刺客と思しき者が三人おりました」

「懲りぬの。して、其奴《そやつ》らはいかがしたか」

鷹狩りの最中にとは、あまりの愚行と、信直は溜息を吐く。

「捕らえさせようと致しましたが、逃してしまいました。申し訳ありませぬ」

「修羅のようにはいかぬらしい。惣領家か？」

愛鷹の背を撫でながら信直は問う。

「おそらく……。いかが致しますか？　また狙おうと致しますぞ」

「抛っておけ。惣領ともあろうお方が、なんの非もない婿であった者を仕物《しもの》（暗殺）にせんとするなどは言語道断。行うごとに人望を失うばかり。その証拠に加担する者も減っていよう。もし、南部の諸家が同意しておれば、儂の命などはとうに討たれておる。それに、そちたちがいるゆえ安堵しておる」

鷹揚に信直は告げ、木村秀常らの忠心を労《ねぎら》った。だが本心は違う。

信直は南部家二十三代当主・安信の次男・石川高信の子に生まれたがために、家督に就けずにいた。父の高信は南部一の戦上手でありながら、惣領の次男というだけで家臣のごとき扱いを受け、常に最前線で戦ってきたが、今なお津軽郡代という地位に押し込められている。晴政は不安定な遠い地を任せられるのは、信頼の厚い高信しかいないからだと煽《おだ》てるが、信直には左遷であり、冷遇されているとしか思えない。早く自身が家督を継ぎ、父を田子に呼び戻すことを願っていた。

（すでに熟している実じゃ。黙っていても落ちるものを危険を侵して捕る必要などない。晴政殿は勝手に潰れるからいいとして、本題はその後じゃの。津軽は父上がいるゆえよいとして、敵になるのは、やはり九戸になろう。九戸も味方がおらねば従うしかあるまい。いかに皆を引き付けるか）

　鶴千代は乳飲み子なので、どうにでもなる。信直は、修羅を飛ばしながら、公然と南部家の家督の地位に就くかを思案していた。

　三戸城の居間で久米や鶴千代と一緒にいる晴政の許に、上斗米大蔵《かみとまいおおくら》が訪れた。

「お人払いをお願い致します」

「構わぬ。申せ」

「はっ、されば申し上げます。また失敗に終わったようにございます」

　上斗米大蔵は久米をも前にして報告した。

「ちっ、またか。なにゆえ立て続けにしくじるのじゃ」

　舌打ちしながら晴政は問う。手に抱く鶴千代には笑みを向けている。

「思いのほか田子殿は用心深く、広く家臣に見張らせております。今一つ、城内で内応している者がいるのやもしれませぬ。こちらの行動が悉《ことごと》く露見しております」

「なんと、当家に背信する者がいるのか！」

　大声に鶴千代が驚き、泣きだした。

「おお、恐かったか。そちを叱ったのではないぞ。悪いのは当家の戯《たわ》けどもじゃ」

　嫡子を久米に渡し、晴政は上斗米大蔵に向かう。

「いっそ、そちが討ってはいかがか。成功の暁《あかつき》には田子の地を与えようぞ」

「恐れながら、某ごときでは討つこと敵いませぬ。誰ぞ、ほかの者にお命令を」

「なんと情けない。左様な胆《きも》でいかがする？」

晴政は吐き捨てる。

「田子殿の周囲は警戒が厳重。討つならば当城に呼び寄せられてはいかがにございましょう」

「できれば苦労はせぬ。目の前におれば儂が斬り捨ててくれるわ」

不快感をあらわに晴政は吐き捨てた。

（登城せぬとあらば、登城せねばならぬように仕向けるしかないの）

晴政は小笠原義之を呼びつけた。


惣領家からの許可が出た。田子と石川の同時攻撃である。大浦為信には石川城攻めであった。

（かような場合、普通は三戸の様子を見てから腰を上げるのが筋であろうが、それでは惣領家の下知を受けて城攻めしたことになる。さすれば儂は南部家の家臣のままじゃ）

大浦為信は首を横に振る。

（儂はこれまで思案していたことを実行するまで。これは我が意思にて行うことで、誰の命令を受けたものでもない。たまたま時期が重なったに過ぎぬ。惣領家は儂を餌にせんとするつもりであろうが、逆じゃ。儂が惣領家を利用してくれる）

小笠原義之には素直に応じた為信であるが、惣領家の命令どおりに従うつもりはない。

石川城主の石川高信だけでも、二、三日で一千の兵を参集できるであろう。麾下にいる大光寺城の滝本重行、浅瀬石城の千徳政光、田舎舘城の千徳正武、和徳城の小山内讃岐守、浪岡御所の北畠顕村、油川城の奥瀬善九郎などを集えば三千を超える。対して為信の大浦勢は掻き集めても一千には届かない。

(兵が足りねば頭を使うまで。常に多勢が勝つならば、織田信長《おだのぶなが》はこの世におるまい)

永禄三年(一五六〇)、織田信長は尾張《おわり》の田楽狭間《でんがくはざま》において、二千の兵で二万の今川《いまがわ》軍と戦い、大将の義元《よしもと》を討ち取って、その名を全国に轟かせた。為信は同十一年(一五六八)に幕臣・細川《ほそかわ》(のちに長岡《ながおか》)藤孝《ふじたか》の家臣だったという沼田祐光《ぬまたすけみつ》を召し抱えている。為信はほかにも、上方のことを祐光から聞いていた。祐光は為信の軍師と言われている。

(さて、餌を撒《ま》きに行くか)

麗《うら》らかな春の日、為信はわずかな供廻と共に土産を持ち、大浦城から三里半ほど南東に位置する石川城を訪問した。

石川城は平川《ひらかわ》の西岸を見上げる丘陵の先端(標高九十七メートル)に築かれている平山城で、土塁と空堀に守られている。突き出た形が大仏の鼻に似ていることから大仏《だいぶつ》ヶ鼻《はな》城とも呼ばれており、南西の端に主郭を置き、北に延びた傾斜地に階段状に郭を配置、南東に二ノ丸、北に三ノ丸、大手門は北、搦手《からめて》は西側、北から西にかけて十二の舘が築かれ、家臣の屋敷は北側に広がっていた。

為信は石川高信の前に罷り出た。大浦氏は津軽郡代・石川氏の麾下であり、為信も高信と共に安東氏を相手に戦った間柄でもあるので、よく知った仲である。為信はこれまで独立を疑われぬよう慎重に応対してきたので、高信からすれば従順な配下の一人という認識であろう。

「よき猪を捕りましたので、一献いかがでしょう」

今まで何度も酒や肴を持参してご機嫌伺いに来ていたので、石川高信も気さくに応じる。戦に強い高信は豪放磊落《ごうほうらいらく》な人物で、面会を求める者には分け隔てなく会った。占領地で安定した支配を行うには必要なこと。為信同様、挨拶に来る麾下の国人衆が多いことも事実であった。

二人は飲むほどに饒舌《じょうぜつ》になり、上機嫌であった。

頃合を見計り、為信は口を開く。

「石川殿が大仏ヶ鼻にまいられてからというもの津軽一円は静謐《せいひつ》となり、まことに目出たき次第にござる。お陰で当大浦家も安寧《あんねい》に過ごせ、領民も心安く暮らしております。されど、時は乱世、まだまだ周囲に敵は多くござる。つきましては、当家の領内にある堀越《ほりこし》の舘《やかた》が荒れておりますれば、なにとぞ修築のことお許し戴きますよう。いざという時は石川殿がご使用なされても構いませぬ」

為信は両手をついて懇願した。為信は警戒させぬように、堀越城とは呼ばずに、あえて舘とした。堀越城は石川城から一里ほど北西に位置する荒れた小城である。

「ほう、儂がのう。左様か。よきに計らえ」

鷹揚に石川高信は許可した。

「有り難き仕合わせに存じます。完成の暁には、是非ともご検分戴きますよう」

為信は平伏して礼を言う。床を見る為信は北叟笑《ほくそえ》んでいた。

（堀越城が敵に廻れば石川城にとって喉元に刃を突きつけられることと判らぬのか。逆に、我らにすれば敵に対しての橋頭堡《きょうとうほ》。もはや治にいて乱を忘れた石川など敵にはあらず）

頭を下げながら、為信は立場が逆転する近い日を楽しみにした。

大浦城に戻った為信は、すぐさま堀を深くして、掘った土を土塁にして高くしただけではなく、外から土や石を運び込ませた。土の入った俵の中には、矢玉のほか、兵糧を隠しておいた。

半月ほどで修築が終了すると、為信は石川高信に報告し、祝いと称して石川の重臣・金沢円松斎《かなざわえんしょうさい》、栃尾靫負《とちおゆげい》、竈浪外記《つるなみげき》の三人を大浦城に招いた。

「存分に楽しんで下され」

為信は石川家の三重臣に笑みで告げ、大浦家の家臣たちに、美酒佳肴《かこう》で饗応することを命じた。

大浦城を訪れた三重臣は三日間、山海の珍味を喰らい、酒を呷《あお》る。大浦家の家臣たちは射術、馬術、猿楽《さるがく》、相撲を披露して、誠心誠意もてなした。

「大浦殿は若いにも拘わらず、人を喜ばせることに長けておる。また、お呼ばれしたいものじゃ」

帰る際には太刀や衣などを土産に持たせたので、重臣たちの顔から笑みが消えることはなかった。

「平素のご恩からすれば、かようなことなど易きこと。明日は端午の節句でもあり、改めて石川城にお伺い致したいところでござるが、あいにく体の調子がよくござらぬ。回復次第に参上仕《つかまつ》るゆえ、なにとぞ石川殿にお伝えくだされ」

慇懃に為信は頼み込むと、三重臣は上機嫌で大浦城を後にした。大浦家の家臣・板垣《いたがき》将兼《まさかね》の案内で、三重臣は石川城に帰路の途中、検分のために堀越城に立ち寄る予定である。

（戯けた輩《やから》じゃ。あの程度で籠絡《ろうらく》されるとはのう。石川に人はおらぬらしい）

遠ざかる三重臣のだらしない背を大浦城から眺め、為信は肚裡で蔑んだ。

板垣将兼は堀越城に到着すると、配下に命じて三重臣を虜にして監禁した。すでに同舘には人足《にんそく》に扮した家臣たちを百人以上入れてある。

堀越城からの報せが届けられると、為信は主だった家臣たちを集めた。大浦信元、沼田祐光、小笠原《おがさわら》信清《のぶきよ》、十二屋《じゅうにや》宗廣《むねひろ》、塗辺地《ぬるへち》新七《しんしち》、桜田《さくらだ》副貞《すえさだ》、深浦《みうら》八幡《はちまん》、一町田《よぼろだ》靭負《ゆげい》、黒《こく》土《ど》近江助《おうみのすけ》などである。

「今宵、石川城を急襲致す」

意を決して為信は家臣たちに告げた。

「畏れながら申し上げます。いずれ石川は倒す敵かと存じますが、周囲に支城が多々あります。まずは支城を先に落としてはいかがにございましょう」

小笠原信清が進言する。

「そちの申すことは尤《もっと》もなれど、支城を攻めている間に、石川に兵を整えられては、このたびの挙兵は失敗する。無警戒の今なれば石川を討てる。敵の頭を潰せば、周囲に万余の兵がいようとも烏合《うごう》の衆も同じこと。今宵《こよい》、石に齧《かじ》りついても石川を討つのじゃ。さすれば恩賞は思いのままぞ」

顔から火でも噴くような決意で為信は告げた。

「さすが殿、その意気込みなれば、必ずや願いは叶いましょう」

予定どおりに軍師の沼田祐光が賛成すると、他の家臣たちも志を同じくした。

「南部の手から津軽を取り戻し、新たな我らの国を築くのじゃ！」

為信は南部家の血を引いているものの、蜂起と同時に決別する気でいた。大浦家の家臣は津軽の国人が多数を占めている。ある意味、自分を背水の陣に追い込むつもりでもあり、家臣を鼓舞するために、為信は強く宣言した。

「おおーっ！」

若き当主の下知に、家臣たちは鬨《とき》で応じた。

五月四日から日付の変わる子《ね》ノ刻（午前零時頃）、為信は兼平綱則《かねひらつなのり》ら百数十の兵を留守居に残し、大浦城を出立した。身には鉄錆地塗仏胴胸取五枚胴具足《てつさびじぬりほとけどうむねとりごまいどうぐそく》を着用し、その上に金縁深紅《きんぶちしんく》の陣羽織《じんばおり》を羽織り、木製の金泥塗《きんでいぬり》の錫杖《しやくじよう》の前立《まえだて》とした鉄錆地塗頭形兜《ずなりかぶと》をかぶり、栗毛の駿馬に跨がって南東へと向かう。

　空にかかる四日目の月は、それほど明るくはないが、闇の中では十分に道を照らす役目を果たしている。白地に黒の「雲形と卍」の馬印と、牡丹の家紋を染めた旗指物が闇夜に靡いている。

（必ず成功させる。朝には世が変わる。いや、儂が変えるのじゃ）

昂揚の中、為信は駿馬に揺られながら自分に言いきかせた。臆する気持はないが、闘争心のあらわれか、身が熱くて仕方がなかった。

　夜中であり、秘密を期することもあり、大浦勢で誰も無駄口を叩く者はいない。具足の擦れる音や、地を踏みしめる音、馬蹄《ばてい》が延々と続いた。

　一刻ほどで為信は堀越城に着陣した。津軽の各城から堀越城に集結させた数は八百五十余。南部家の支配に不満を持っているのか、欠ける家臣は見当たらなかった。石川城を落とせば、支城も簡単に攻略できると為信が告げた言葉を信じ、それによる恩賞を望んでいるに違いない。

（重畳至極。欲は人の不安を消すようじゃ）

　配下の集まり具合を目にし、為信は満足した。すでに為信の戦術は立ててある。為信らが堀越城に到着したと同時に、先陣は同城を出発した。

　先陣は板垣将兼を大将に百五十。この中には野武士や地侍の八十三人が含まれている。

八角形で六尺の長さの樫の棒を手にし、「尾花綴りの厚指物を着し、くっさい帽子をかぶり……元来、死生知らずのあぶれ者」と『津軽一統誌』に記されている。火消しのような出で立ちで、頭巾をかぶった山賊のような者たちであろう、折笠與七《おりがさよしち》、小栗山左京《こぐりやまさきょう》、砂子瀬《すなこせ》勘解由《かげゆ》左衛門《ざえもん》らであった。

右の八十三人は忍びの者とも言われ、それぞれ「盗」と記されているので、夜陰に乗じて城内に潜り込むことに長けている。夜襲なので正規の武士よりも適していた。

二手は重臣の大浦信元と小笠原信清らの二百五十、三手は為信本隊の三百五十であった。さらに為信は下新岡出雲《しもにいおかいずも》、葛原治部《つづらはらじぶ》ら百余を堀越城から三十町ほど北西の大清水《おおしみず》に後備として置き、石川方である和徳城の小山内讃岐守に備えさせた。

東は石川が流れ、断崖でもあるので、大浦軍は西から石川城に押し寄せた。

丑《うし》ノ下刻（午前三時頃）、城に迫った先陣の板垣将兼は、身軽な折笠與七、小栗山左京に城壁を上らせ、宿直の門番を始末させ、中から西にある搦手の城門を開かせた。同時に寄手は門の中に雪崩込み、手薄な兵を仕留めながら三ノ丸にと向かう。

城門を突破した報せは、即座に西の本陣に届けられた。まず第一の目的は達したことになる。

「左様か。一気に潰せ！」

もはや事を秘することはない。為信は大音声と共に采を振り下ろした。途端に周囲では松明《たいまつ》、提灯《ちょうちん》に火が灯され、石川城の西から北にかけて昼のように明るくなった。目にした城兵は、さぞかし面喰らったに違いない。恐怖をさらに煽るかのように、最上義光から贈られた鉄砲を釣瓶《つるべ》撃ちにした。聞き慣れぬ轟音を夜中に聞いただけで、石川勢は恐怖にかられていた。

大浦勢は戦鼓《せんこ》、陣鉦《じんがね》を打ち鳴らしながら、本丸目指して疾駆する。

「なにごとか!?」

夥《おびただ》しい咆哮《ほうこう》を耳にした石川高信は、白い小袖姿のまま部屋を飛び出した。

「大浦の返り忠（裏切り）にございます。七百余の兵に取り囲まれております。すでに搦手は破られ、敵兵は本丸に迫っております」

石川高信の足下に跪いたのは、信直の弟にあたる彦次郎で、元服して政信《まさのぶ》を名乗っている。政信は正室の息子であった。

「おのれ大浦か！　彼奴《きやつ》のことなれば、もはや是非もあるまい」

為信は、いつも手際がよかった。満を持して挙兵したからには、手抜かりはないと石川高信は判断した。夜明けの端午の節句を祝うために、石川城の家臣たちは城下の屋敷に戻っていて、城内には百数十しか残っていない。高信は討死を覚悟した。

「そちは、すぐさま東の裏門から脱出致せ。田子は遠い。津軽なれば、北畠（顕村）殿の浪岡御所が安全。そこで再起を図り、田子の信直と結束して我が恨みを晴らせ」

即座に石川高信は政信に命じた。

「某一人、逃れることなどはできませぬ。落ちるならば父上と一緒。さもなくば、戦いまする」

石川政信は拒否して父親に懇願する。

「敵の当所《あてど》（目的）は我が首じゃ。儂の首が見つからねば追手が四方八方に走り、助かる者も助からなくなる。よいか、葬式などはいらぬ。我が墓前に為信の首を添えるのが、供養だと思え」

「されど……」

「敵が押し寄せれば、落ちることもできぬ。親子揃って討ち死にするのは愚の極み。源《みなもとの》頼朝《よりとも》公は逃れたからこそ天下を取ったのじゃ。我らには同じ源氏の血が流れておる。祖の血に背くな！」

最後の教示と、石川高信は息子に怒号した。

「承知……致しました……。されば、御免」

悔しさと悲しみを嚙み締めながら、石川政信は高信の前から走り去る。政信は数人の供廻と東の断崖を転がるように滑り、石川を渡河して石川城から四里半ほど北に位置する北畠顕村の浪岡御所に落ちていった。

「さて、一働きするか」

具足を着用している暇がないので、石川高信は袴だけを穿《は》くと、駿馬に飛び乗り、本丸から打って出た。狭い場所では馬上の鑓は使いづらいので、太刀を抜いて斬りかかる。

二、三人斬るとすぐに刀は刃毀《はこぼ》れし、歪んで使い物にならなくなるので、高信はとって返す。三度、出撃したのちに、本丸に戻って城門を閉ざした。まだ、戦い足りないのはやまやまながら、敵に首を渡しては恥である。
　石川高信は本丸の敷地内にある持仏堂《じぶつどう》に入ると、すでに正室の北ノ方は侍女たちと逃れていた。万が逸の時の指示は出してある。北ノ方はすでに察しているようで、白装束《しろしょうぞく》に着替えていた。

「さすが我が正室、よき覚悟じゃ。我が失態で、そなたを道連れにするのは心苦しいが、愚将に嫁いだと諦めてくれ」

「なんの、津軽の郡代になられたではありませぬか。わたしは幸せでございました」

　北ノ方は笑みを向ける。もはや生死を超越しているようであった。

「痛みは一瞬。すぐに儂も追うゆえ安堵致せ」

　説くように告げた石川高信は脇差を抜き、北ノ方の背に左手を廻す。北ノ方は胸の前で合掌したまま目を閉じた。

「許せ」

　言うや石川高信は合掌する左手の横をすり抜けるように脇差を突き刺し、北ノ方の心臓を抉った。

「うっ」

　短い呻き声を上げ、北ノ方の肢体から徐々に力が抜けていった。白い衣装は牡丹の花でも咲かせたかのように、鮮血の染みが放射状に広がっていった。

脇差を引き抜き、北ノ方を仰向けにして手を組ませたのち、石川高信は自身の小袖をはだけた。

(後は頼むぞ。政信、信直……)

外では、城主の切腹の刻を稼ごうと、家臣たちは最後の抵抗を試みている。喧噪《けんそう》の中、逆さに脇差を握り直した石川高信は、左の脇腹に突き刺し、右に向かって真一文字に切り裂いた。

「御免!」

田子から付き従う宮沢弥兵衛《みやざわやひょうえ》が、涙声をもらして介錯《かいしゃく》をした。

主君の首を刎ねた宮沢弥兵衛は、丁重に首を包んだのち、北ノ方の横に遺体を並べ、周囲に油を撒いて火をかけた。

あとは炎が不憫な姿を消し去るのを待つばかりであったが、ついに大浦兵が持仏堂に乱入し、宮沢弥兵衛を斬り捨てて、石川高信の首級を獲得した。首は為信の手に渡った。

為信は石川高信夫婦の遺体を近くの禅寺に運ばせて懇《ねんご》ろに供養するように命じたが、高信の首は討った百数十の石川兵の首と共に、城の西に架けた。

ようやく夜が明けはじめた頃、大浦勢の鬨が周辺に響き渡った。

石川城の急変を知った城下の石川家臣たちは城に向かうと、大浦兵の返り討ちに合ったので、半数近くが旧領に、あるいは旧知を頼って四散した。

「降《くだ》る者は石川での旧領を安堵する。女子供は労《いたわ》り、保護する。犯した者は成敗致す」

為信は石川領に禁制を敷いたので、大浦家に仕官を求めてくる石川旧臣も少なくはなかった。

落とした石川城を板垣将兼に預け、為信は堀越城に引き上げた。戦勝気分で浮かれる家臣に対し、為信は即座に朝餉《あさげ》を取らせると、同城から半里ほど北西の和徳城に兵を進め、城主の小山内讃岐守らを討って城を陥落させた。

わずか一日で二城を落とし、南部家からの独立戦争を開始した為信は、この年二十二歳であった。

三

大浦兵の熾烈な追撃を躱《かわ》し、なんとか石川政信は北畠顕村の浪岡御所に逃れた。政信は父・高信の遺言どおり、異母兄の許に遣いを送った。

異母弟である石川政信からの遣いが田子城に到着したのは翌日のこと。

「まことか！」

報せを受けた信直は驚愕《きょうがく》し、声を荒らげた。遠駆けから戻ったばかりだったので、あまりの声に愛馬が驚き、暴れだすほどであった。

一方井《いっかたい》定宗《さだむね》の娘である信直の母（芝山芳光大禅定尼《しさんほうこうだいぜんじょうに》）は、永禄九年（一五六六）に病死しているので、信直はこれで両親を失ったことになる。

「おのれ大浦！」

悲しみより先に、信直は激怒した。残念なことに田子家の当主として、三戸家の家督を狙う者として、憤るだけではいられない。

南部家にすれば、大浦為信の行動は下克上であり、裏切りである。とうてい許せるものではない。為信への忿恚《ふんい》もあるが、石川高信への失望もある。

(父上ともあろう者が、大浦ごとき寡勢の麾下に討たれるなど、なんたる失態か。治にいて乱を忘れずが、乱世の武将。弛緩《しかん》していたにもほどがある。油断以外のなにものでもない)

口に出すことは堪えるものの、大浦為信への怒りは別に置き、信直は討たれた父に憤る。

石川高信の落命は、高信自身の大不覚であり、非難されて然るべきことだが、これで片づけることはできない。南部家として石川領失地による人的、経済的な損害は計り知れず、戦力の低下は否めない。

(南部家の惣領である三戸家の失態でもある。儂の命を狙おうなどとしているからじゃ)

信直の怒りの鉾先は晴政にも向けられた。まさか背後で晴政と為信が通じているとは思いもよらぬことではあるが。

(それにしても、儂よりも年下の大浦に先を超されたか！　それに比べ、儂はかように……）

信直はまだ、衰えた主家の乗っ取り行動を起こせないでいる。激怒の血で滾《たぎ》るものの、信直は父を討たれた怒りの中に悔しさを覚えたのも事実だった。

（この期に仕掛けるのは時期尚早か。されば、ひとまず和睦をして父の仇討ちをするか）

側室の子として生まれ、父と離れて住み、さらに婿養子に出された信直なので、戦上手の石川高信を尊敬しても、落涙するほどの悲しみは感じなかった。そのような境遇で育ったせいか、感情に流されて、前後を見失うことはあまりない。怒りを抑えて冷静に判断する目を持っていた。

「大炊介、川守田舘《かわもりだだて》と名久井城に遣いをせよ」

信直は近習の木村秀常に命じ、川守田舘の川守田正広《まさひろ》と、名久井城の東政勝の許に向かわせた。二人に晴政との和睦を依頼して、達した暁には津軽の大浦為信を討つためである。三戸城の信直屋敷に残してきた田子家の家臣は、最初に信直の暗殺を失敗した直後に追い払われていた。

数日後、川守田正広を通じて和睦交渉の席に就くことを晴政側から伝えてきた。勿論、話し合いの上である。さっそく信直は応じた。

「よろしいのですか。仕物《しもの》にかけんとしていた惣領家ですぞ」

信直の重臣で伯父の一方井安宗《やすむね》が危惧する。

「心配はいらぬ。北殿と南殿も同席する。日延べ致せば、その間に大浦は津軽に在する南部麾下の城に兵を向ける。惣領家もそれを望むまい」

「左様なことなれば、よろしいが」

一応、頷きはするが、一方井安宗の表情から懸念は消えていなかった。

薫風《くんぷう》が漂う中、信直は十数人の家臣を連れて惣領家の三戸城に向かうことにした。

「なにがあるか判りませぬ。今少し多くの兵に武装させ、率いてはいかがでしょうか」

伯父として、田子家の重臣として一方井安宗は進言する。

「それでは仕寄せたと勘違いされる。同席者はいるゆえ大事ない」

一方井安宗の助言は聞かず、信直は田子城を出立した。それでも待ち伏せを警戒し、田子城の真横を走る鹿角《かづの》（秋田）街道は使用せず、熊原川の南を平行する間道（三戸広域農道）を選んだ。

周囲では南部家の内訌《ないこう》などには関わりなく、青葉が眩《まぶ》しく輝いている。新緑の活力を感じながら、信直は馬足を進めた。

まずは三戸城から十町ほど東に位置する正室・照ノ方の実家となる泉山舘《いずみやまだて》で馬足を止めた。

「ようお越し戴きました。健勝でなによりです」

照ノ方の父・泉山古康《ふるやす》が城門まで出迎えた。

「義父御《ちちご》も。於照は元気ゆえ安堵されよ」

下馬しながら義父に声をかけると、泉山古康は笑みを返すが、すぐに両頬は下がった。

「先に当舘にまいられたは正解。惣領家は九郎殿を城に引き入れて討ち取る算段とのこと」

厳しい表情で泉山古康は言う。

「よもや？　北殿や南殿からは左様な報せを受けておらぬが……」

信直は訝《いぶか》しがる。三戸城の中にも信直に心を寄せる者がおり、暗殺の動きがあるとそのつど秘密裏に伝えられ、信直の家臣が対処してきた。このたびはないので、信直は疑心暗鬼にかられる。

「儂を三戸城に近づけさせぬ誰ぞの謀《はかりごと》ではなかろうか。約定を破ったという汚名を着せるために」

「ないとは言えませぬが、事実だとすれば、飛んで火に入る夏の虫、ということになりますぞ」

義父の言葉は尤もなこと。信直は剣吉《けんよし》城の北信愛《のぶちか》の許に遣いを送った。

一刻半ほどして、三戸城に向かう途中の北信愛が泉山舘を訪れた。

「九郎殿を討ち取らんとする惣領家の画策は真実のようじゃ。東家も兵を整えていた」

北信愛の言葉なので偽りとは思えない。東家の名久井城は、泉山舘から一里半ほど北東にあり、北家の剣吉城との中間に築かれていた。

「今は身内で争っている時ではあるまい。一刻も早く大浦を討たねばならぬのに！」

背信者を抛《ほう》っておいても、幼い嫡子の競争相手（信直）を謀殺しようとする晴政に、信直は拳を握って憤《いきどお》る。優先順位が判らないのかと、首を捻りたくなる。

「津軽を後廻しにするのは、あるいは、大浦に石川殿を討てと命じたのは惣領家やもしれぬの」

恐ろしいことを、ぼそりと北信愛はもらす。

「よもや、そこまで惣領家は腐っておると？」

「鹿角の陣における采配と、自身の戦いぶりが良すぎた。惣領家が恐れるのも無理はない」

北信愛は永禄十一年（一五六八）三月、長牛城奪還のことを指摘する。

「南部のために奮戦したというのに……」

後悔する気はないが、信直は虚しさを覚えた。

「申し上げます。九戸の兵が近づいております。その数は三百」

泉山古康の家臣が報告した。

「今から田子に退くわけにもまいるまい。とはいえ、この舘で敵を迎えるのも困難。かくなる上は、我が剣吉城に入ってはいかがか？　この舘よりも堅固ゆえ、一千や二千の寄手では落ちはせぬ。九郎殿がいなければ、この舘が仕寄せられることもあるまい」

北信愛が勧める。

「……致し方ない。ご厄介になろう」

躊躇《ちゅうちょ》していれば三方面からの袋叩き。信直は即座に判断を下した。

「後のことはお任せあれ。敵が九郎殿を追うようなことがあれば、背後を突きましょうぞ」

泉山古康が胸を叩く。

「一戸《いちのへ》殿にも遣いを送っておこう」

北信愛が言う一戸殿とは九戸領の南の一戸城に居城を置く南部一族で、当主は政連《まさつら》。九戸氏とは争う仲で、北家や田子の信直らと通じていた。

「忝《かたじけ》ない。万が逸の時は、田子から兵を呼びよせる所存。あとはよしなに」

信直は義父に礼を言うと、北信愛らと泉山舘から二里と十町ほど北東の剣吉城に向かう。

（この恨み、必ず晴らしてくれる）

他人の城に退かねばならない屈辱。大浦為信よりも、信直は晴政への忿恚で血が滾りそうだった。

北信愛の剣吉城は馬淵川《まべちがわ》の北岸にある西から東に延びた丘陵に築かれた平山城で、大小二つの館からなっている。東が尾根で、西は城下町、南は川で北は狭い谷。攻めるとすれば西しかなかった。

信直が剣吉城に退いたことを知った九戸実親は、惣領家に合流せずに引き返している。城攻めには日にちがかかるからであろう。田子城も留守を預かる一方井安宗が固く守っているので、兵の損失を懸念してのことかもしれない。

諦められないのが惣領家の晴政である。あからさまに暗殺が露見したこともあり、もはや誤魔化しも後戻りもできぬと腹を括《くく》ったのか、惣領家は東家を引っ張り出して、剣吉城を囲んだ。兵数は一千五余。主力を西に固め、あとは遠巻きにしている。

「あの程度で、まこと落とせると思っていようか」

城内から眼下を眺め、北信愛は鼻で笑う。城には五百ほどの兵が備えていた。

「晴政殿は本気の様子」

公然と刃を向けてきた晴政に対し、信直は「お屋形様」とは口にしなくなっていた。

「麾下の士気は、さして高くはない。十人ほども手負い（負傷者）を出せば退いていくはず」

北信愛の言葉に信直は頷いた。

晴政にすれば、信直を匿《かくま》う北信愛が憎くて仕方ない。ついに攻撃の采を振り下ろした。

「うおおーっ！」

絶叫しながら三戸勢の弓衆、鉄砲衆が大手門への細い坂道を駆け上り、城に向かって弦を弾き、引き金を絞る。風切音ののちに矢が城門に刺さり、轟音と共に鉛玉がめり込んだ。

「放て！」

城内の北信愛が号令をかけると、矢が雨となって三戸勢の頭上に降り注ぐ。同時に十数挺の筒先が咆哮し、寄手を地に伏せた。

（やはり鉄砲は城内から固定して使うほうが向いているようじゃの）

北出羽の鹿角郡攻めで思案したことを、信直は改めて実感している。

「元は儂から始まったこと。儂も戦おう」

信直は近習から弓を受け取り、塀際に身を乗り出した。

「流れ矢にでも当たれば元も子もなくなる」

「なんの、三戸ごときの矢玉などには当たらぬ」

大柄の信直は大弓を力強く張り、気合いもろとも矢を放つ。弦に弾かれた矢は大気を切り裂き、坂と平行して真一文字に飛び、寄手の喉元を貫いた。

続けざまに三人を射ると、前線に出た兵は後退を余儀無くされる。

「戯《たわ》け！　下がるではない」

威圧される味方に下知を飛ばし、晴政は兵を入れ替えて攻めるが、そのつど城方に撃退された。

数日、晴政は攻め寄せるが、結果は同じ。二人がやっと通れる狭さの道では多勢を活かして攻撃することは難しい。城方とすれば近づく兵を順番に倒していけばいいので楽な戦いである。

他の方面は急峻な坂なので、上るのは困難。這《は》い上がろうとするところを狙い撃ちにされ、あるいは上から石や丸太を落とされて落下させられた。

半月ほど在陣していた晴政は攻めあぐね、西の城下を焼いて退却せざるをえなかった。

「九郎殿をこの城から出すための罠かもしれぬ。しばらく様子を見るがよかろう」

「忝ない」

信直は北信愛の好意を受けることにした。

田植えが終わると、再び晴政は攻めてきた。前回同様、信直と剣吉勢は撃退している。晴政の怒りは一層増し、徹底抗戦を呼び掛けるものの、同陣する東政勝は益せぬ城攻めに嫌気が差し、秋には、かつては惣領家であった八戸家の政吉《まさよし》に和睦の仲介を依頼した。

根城主の八戸政吉は隣接する櫛引河内守《くしびきかわちのかみ》と抗戦中であった。櫛引氏は南部四戸氏の支流で、東政勝と昵懇。政勝は和睦が締結されるまでは、八戸家を攻撃しないようにと櫛引河内守に伝えていた。

東政勝に頼まれた八戸政吉は応じて、晴政を説得。八戸家はかつての惣領家でもあったので、晴政は一目を置いている。渋々ながら兵を完全に退いたのは、吐く息が白くなる頃であった。

「和睦は一時のものでござろうな」

信直が言うと北信愛は頷いた。

「北殿、世話になった。この恩は、いずれ返す」

「いかほどの恩になるか。楽しみにしてござる」

北信愛の笑みで送られ、北家の護衛を受けながら信直は剣吉城を後にした。

(今までは密かに我が命を狙ってきたが、こたびは公然と兵を挙げよった。しかも大浦に命じて父上を討たせたことは濃厚。乱世じゃ、討たれるほうが悪いならば、儂が晴政を討っても構わぬな)

帰途の最中、信直は腹だたしさに身を震わせる。すでに晴政を主とは思っていない。

(いかにして晴政を滅ぼすか)

北家や南家と与《くみ》し、晴政を三戸城からおびき出して討つことは、それほど難しくはない。問題は、一度は晴政を義父としたこと。父殺しの汚名を受けて栄えた家はない。もし、信直が晴政を討てば、晴政の娘を妻に迎える婿たちに、仇討ちの名目を与えることになる。最右翼は九戸実親になろう。

(晴政をうまく引き倒さねば、儂は実の父の仇討ちもできぬのか)

親不孝な境遇を憂え、自身に憤りながら、信直は思案を巡らせた。

一方、津軽で大浦為信に石川高信を討たせた晴政は目的を果たしたので、今度は大光寺城主の滝本重行、浅瀬石城主の千徳政光、田舎館城主の千徳正武、油川城主の奥瀬善九郎、大開《おおびらき》城主の平俊忠《たいらとしただ》らに命じ、浪岡御所の北畠顕村と協力して為信を討つように命じている。

晴政は九戸政実とも密に使者を交換している。

信直は惣領家を中心とする画策に圧されていた。

四

元亀三年（一五七二）になり、長女の千代子《ちよこ》も三歳になった。日に日に成長している。信直を見ると、愛らしく微笑みながら、たどたどしい足取りで歩み寄る。

「お父《てて》」

「もう左様に速く歩めるか。千代子は儂の馬より速く走るかもしれんの」

笑みで信直は応え、愛娘を抱え上げ、目の前で戯《おど》けた。千代子は信直が身近で安心できる人物であることは判っているようで、信直が擽《くすぐ》っても嫌がらずに、高い笑い声をあげて喜んでいる。

（死ねば、千代子の顔を見ることもできなくなる。晴政などに討たれてたまるか）

目に入れても痛くないと思える娘を見るほどに、信直は晴政への怒りを強くする。

（父上を死に追いやり、仇討ちも邪魔しておる。このままでおくわけにはいかぬ）

信直は晴政を排除しようという思いを強くし、深雪の中、川守田舘に使者を送った。

年が明けてから信直は城を一歩も出ず、周囲には塞いでいると触れると、敵味方を問わず、城主や使者が田子城に姿を見せるようになった。心配する者から探りに来る者までさまざまである。

寒風が吹く中、八戸政吉が訪れた。政吉の名は政義、政栄とも伝わり、「政」の字は晴政からの偏諱《へんき》である。政吉は八戸家の支流で新田行政の長男に生まれるものの、本家の八戸勝義《かつよし》が死去したので、同家の養子に迎えられて家督を相続した。この年三十歳になった。

「昨年は世話になり申した」

信直は素直に礼を口にした。信直にとって好意的な者には直に顔を合わせている。

「三戸家も困ったもの。九郎殿は、やはり仮病でござったか」

八戸家の自尊心であろう、政吉は三戸家を惣領家とは呼ばない。

「仮病とは人聞きが悪い。苦慮しているだけにござる。鬱《うつ》に」

「討つと？」

八戸は問うような口調で信直に主家討ちを唆《けしか》けている。信直は唇の端を上げるだけで、明確な返事はしなかった。

「同族争いの愚かさに、早く気づいてほしいもの。このままでは津軽に兵を向けることもできぬ」

大浦攻めに関して、信直の顔に笑みはなかった。

「心中を察するが、一度振り上げた太刀を弾き返された以上、このままではすむまい。貴殿にその気がなくとも、向こうは再び兵を向けてくるは必定」

「困ったものにござる」

「三戸に従う東家ですら、このままではいかぬと申しておる。南部を纏めねば、大浦を止めることができなくなる。南の九戸もの」

九戸家と櫛引家は昵懇。八戸家は敵対する櫛引家に足を取られ、長期、城を空けることができない。

大浦、九戸、櫛引、東家を結ぶのは惣領家の晴政。晴政が死去すれば、敵方は分裂する可能性が高い。田子、八戸、北、南家にとって共通の敵は晴政であるが、腐っても惣領家。晴政は名ばかりとはいえ、将軍から「晴」の字を偏諱されている。討てても討ってはならないことを知るので、皆、主殺しの汚名を着るのを避け、勧め合っているばかり。なかなか良い方向に進まず、胸焼けしたような不快感が続いていた。政吉は憂慮する信直を煽りにきたのであろう。信直も承知している。

「まさしく。かつての惣領家らしく、主導してはいかがか。誰よりも強く恨んでおるのでは？」

「儂は新田の血筋。左様に大それた思案はない。目前の敵（櫛引氏）を排除するのが先決。それより、石川殿を討たせたのは、紛れもなく三戸家。九郎殿のほうこそ、強く憎んでおるのでは？」

「さすが八戸殿は勧め上手。その手には乗らぬ。されど、惣領家が滅びれば、我らは間違いなく好転する。導いた者が南部を纏めることになる。八戸殿は、それで構わぬと？」

貧乏籤《びんぼうくじ》を引く気はないとでも言いたげな八戸政吉である。

肚の内を窺いながら信直は抽象的に言う。晴政を討ったはいいが、仇の対象にされては敵《かな》わない。行動を起こすならば、約束をとりつけておく必要がある。おそらく八戸政吉も同じ思案であろう。

「その気になられたか？　まあ、なにかあれば、申されよ。できる限りのことを致そう」

慎重な八戸政吉も一歩前進したが、事が終わるまでは信直より前に出る気はなさそうである。

（晴政から一字を得た政吉殿では晴政を討てぬの。養子になったことのある儂も……。押すのは容易《たやす》いが義父殺しでは南部を纏められぬ。誰か内から引き倒してくれる人物を作らねばならぬか）

煮え切らぬ中、信直は三戸方の面々の顔を思い浮かべていた。

正月早々、三戸城で人質になっていた九戸政実の末弟の吉兵衛《きちべえ》康真《やすざね》が、斯波《しば》詮真《あきざね》の娘の婿となり、養子として迎えられた。

東陸奥のほぼ中央に斯波（紫波）郡があり、この地は斯波氏が治めていた。斯波氏は清和源氏・足利氏の一族で、足利泰氏《やすうじ》の長男・家氏《いえうじ》を祖としている。鎌倉時代の足利氏は代官をもって斯波郡を管理し、南北朝時代に家長が下向して高水寺《こうすいじ》城を居城とし、斯波氏を称した。以降、斯波氏は隆盛を極め、「志和《しわ》御所」として斯波郡六十六郷を支配した。

戦国の世になると周辺の敵と争う中で斯波氏は疲弊し、家長から九代目とされる詮真は晴政との抗争に圧された。その先鋒は九戸政実と石川高信で、高信が津軽に移動してからは政実が担っていた。

南部氏に屈した斯波詮真は、和睦という名の降伏をし、嫡男の詮基《あきもと》(詮直とも)がいるにも拘わらず、南部氏から養子を迎えねばならなかった。これが康真である。九戸康真は、兄の実親が晴政の娘を正室に迎えるにあたり、惣領家での教育という名目で三戸城に預けられていた。

二十歳の九戸康真が高水寺城に入ると、詮真は城の西南に出丸を築いて康真を住まわせた。これは吉兵衛舘と呼ばれている。さらに、詮真は康真に高田村を知行地として与えたので、高田康真と呼ばれるようになった。

信直は三戸城にいる頃、康真とはよく顔を合わせた。信直も城では肩身の狭い思いをしていたので、同じような境遇の康真とは話をした間柄である。

(斯波も味方に引き込まんという晴政の魂胆か。吉兵衛も不憫じゃの)

養子とはいえ、他家に出されるのは二度目。信直は康真を憂え、使者を送って気を遣った。

かつて剣吉城を囲んだ武将の一人、東政勝の名代として弟の三政《みつまさ》が雪を踏み締めて田子城を訪れた。

信直の代わりに田子家の家老である一方井安宗が応対する。

「ご息女の千代子様とお屋形様嫡子の鶴千代様は同じ歳で似合いの二人。名も同じ千代どうし、千代子様を鶴千代様の許に輿入れなされ、九郎殿は隠居なされては、と我が兄が申してござる」

「東殿は、齢三歳の千代子様を質に出されよと、勧められてか」

　一方井安宗にとって千代子は姪孫《てっそん》にあたる。

「それで、これ以上の流血を防げるならば、両家にとってよきことではござらぬか」

「お伝え致すが、我が主はまだ若《わこ》うござる。今少し思案致すことになろう」

　最低限の返答を受け、東三政は帰途に就いた。

　すぐさま信直に報せは届けられた。

「質の件、おそらく惣領家の画策ではあるまい」

　信直が言うと、一方井安宗は頷いた。

「東家は惣領家と与しているが、状況によっては我らに転がるかもしれぬな」

「簡単にはいかぬと存じますが」

　一方井安宗が否定しないので、考えはずれていない。信直に悲愴感はなかった。

　数日後、惣領家からの使者として上斗米大蔵が姿を見せた。一方井安宗が相手をする。

「東殿が勧められた話、思案は纏まったか、とお屋形様は問うておられる」

「難しゅうござるな。惣領家のお屋形様よりお若い当家の主が隠居とは道理に合い申さぬ」

「惣領家に弓引いて、そのままでいられるはずもござるまい。お屋形様は惣領家の面目にかけ、いかな犠牲を払おうとも、田子家を潰されましょうぞ。ここは応じるがよいと存ずる」

常道どおり、上斗米大蔵は脅しながら説く。

「惣領家と申しても、名ばかりにて、未だ失った津軽の石川を取り戻すこともできてござらぬ。奪還の兵を挙げぬのは、無能ゆえか、はたまたなにか謀でもあるのでござろうか」

大浦家とのことは知っているのだと、一方井安宗は心中を覗き込むような目を向けた。

「無礼でござるぞ」

窘《たしな》める上斗米大蔵の言葉には受け答えず、一方井安宗は続ける。

「お屋形様も、一度、我が主を養子になされたゆえ、脅しに屈しないことはお判りのはず」

「どうあってもお屋形様に逆らわれるつもりか」

上斗米大蔵は揚げ足をとってでも、謝罪させようとする。

「別に逆らうつもりはござらぬ。弓を引くと申すが、先に仕掛けたのは惣領家ではござらぬのか」

「それは、九郎殿がお屋形様との約定を違え、剣吉城に籠られたからにござる」

惣領家は、信直のせいにしようと必死だ。

「どなたかが騙し討ちなど企てねば、話もできたはずでござるが、まあ、過ぎたことを蒸し返しても埒《らち》がない。我が主も争乱を望んではござらぬが、一人責を負うつもりもない。両家が歩み寄るよき思案も浮かばぬゆえ、主は、しばし神仏にでも参拝してみようかと申してござる」

「どこか、霊験あらたかな寺社でござるか？」

急襲するつもりか、場所を知りたいらしい。

「有り難みが薄れては意味がない。申し上げることはできませぬな」

「左様か。婚儀と隠居のこと、今一度お伝えするように」

本日のところは、信直が参拝するために田子城を出る、ということを摑んだだけでも大収穫、上斗米大蔵は喜び勇んで帰城していった。

「さして食い下がりはせなんだか」

報せを受けた信直は、そっけなく言う。

「殿が城を出るのを待つためにございましょう。餌は撒きました」

「喰らいついてきた時は仕方ないか……」

信直は覚悟せざるをえなかった。

三月三日は上巳《じょうし》の節句、花が咲く時期ということから桃の節句とも呼ばれている。北陸奥ではまだ桃の開花を見ることはできないが、それでも梅の花は鮮やかに赤く染まっていた。地に残る雪との対比が風流な美観を醸《かも》し出していた。

一族の争いを憂え、解決策を仏の導きに求めようと触れ、信直は十数人の家臣を伴い、川守田村の法泉寺《ほうせんじ》の東隣に建立されている毘沙門堂《びしゃもんどう》を参拝した。同堂は三戸城からは熊原川を渡った真向かいにあり、同城からはよく見える。

信直が少人数で毘沙門堂を訪れたことを知った晴政は、馬場三之丞《ばばさんのじょう》、金田一某《きんだいちなにがし》、福士《ふくし》某らに信直殺害を公然と命じた。馬場三之丞らは、ほかの兵と共に三戸城を発った。

信直が毘沙門堂の本堂の前で手を合わせていると、近習の篠田平十郎《しのだへいじゅうろう》が走り寄って跪いた。

「申し上げます。三戸城から兵が数十人、こちらに向かってまいります」

「使者もないとすれば、当所《あてど》は、口にするまでもないか」

あからさまな行動は、一度や二度ではない。もはや我慢も限界。信直は胸の閊《つか》えが下りた。

「いかがなされますか、敵はすぐにまいりますぞ。ここで迎え撃ちますか」

木村秀常が問う。

「ここでは毘沙門堂に迷惑がかかる。ひとまず川守田館に逃れよう」

川守田正広の川守田館は毘沙門堂から二町半ほど北東に築かれている。

（さて、軽い一当《ひとあ》てで終わるか、本腰を入れて仕寄せてくるか）

信直は馬場三之丞らが熊原川の徒渉地《としょうち》を渡りだした頃、毘沙門堂を後にした。両者の距離は二町半ほどなので、誰であるのか十分に確認できた。

（儂を討ちたくば、早う追ってこい。左様な緩慢ぶりでは追いつかぬぞ）

三戸勢を引き付けるように信直は退き、川守田館に逃れ込んだ。

「お待ちしておりました。当館にまいられましたからには、たとえ相手が将軍であれ、九郎様に指一本触れさせませぬ」

予定どおり、具足に身を包んだ川守田正広が胸を張って出迎えた。この頃は剃髪《ていはつ》して常陸入道《ひたちにゅうどう》と呼ばれていた。

川守田館は丘陵の上に築かれた丘城形式の館で、東の熊原川と西の熊野神社に挟まれ、北が丘陵続き。規模は東西約一町半、南北一町ほどで、館への上り口は神社側にあった。

「世話になる」

下馬した信直は川守田家の家臣に馬を渡し、眼下に目をやる。

「ご着用なされてはいかがにございましょうや」

川守田家の家臣が持ってきた色々威《いろいろおどし》の具足を差し出し、川守田正広は勧める。

「それでは事前の画策が露見する。ここは平服でいい。弓、鉄砲はあるか」

「整えてございます」

準備万端整っており、弓衆、鉄砲衆が近づき、その背後には鑓を手にする兵が詰めかけた。

会話をしている最中、信直を追った馬場三之丞らが熊野神社の坂を駆け上がり、城門近くに達した。皆、具足を身に纏っている。こちらも画策どおりであるようだ。馬場三之丞らはすぐに城門に接近し、弓、鉄砲を放った。矢は門に突き刺さり、玉はめり込んで木屑《きくず》を飛ばした。「信直を渡せ」などとは言わなかった。問答無用の攻撃である。

「そのわりには寡勢じゃの。五、六十では、この舘は落ちまい」

城外の鉄砲音を聞きながら、信直は言う。

三戸勢の鉄砲衆は、引き金を絞ると、すぐに玉込めを開始。その間に弓衆が連射する。攻めは継続されているので、威嚇《いかく》でもない。もはや暗殺などというものではなく、本気の城攻めであった。

「話し合いをするつもりはなさそうなので、応戦いたします」

川守田正広は信直に確認をとると、配下に命じ、城内から反撃させた。途端に轟音が響き、硝煙《しょうえん》が周囲を煙らせた。矢を放つと、「トン」という弦が弾ける乾いた残響が耳に残る。これらの音が信直の闘争心を煽り立てる。

舘内の兵は三十余。北信愛の剣吉城よりも脆弱な造りである。寄手は一気に踏み潰せると見ているようで、楯を前にして臆することなく前進してくる。

「押し返せ!」

大音声で叫び、川守田正広は大弓を引いて寄手の胴を貫いた。

「さすが常陸、弓の腕は衰えぬな」

「当然でござる。まだ三戸城にも射ち込んでみせます」

豪気に川守田正広は笑い、近づく寄手を次々に射倒した。

「弓ではそちに敵わぬ。誰ぞ、鉄砲を」

信直が言うと、川守田家の鉄砲衆の一人が玉込めしてある鉄砲を差し出した。好奇心旺盛な信直は、大将の身にありながら早くから鉄砲に着手し、その腕前は手練《てだれ》と賞賛されていた。鹿角の陣でも数人を撃ち倒している。

鉄砲を受け取った信直は、舘に向かって来る敵に対し、容赦なく筒先を定め、引き金を引く。途端に鉄筒は轟き、撃たれた敵は宙に血飛沫《ちしぶき》を上げて骸《むくろ》になった。

「世の善悪を見極められぬ者の末路じゃ。死にたい輩は向かってまいれ」

川守田家の鉄砲衆に玉込めさせている間に信直は叫び、用意が整うと再び引き金を絞った。

寄手は、川守田舘がこれほど抵抗する力があるとは思わず、困惑していた。その最中にも川守田正広や信直は弓、鉄砲を放ち、三戸兵を血祭にあげた。

十数人が屍《しかばね》になると、寄手は顔をこわばらせて退却していった。

「ふん、口ほどにもない。攻めきれぬならば仕寄せてくるでないわ」

逃げて行く敵に向かい、信直は吐き捨てた。

「追い討ちをかけますか。鬨を上げますか」

勝利を大きくするか、現状で満足するか、川守田正広は問う。

「勝敗はまだじゃ。あれを見よ」

信直は眼下を指差した。その先には、三戸城から多数の兵が出撃している。兵は数百になろうか、軍列は延々続いて川守田館に進んでいる。

「なんの、屍の山を築く所存。ちょうど館の横に首塚が欲しいと思っていたところでござる」

豪気に川守田正広は言うが、顔から一瞬で笑みが消えていた。首塚とは、一人の武士が五十の兜首を取った時に築けるとされている。首塚を築く男の称号は剛勇の中の剛勇を指している。

「よき心掛けじゃ。周囲の坊主が、さぞかし繁盛しようぞ」

士気を下げないように信直も言うが、堅固でもない館にいる兵は三十数人。数百の敵に囲まれて総攻撃されれば、半刻持ちこたえるのも困難だ。

（かような時は、奇襲でも騙し討ちでも行い、敵の大将を討つしかない）

田楽狭間の勝利は信直も聞いている。それに、南部家の武力を支えてきた最大勢力は亡き父・石川高信と自分であると自負している。誘いに乗ってきた三戸家の兵に負けてはならぬという思いが強い。信直は鉄砲の台木《だいぎ》（銃身の下）を強く握り締めた。必要とあれば打って出る気でもいる。

ほどなく先の兵と入れ代わるように、新手が城への坂を上り、姿を見せた。

「放て！」

大音声で叫んだ信直は自ら鉄砲を放って、先頭を進んで来る敵を死体に変貌させた。轟音が消えると、交代するように川守田正広が連射をして寄手を落馬させ、死に誘った。その間に信直は玉込めをさせて引き金を絞る。交互に行ってそれぞれの欠点を補って利点に変える。屍は増えた。

四半刻近く敵を倒している間に、寄手は包囲を狭めてくる。東の傾斜を上り、北の尾根からも、西の熊野神社側からも接近してくる。信直は城兵を分けて当たらせるが、多勢に無勢は否めない。幾ら敵を地獄に突き落としても、次から次にと地から湧いてくるようだった。

「このままでは押し切られる。かくなる上は仕方なし。打って出るぞ」

「承知」

信直の下知に川守田正広は応じた。信直は栗毛の駿馬に飛び乗り、太刀を抜いて砂塵《さじん》を上げた。これに玉込めした鉄砲を持った家臣たちが続く。

まさか館の中から信直が出撃するとは思わず、寄手は焦っている。

「退け！」

宥恕《ゆうじょ》なく信直は太刀を振り下ろして数人を斬り捨て、周囲を朱に染めた。

その刹那《せつな》、なんという幸運か、おそらく寡勢が守るだけの川守田館を落とせず、業を煮やした晴政が騎乗したまま坂を上って来るところだった。

「好機、鉄砲を」

即座に信直は駿馬から飛び下り、背後から追い付いた家臣から鉄砲を受け取った。

(彼奴は南部の元凶。彼奴さえ討てば、全てが丸く治まる。主殺しも致し方ない)

勿論、出撃は晴政を討つためのもの。信直は躊躇なく晴政に筒先を向けた。

「お待ちくだされ」

背後から慌てて川守田正広が信直の肩を押さえた。

「義理とは申せ、晴政様は九郎様の父になったお方。討てば南部中を敵に廻すことになります」

老臣の一言で信直は我に返った。

「……相判った」

晴政を仕留めることを諦めた信直は、怒りの筒先を騎乗する馬に向けて引き金を絞った。咆哮と共に漆黒の駿馬は横倒しとなり、晴政は宙に抛り出され、もんどり打って倒れた。晴政は腰を打ち、身動きできぬところに、命尽きようとしている馬が重なった。

(踏み込めば、簡単に討てるがのう)

不様な晴政の姿を見ながら、信直は残念がった。

「お屋形様、大丈夫にございますか」

晴政の身を庇うように駆け寄り、介抱するのは、晴政の次女の婿である九戸彦九郎実親だ。

(晴政め、九戸の兵まで呼び寄せていたのか)

憐れみは不要だった。急に信直は忿恚《ふんい》する。

「貸せ」

信直は家臣から鉄砲を奪い取るようにして身構え、九戸実親を撃ち倒した。

「ぐあっ」

左肩を撃たれた九戸実親は呻《うめ》きと共に倒れた。

晴政と九戸実親を負傷させられた三戸勢は怯え、蜘蛛の子を散らすように退いていく。なんとか晴政と実親も、引きずられて退却した。主を失った兵は軍勢の体をなしていなかった。

信直が追撃させなかったのは、南部家を掌握するためにもこれ以上、三戸家の兵を討たぬほうがいいと判断してのことである。

なにはともあれ、確執が続く中、信直を暗殺しようとしている晴政を三戸城から誘い出し、見事に打撃を与えて退却させた。程度のほどは定かではないが、怪我までさせている。信直は、大方の目的は果たしたことになるが、欲望はもう少し深かった。混乱に巻き込まれて晴政が落命してくれることを望んでいた。そのように仕向けるつもりであったが、止められてしまった。

(運のいい輩じゃ。再び我が命を狙ったならば、次こそは許さぬ)

筒先こそ少し下げたものの、晴政に向かって引き金を引くことができた。信直は、なんとなくわだかまりが吹っ切れたような気がした。ただ、事は慎重に進めるつもりでいる。

「画策どおりに運びましたな」

満足そうな表情で川守田正広は告げる。

「鬨を上げよ」

完全な満足とはいえないものの、小戦闘は勝利したので、信直は命じた。

「えい、えい、おおーっ！　えい、えい、おおーっ！　えい、えい、おおーっ！」

夕闇が迫る春の空に川守田勢の鬨が上がった。

晴政と信直が直に争ったこの戦いは、収束するまでを屋裏《おくり》の乱と呼ばれている。

信直の放った鉄砲による落馬で、晴政は二度と起きることができなくなった。『聞老遺事』によれば、実際はこの年の八月に晴政は死去したとされている。

若い九戸実親のほうは、三ヵ月後には回復している。弟を狙撃された九戸政実は激昂し、信直を討てと、三戸城に兵を入れている。

歴史の表舞台から姿を消すことになった晴政であるが、憤怒の念は消えず、九戸実親の忿恚も重なって、川守田舘は三戸兵と九戸兵で遠巻きにされ、信直は帰城することができなくなった。

九戸政実が本腰を入れて川守田舘を攻めるために出陣できない理由は、北家、南家、八戸家を巻き込んだ大戦にするには時期尚早であると思案したこと。次に宮野城の南には、信直と誼を通じる一戸政連が健在であり、国境で争う北出羽の安東愛季が様子を窺っていることである。

（敵の敵は味方じゃの）

信直はこの時ほど、かつては九戸政実と協力して撃ち破った安東愛季の存在を有り難いと思ったことはない。留守にしている田子城を攻められることを懸念しているが、留守居の一方井安宗がいるので一応、安心はしていた。

膠着状態に助け船を出したのは八戸政吉であった。信直を田子城には戻さぬということで和議を持ちかけて話を纏めた。信直は八戸城に居候することになった。

「我が城と思うて住まれるがよい」

鷹揚に八戸政吉は言う。信直を優遇するのは、単に誼を通じる間柄というだけではなく、義父であった晴政に重傷を負わせた手駒として利用するためである。信直も十分に認識していた。

「厄介になり申す」

慇懃に頭を下げながら、信直は自身が情けなくてならない。

（以前は北家、こたびは八戸家か。かようにあちこちに匿われるのは祖先の血かの）

信直は自分を源頼朝に準《なぞら》えた。

（されば天下を取れるか。今では夢のような話じゃの。頼朝公は戦に弱かった。強かったのは弟の義経公か。されば儂は使い捨てにされる運命か。左様な目にあってはならぬ。なんのかんのと申して、儂は一歩踏み出した。他の者たちとは違う。頼朝になるか、義

経になるかは儂次第。頼朝になるならば、周囲を味方にして敵に相対するまでじゃ）
腑甲斐《ふがい》無さの中、信直は三戸家、簒奪《さんだつ》の方法を思案するばかり。
晴政が大怪我をしたことで、南部家の内部争いはさらに激しさを増し、周辺の諸将は南部領に兵を進めるようになった。内訌により、南部家の勢力が衰えたのは事実だった。

第三章　血塗られた家督

一

畿内では織田信長が足利《あしかが》十五代将軍・義昭《よしあき》を都から追い出して、歴史の教科書で言う室町《むろまち》幕府を消滅させ、元亀《げんき》四年（一五七三）七月二十八日に元号を天正《てんしょう》に改元している。

歴史は大きく動いているが、北陸奥は狭い地域での同族争いが続いていた。

川守田舘《かわもりだだて》の戦い以来、南部領は三戸《さんのへ》の惣領家と田子《たっこ》の信直派に分裂してしまった。支族は両家に与《くみ》している。双方の兵力は拮抗しているので、簡単に勝敗は決しない。

支族がそれほど積極的ではないことが、寒さは兵を疲弊させる。半年近く雪が地を覆っていることも、戦《いくさ》の勢いに影響しているようである。

ようやく田子城に戻った信直であるが、惣領家と九戸《くのへ》家に挟み撃ちにされるような形なので、なかなか思いどおりの行動がとれない。

小競り合いばかりが繰り返される中で、信直は疑念に思うことがある。

（晴政《はるまさ》は死んでいるのではなかろうか）

惣領家の軍勢に、晴政の色々威の具足を見ることはなかった。信直に怪我をさせられ、怨恨に凝り固まった晴政であれば、出陣してこないはずがない。

三戸城内の信直屋敷にいた田子家の家臣は全て追い出されているので、内情が摑みづらい。惣領家内でも情報統制を厳しくしているようだった。

「東家からの報せでは、晴政殿は一部の者としか会わず、ほかの者には姿を見せぬとのこと」

田子城を訪れた剣吉《けんよし》城主の北信愛《きたのぶちか》が告げる。敵対中でも、信愛は東政勝《ひがしまさかつ》との繫がりを持っていた。

「戦いからおよそ一年、未だ怪我が治っておらぬようにござるの」

信直は、晴政の落馬ぶりと、下敷きになった状況を思い出しながら言う。

「人に会うことができぬほどの深手《ふかで》を負ったか、あるいはすでに落命しているか」

「死んでいるならば、城の中に長くはおけぬはず。また、人知れず荼毘《だび》に伏すのも困難では？」

「確かに。いずれにしても戦陣に立つのは厳しいと儂は見る」

北信愛は信直の思案と同じことを口にする。

「三戸に残る家老二人が離反する気配は？」

鶴千代《つるちよ》の御着袴役の石井茂光《いしいしげみつ》と御着具足役の小笠原定久《おがさわらさだひさ》である。

「こちらも今のところは難しい様子」

「離反できぬとすれば、やはり晴政は生きているようでござるの」

信直の言葉に北信愛は頷いた。

兵力がほぼ同じなので、互いに城攻めなどはできない。特に惣領家の居城となる三戸城は、北陸奥で一、二を争う堅固な城。とても信直らの兵数で攻略するにはおぼつかない。できることは急襲して引き上げる程度。野戦に引きずり出せば、勝利する自信があるものの、惣領家も心得たもので画策には乗ってこず、小競り合いを繰り返すばかりだ。

（早う惣領家を下して南部を纏めねば、儂は父の仇討ちもできぬ）

信直は握った拳を震わせる。信直らが互いに足の引っ張り合いをしている間に、津軽の大浦為信《おおうらためのぶ》は南部麾下の城を攻略するために着々と準備をしているという。信直は焦りを覚えていた。


年を経ても南部家内の争いは緊張状態にあった。これに対し、大浦為信は活動的である。

天正二年（一五七四）八月、為信は津軽平賀《つがるひらが》の大光寺《だいこうじ》城攻めに失敗したが、秋には東津軽の浅瀬石《あさせいし》城を攻略し、主の千徳政光《せんとくまさみつ》を服属させ、翌三年、大光寺城を陥落させた。同城主の滝本重行《たきもとしげゆき》や、城代の大光寺六郎・七郎兄弟は北出羽の比内《ひない》に逃れている。

次々に津軽郡における南部領の城が攻め落とされているにも拘わらず、惣領家の晴政は奪還の兵を送ろうとはしない。

（やはり晴政は、父上の首と引き換えに津軽を大浦に譲ったのか。それとも怪我が治ら

ぬからか）

ならば、三戸城を攻撃してみようかという誘惑に信直はかられる。起き上がることのできない晴政とすれば、兵を割けば城の守りが手薄になるので、出陣させられないのが実情である。

信直は一度、試してみようと、北信愛や南盛義《みなみもりよし》、川守田正広《まさひろ》らと語らって三戸城に兵を向けようとしたところ、九戸政実《まさざね》が信直の背後を窺い、東政勝が北信愛を牽制、七戸《しちのへ》家国《いえくに》が南慶儀《よしのり》を威嚇する始末。信直はやむなく一戸政連《いちのへまさつら》に九戸政実の後方攪乱を依頼した。八戸政吉《はちのへまさよし》は櫛引清長《くしびききよなが》に足を取られている。結局、皆長く城を空けられなかった。因《ちな》みに屋裏《おくり》の乱以降、南盛義は惣領家への決別の意味を込めて名を慶儀と改めていた。

（憎い晴政じゃが、ここは一度、和睦致すか）

腹立たしいが、南部家全体のことを思案すれば致し方ないこと。信直は北信愛らを通じて和議の話を持ちかけさせたが、惣領家は断固拒否の姿勢を貫いた。信直の鉄砲によって大怪我をさせられた晴政の心中は怒髪衝天で、和睦があるならば信直の切腹だと吐き捨てたという。

「話にならん。自領が侵されておるのに、なんの行《てだて》も打たんとは言語道断。もはや惣領家の体をなしておらん。怒りはこちらも同じじゃ」

落胆などは通り越している。信直は脇息を強く叩いて激昂した。

「戯《たわ》けが当主になると家を滅ぼすというのは、まことじゃの。早う晴政を討たねば南部は滅ぶ」

信直は、亡き父・高信が三戸家の次男であることが口惜しくてならない。

腸《はらわた》が煮えくり返る中、歓喜する出来事が起きた。

天正四年（一五七六）三月十五日、照ノ方が男子を産んだ。信直が慌ただしく産屋に駆け込むと、重要な一仕事を終えて安堵した表情をしている照ノ方と、待望の嫡子が横になっていた。

「でかしたぞ！　ようやった。これで南部の家も安泰じゃ」

南部家の家督を継いだわけではないが、信直は戦勝でもしたかのように歓喜した。

「左様に大声を出されては稚《やや》が起きまする」

疲れた様子の照ノ方は信直を見上げて窘《たしな》めるが、嫡子を産めて顔は満足そうである。

「左様か、そうじゃの」

信直の顔から笑みが消えることはなかった。

「お猿みたい」

七歳になった千代子は、生まれたばかりの弟を覗き込んで言い、周囲を笑わせた。

信直の嫡子は彦九郎と命名された。千代子の助言もなくはない。彦は猿田彦命《さるだひこのみこと》（猿田毘古神）の一字を取った。瓊《に》瓊杵尊《にぎのみこと》が天降りしようとした時、天《あま》の八衢《やちまた》に立って天津神《あまつかみ》の住む高天原《たかまがはら》から地上の人が住む葦原中国《あしはらのなかつくに》までを照らした神のこと。田子の南部家を照らしてほしいという意味からで、九郎は信直の幼名（亀九郎）の一部であり、仮名にもされたので重ねた。

さらに、彦九郎は晴政の次女を娶る九戸実親《さねちか》の仮名《けみょう》と同じである。実親の仮名を名乗ることで、少しでも九戸家の鉾先を鈍らせることができれば儲けもの。惣領家から九戸の勢力が離れれば攻めやすくなる、と思案してのことである。

田子家に嫡子が生まれ、信直は喜んでいるが、決め手に欠ける南部領内の状況は変わらない。その一方、津軽の大浦為信の勢いは止まらなかった。

天正五年（一五七七）、為信は糠部《ぬかのぶ》郡に近い田舎《いなか》郡の南側に位置する黒石《くろいし》城を普請し直して南部氏に備え、次なる照準を名門の北畠《きたばたけ》氏の居城・浪岡御所《なみおかごしょ》に定めた。

津軽郡との境、糠部郡内にある横内《よこうち》（堤浦《つつみがうら》）城は堤弾正左衛門《つつみだんじょうざえもん》の城である。弾正左衛門は大浦為信の正室の姉と堤則景《のりかげ》の間に生まれた長男であった。

為信が大浦城を乗っ取る前、堤家は大浦家の中で最大勢力を誇っていたが、為信が当主になり、則景が闇に葬られたのち、堤氏は南部家の南慶儀と誼《よしみ》を通じている。

翌六年（一五七八）初夏、堤弾正左衛門は浪岡御所が危ういという報せを摑み、南慶儀に報せた。

六月六日、南慶儀は八戸政栄《まさよし》に対して、糠部郡に大浦勢が侵攻してくるのも遠い先ではないのに、三戸の争いが収まらないのは問題である。政吉から七戸家国や九戸政実を説得してほしいと告げた。この頃から、八戸政吉は政栄に改名している。

南慶儀は東政勝や北信愛にも、晴政と信直の和睦の仲介を依頼しているが、体を不自由にされた晴政は頑《かたく》なに申し出を拒んでいる。晴政にとって、信直は謀叛人以外のなにものでもなかった。

七月、纏まらぬ南部家の状況を嘲笑《あざわら》うかのように、大浦為信は満を持して浪岡御所を陥落させて名門の北畠氏を滅ぼした。御所主の北畠顕村《あきむら》は西根《にしね》の禅寺に送られて自害させられたという説もあるが、実際は一族を率いて岳父《がくふ》を頼って北出羽の檜山《ひやま》城主・安東《あんどう》愛季《ちかすえ》の許に落ちていった。

安東愛季は、檜山の茶臼山《ちゃうすやま》で三百七十貫の知行を与えて北畠一族を保護している。浪岡御所に在していた信直の異母弟の政信《まさのぶ》は、北畠氏と一緒に北出羽に落ちている。そのまま田子に来なかったのは、政信なりの意地であろう。安東氏の庇護にある者には先の大光寺などもあり、再起を図ろうとしている武士がいた。

大浦為信と停戦状態であった安東愛季であるが、娘の夫を攻められたので、津軽に版図を広げようという野望も重なり、津軽を追われた北畠氏や南部以下の国人衆たちに支援を約束している。

北畠氏の支族である水木《みずき》舘主の水溪《みずき》利顕《としあき》は降伏し、為信に臣下の礼を取っている。

八月八日、南慶儀は、八戸政栄の弟で新田《にいだ》家を継いだ政盛《まさもり》に和睦の依頼をしていた。これにより、十六日、櫛引八幡宮で会見が行われることになった。

櫛引八幡宮は八戸の根城から三十町ほど南西に位置し、甲斐の南部から南部氏の移動と共に移されたという歴史を持っている。

本殿には信直と八戸政栄、名久井《なくい》城主の東政勝が顔を揃えた。政勝は惣領晴政の名代で、政栄は立会いである。周囲は三家の家臣が厳重に固め、緊迫感に満ちていた。かつての惣領家ということで八戸政栄が上座に、信直と東政勝は壁を背に向かい合った。

「……よって、先に申し入れた和睦の儀、三戸家の返答はいかに」

大浦為信の脅威を語った上で、八戸政栄は東政勝に問う。

「お屋形様のお怒りは収まらず、苦労してござる。頑なに切腹を所望されてござったが、我らの説得により、九郎殿には入寺し、政《まつりごと》に関わることなきことが無血の和睦にござる」

「そもそもの発端は、なんの罪もない婿を仕物《しもの》にかけんとしたこと。晴政殿はお忘れか」

まだ、そんなことを言っているのか、と信直は呆れながら問う。

「それは九郎殿がお屋形様の許可を得ず、正室を娶らんとしたことゆえのこと」

「申したとて許されなかったではないか。しかも直系の血を差し置き、九戸などに家督を譲ろうとした。さぞ金剛院《こんごういん》殿《でん》(二十三代・安信《やすのぶ》)様も泉下でお嘆きであろう。南部家に女系の当主はいなかったはず」

「九郎殿、些《いささ》か無礼でござるぞ」

東政勝は窘《たしな》めるが、強い口調ではなかった。

「東殿も女系の候補の一人にござったの」

「もはや惣領家の跡継は決まってござる。儂に左様な欲はござらぬ」

きっぱりと東政勝は言いきった。鶴千代の誕生で家督は諦め、代わりに烏帽子親に任命された北信愛が疎遠になっているので、一族衆として家老筆頭の席を狙っているのかもしれない。東家は三戸家から枝分かれした家ではなかった。

「左様か。先の出家の件はお断り致す。今の儂に仏門に入る謂《いわ》れはない」

「それでは和睦はなりませぬぞ」

「東殿が三戸城と間《ま》をとれば、自然に和睦も結ばれるのではあるまいか。晴政殿の消息は定かではないが、生きていたとしても身動きできぬ体だと我らは見ておる。しかも息子はまだ前髪の童《わらべ》。これでは南部の行く末が心配ゆえ、こうして東殿は儂と顔を合わせていると解釈しておる」

信直が東政勝に内応を呼び掛けるのは、初めてのことである。

「儂を表裏《ひょうり》の者と見ておられるのか」

「いや、忠義の武士と見てござる。南部という一族を見渡すことのできる武士であると。よもや、老人と共に滅びたいとは申されまい」

告げると、東政勝はしばし口を閉ざした。蟬《せみ》の鳴き声が止まった時、政勝は再び口を開いた。

「鶴千代殿は英邁《えいまい》でござるぞ」

東政勝の言葉に、信直は一瞬、顔を顰《しか》めた。

「童が元服する前に、名久井城に大浦兵が入ってこねばよいが」

「ご懸念は無用。我が城より先に仕寄せられる城がござろう」

「大浦の首枷《くびかせ》を外したのは晴政殿。今や飼い犬に手を咬まれたどころか、狂乱の暴走を止められず、敵は大きくなるばかり。騎乗すらできぬ老人と戦を知らぬ童に東家を賭けられますか」

信直の主張に、東政勝は困惑している。

「三戸家をどうなされるおつもりか」

「晴政殿は温泉の湧く地で養生なされるがよかろう。三戸家は南部の一家として立てる所存」

「されば九郎殿が惣領となられるか」

「大浦を討つまでは。あとは総意にて」

期限付きならば、分裂した南部家も纏まる。主導を発揮して目的を達すれば、惣領の既成事実を作ることができる。そう思案しての提案だ。

「意向を伝えましょう」

それほどの間はなかった。東政勝の協力は得られそうである。

(晴政は無理であろうな。それでも、東家が三戸から離れれば有利になる)

頑固な晴政の性格を知る信直なので、三戸家との和睦は難しいと思っていた。

「以前は義理の兄弟だった。こののちも東殿とはお会いしとうござるな」

「戦場でなければよろしいが」

告げた東政勝は席を立った。応じはしなかったものの、悪い印象は感じられなかった。

「首尾は上々といったところでござろうか」

二人きりになり、八戸政栄から話しかけてきた。

「八戸殿には感謝致す」

「儂は場を設けたまで」

「確か彦次郎殿は七歳であったか、我が長女は九歳。似合いの夫婦になると思われぬか」

まずは三戸家を倒そうという目的は一致している。信直は絆を深めることが第一と考えた。

「承知致した。輿入れは元服ののちでよろしいか？」

「千代子は年上。相応の時期に願いたいもの」

信直の申し出に八戸政栄は頷いた。ここに政略の婚約が結ばれた。

会見のお陰で、東家と使者の往来ができるようになったのは前進である。和睦の話は晴政に拒否された。これも想定の内ではあるが、早く南部家を纏めようと、信直は気を揉《も》むばかりであった。

天正七年（一五七九）夏、安東愛季の後押しを受けた大光寺六郎・七郎兄弟、滝本重行、北畠顕則《あきのり》（顕村の甥）、石川政信らは六百余の兵と共に北出羽の比内から津軽に侵攻した。これに浅利《あさり》氏や大鰐《おおわに》、碇《いかり》ヶ関《せき》の国人も加わって一千ほどの兵に膨れ上がった。旧津軽国人勢は乳井《にゅうい》城、乳井茶臼舘《ちゃうすだて》などを落城させたが、阿部兵庫介《あべひょうごのすけ》が守る沖舘《おきだて》城を攻めあぐねて、兵を退いた。

七月四日、急報を受けた為信は一千余の兵を率いて六羽《ろくわ》川《かわ》（平川）の河畔《かはん》で旧津軽国人勢と対峙した。旧津軽国人勢は本陣にいた田中太郎五郎を為信と勘違いし、討って喜んでいるところを反撃された。大将の大光寺六郎が討ち取られて総崩れとなり、敗走せざるをえなかった。

余勢を駆って為信は大鰐、碇ヶ関も平定し、内津軽と言われる津軽郡の東半分を制覇した。

敗れた者は降伏し、再起を図ろうとする者は安東、南部領に逃れた。北畠顕則、石川政信は田子城に落ちてきた。

「生き恥を晒《さら》しているのは重々承知しております。それもこれも汚名を雪《そそ》ぐためにございます。なにとぞ後詰を戴きますようお願い致します」

異母弟の政信は平伏し、涙ながらに訴えた。

「勝敗は時の運。生き延びたことは祝着至極《しゅうちゃくしごく》。さすが源氏の血を引くだけのことはある。無論、仇討ちは致すが、今は出陣できる状況にはない。しばし戦塵《せんじん》を落として休むがよい」

鷹揚に信直は労《ねぎら》うが、肚の底では怒りが滾《たぎ》っていた。大浦為信への恨みもさることながら、足留めしている三戸の晴政と九戸政実が憎くてならない。これを打破できない自分も腑甲斐無かった。

異母でも政信は信直にとって唯一の弟。信直は北信愛と相談し、信愛の娘と政信を妻《めあわ》せた。政略ではあるが、これで両家の絆も深まったことになる。

安東家では鬱屈するものを払拭する意味もあり、上方の力を利用するために家臣の南部季賢《すえかた》を、東陸奥の遠野《とおの》では阿曽沼広郷《あそぬまひろさと》が天下人として畿内を制する織田信長の後ろ楯を得るために安土《あづち》に赴き、多くの贈物をして誼を通じている。南部家の支族の一つである信直は、まだそのような余裕はなかった。

この頃の南部家の家臣団構成が記された「住古御《じゅうこお》支配帳寫《しはいちょうしゃ》」が、『篤焉家訓《とくえんかくん》』の中に残されている。これによれば、主だった家臣は次のとおり。

八戸彌六郎《やろくろう》（彦次郎直栄《ひこじろうなおよし》）が一万三千石、九戸政実が一万石、北信愛と八戸政栄は八千石、浄法寺重安《じょうほうじしげやす》が五千石、南慶儀、東政勝、大光寺悦右衛門《だいこうじえつえもん》、中野康真《なかのやすざね》が三千石となっている。

右の書の中に晴政の名はなく、信直は田子で三百石、政信は七戸御所で三百石、ともに御部屋住とされている。無論、石川高信や大浦為信の名もない。

時代に歪みがあり、当時は石高表示ではなく貫文で表記され、まだ検地もしていないので、後年、思い出しながら記されたものであろう。当主の直轄料が記されていないので、信憑性は乏しいが、一つの参考にはなるかもしれない。

それによれば石高表示されている家臣は二百十五人、全知行高は十二万八千六百石。一千石以上の人数は二十三人で合計石高は七万八千六百石となる。

総石高から換算すれば江戸期で大坂の陣以降ということになる。これに直轄領が入るならば、成立はさらに後年ということになる。いずれにしても石高の規模からすれば、家臣への知行割り合いが多い家だと判断できる。これも同族争いで兵を増やさねばならない弊害であった。

二

天正九年（一五八一）七月十八日、九戸政実の誘いを受けた一戸・平舘《たいらだて》城主の平舘信濃守政包《しなののかみまさかね》が、一戸城を襲撃して兄の一戸兵部大輔《ひょうぶたいふ》政連・出羽守親子のみならず、女子に至るまで皆殺しにして同城を占拠した。報告を受けた政実は、すぐに一戸氏支族の一戸遠江守義富《とおとうみのかみよしとみ》を入れて守らせている。

報せはすぐに田子の信直にも届けられた。

「いかがなされますか。一戸を失うと、我らはこれまで以上に北には進めませぬ」

高齢の一方井《いっかたい》安宗《やすむね》に代わって家老についた嫡子の安則《やすのり》（安元《やすもと》）が主張する。安則は信直と同年代で、信直の従兄弟にあたる。安則は九戸政実への復讐戦を口にするが、真意は居城であろう。

一方井城は信直が幼少時を過ごした城でもあり、一戸城から七里半ほど南西に位置している。一戸城を失えば、田子城と一方井城の間を分断され、ますます一方井城に援軍を送りづらくなる。安則が危惧するのも頷けた。

「そちの申すことは尤《もっと》もじゃが、一戸城は堅固な山城。兵部大輔は油断していたゆえ弟の信濃守に討たれたのであろう。固められれば、我らの兵だけでは落とせまい」

「仰せのとおりではございますが……せめて覇気だけは、お示しになりませぬと」

「左様じゃな。陣触れ致せ」

信直は北信愛にも支援を求め、数百の兵を集めた。三戸城や宮野《みやの》城（九戸城）への備えも残さなければならないので、今の信直には、このあたりがすぐに参集できる精一杯の兵であった。

田子城から南東に四里半（約十七・七キロ）ほどのところに一戸城はある。南部勢は奥州道中を通り、二刻とかからずに到着した。にも拘わらず、信直は南に兵を進めよと命じた。

「陽動にございますか」

堅固な城なので、兵を城から引きずり出す作戦だと一方井安則は思案したようである。

「陽動は陽動じゃが、一戸城は攻めぬ」

信直の返答に、一方井安則は瞠目《どうもく》する。

「よもや、宮野城を？」

一方井安則が驚くのも無理はない。宮野城は一戸城どころか三戸城よりも堅城であった。

「どうせならば、同じ顔を左近将監（九戸政実）にもさせたいもの」

笑みで信直は答えた。

宮野城は一戸城から南に一里半（約六キロ）ほどしか離れていないので、半刻ほどで到着できる。軍勢は緊張感に満ちているが、信直はさらに兵を南に進ませた。

いつ背後から九戸勢に攻められるかと、士卒は戦々兢々《せんせんきょうきょう》としているが、信直は余裕の体で騎乗していた。その日は途中で野営をし、翌日、信直は幼年を過ごした一方井城をも横目で見ながら、結局足を止めさせたのは、田子城から十四里（約五十五キロ）ほど南の平舘城であった。

「一戸兵部大輔を攻め殺したのは実弟の平舘信濃守。ゆえに、平舘を討つ」

味方どころか、九戸兵も信直は一戸城を攻めると思っていたに違いない。事実、背後からの急襲はなかった。これまでの陽動は成功したことになる。

平舘城は赤川の南岸に聳える舘山から北東に延びた尾根の先端（比高約四十メートル）に築かれた山城で、北郭と東郭から構成されている。北は断崖で、東側は比較的なだらかな傾斜になっている。

城を包囲した信直は、川守田正広を先陣に命じ、東側から攻めさせた。

平舘政包以下、城に籠る兵は百余。まさか信直が平舘城を攻めるとは思っていなかったようで、籠城準備はしていない。川守田正広は弓、鉄砲を放って圧しに圧すと、半刻ほどで政包は降伏を申し出た。

「連れてまいれ」

命じると、四半刻とかからずに平舘政包は南部勢の本陣にまいり、信直の前で跪いた。

「ご尊顔を拝し、恐悦至極に存じます。降伏をお認め戴き、忝《かたじけ》のうございます」

地面に額を擦りつけて平舘政包は謝意を示した。

「戯け、誰が降伏を認めると申した！　聞きたいことがあるゆえ引き出したまでじゃ」

信直が怒号すると、平舘政包の顔は瞬時に引き攣った。

「九戸ごとき悪辣《あくらつ》な調略に乗り、実の兄のみならず、妻子に至るまで撫で斬りにするとは言語道断。いかな鼻薬を嗅がされたのじゃ」

不快感をあらわに信直は問う。

「兄の旧領にございますが、畏《おそ》れながら、九戸殿の誘いだけではなく、兄を討ったのは、某の、いや、領民の意思を酌《く》んでのことにございます」

「なに？」

「お調べ戴ければお判りになるかと存じますが、兄は領民から年貢を多く取り立て、これを遊興に使い、時には種籾《たねもみ》まで奪う始末。これでは百姓は稲を育てることすらできませぬ。このままでは一戸の本家のみならず、我ら支族も領民の信頼を失います。それゆえ、城に乗り込みました」

両手をついて平舘政包は訴える。命乞いだけとも思えない面持ちである。

「話し合いで解決できたはず」

「勿論、そのつもりでした。兄には隠居を迫りましたところ、城の周囲の人数を見て激昂し、某に斬りかかってきたゆえ、やむなく斬りました。嫡子の出羽守も同じです。そののちは我が家臣と一戸の家臣が斬り合いをはじめ、劣勢になった時、城の外にいた領民が突き入ってまいったのです。契機は某やもしれませぬが、兄は領民に背かれ、自身の行いに命を断たれたのでございます」

ここぞとばかり、平舘政包は必死に哀訴した。

嘘とも思えなかったので、信直は平舘政包を捕らえ、家臣の何人かを一戸に放って調べさせた。以前から、あまりいい噂は聞かなかったものの、政包が言う悪政は真実だった。

再び信直は、縄がけされた平舘政包を引きずりだした。

「そちが申したことに偽りはなかった。されど、実兄一族を滅ぼしたのは事実。しかも見よ、そちを嗾《けしか》けた九戸は、儂が平舘城に仕寄せても、一兵の後詰も出さなかったではないか。そちは九戸に躍らされたのじゃ。兄殺しの汚名を被り、九戸は一兵も損せずして一戸城を手に入れたのじゃ」

事実を突き付けられると、平舘政包はがっくり項垂《うなだ》れた。

「そちは南部一族の一戸家を滅ぼした悪人じゃ。磔《はりつけ》にして然るべきじゃが、兵部大輔にも罪はある。悪政と討たれた罪じゃ。よって、そちの縄は解いてやろう。但し、この地にいることは許さぬ。追放じゃ。九戸領に向かえばその場で討ち取る。平舘の血を残したくば、別の地に行け」

平舘政包には正寿《まさよし》、政敏《まさとし》、嘉豊《よしとよ》の三男子がおり、三人の娘はすでに嫁いでいた。

「あ、有り難き仕合わせに存じます。なにとぞ、子供たちのこと、よろしくお願い致します」

震えた声で礼を口にした平舘政包は、落ち武者の姿でそのまま南に徒《かち》で去っていった。

「父を追放された息子たちは、殿に怒りの目を向け、九戸と与するやもしれませぬぞ」

一方井城は平舘城から北東に一里ほどしか離れていない。一方井安則が危惧する。

「我が恩を忘れた時は、儂が平舘一族を撫で斬りにしてくれる。それに、まだ三戸、九戸と争っている今、我らに兵も城代も割く余裕はあるまい。見込みがあれば味方にしておくが肝要。信濃守の跡継(政敏)とそちの嫡子（安高）には間を密にして九戸に備えよと命じよ」

「畏まりました」

追放された平舘政包の跡継を政敏に定め、仕置を終えた信直は帰途に就いた。

平舘城を取り戻した信直であるが、一戸城を失ったのは事実。

（早く晴政を排除して南部家を纏めなければの）

残暑厳しい日射しを浴びながら、信直は馬に揺られていた。

一戸城には北、八幡《はちまん》、神明《しんめい》、常念《じょうねん》の四舘がある。城将の一戸遠江守義富には四人の子がおり、長女は三戸方の野田《のだ》政義《まさよし》に嫁ぎ、長男の彦次郎《ひこじろう》実富《さねとみ》は宮野城に出仕している。義富亡き後の城には次男の図書助《ずしょのすけ》光方《みつかた》と三男の彦四郎《ひこしろう》勝富《かつとみ》兄弟が在していた。

一戸義富は所領が九戸政実に近いので政実に従っているが、信直との関係は悪くない。長男の実富と次男の光方は九戸派で、三男の勝富は信直派であった。本人たちの意思かどうかは定かではない。信直というよりも南部家と九戸家のどちらが滅んでも一戸遠江守家は残るように、あえてそう兄弟を分けさせたのかもしれない。義富は中立でいた。

そこで、信直は東政勝から一戸義富に誘いをかけさせた。九月二十七日、政勝は八戸政栄に伝えている。中立を保つだけに、義富からは積極的な返答は届かなかった。苦しい状況を、なかなか打破できない信直であった。

天正十年（一五八二）正月四日、晴政は病床で死期を感じ、嫡子を枕頭《ちんとう》に呼び寄せた。鶴千代は十三歳ながら元服して彦三郎《ひこさぶろう》晴継《はるつぐ》と名乗っていた。

「儂はそう長くないゆえ、心して聞くように」

力なく晴政は言う。

「なにを申されます。お気を強くお持ちください」

晴継は涙ながらに訴えた。

「よい、己のことはよう判る。それゆえそちを呼んだのじゃ。儂は九郎との確執から争い、ついに和睦することはなかった。それは我が意地ゆえ構わぬが、そちは違う」

晴政は一息吐いて続けた。

「儂が死去したならば、そちは九郎と和睦せよ」

「それはできませぬ。お屋形様をかような身にしたのは田子の九郎。九郎は仇にございます」

若き晴継は断固拒否した。

「そちの孝心《こうしん》は有り難いが、近頃は東（政勝）も寄り付かぬ始末。九戸だけでは心許ない。九戸とて、どこまでそちに心服しているか判らぬ。和睦は相手の力が大きくなる前にせねばならぬのだ」

話しているだけでも疲れる。晴政は気力を振り絞って続けた。

「九郎と和睦せねば大浦に所領を喰い荒らされる。大浦を解き放ったのは生涯の失態。彼奴は満腹を知らぬ餓狼のごとき輩じゃ、侮ることなく応対致せ。九郎をはじめ、一族、重臣たちも元服したそちを蔑《ないがし》ろにはすまい。そちは首座にあって皆に意見させ、九戸の提案を受け入れればよい」

「承知致しました」

「三戸の血を絶やさず、のちのちまで栄えさせるように。そちには源氏の血が流れておるのじゃ」

告げた晴政は静かに目を閉じた。享年六十六。法名は耀山凞公《ようざんきこう》。

本来、南部家の惣領ならば、一族、重臣たちを集め、今後の方針を指示し、晴継の行く末を託すのであろうが、枕頭には嫡子一人。得たくて仕方なかった嫡子を晩年に得ることができたために、人心を離反させたのは、なんとも皮肉なものであった。

真冬でもあるので遺体はすぐに腐敗しない。晴継は家老と話し合い、晴政の葬儀を少し延ばすことにした。名ばかりとはいえ、当主という象徴が亡くなれば、手薄になった反三戸派の者たちが城を攻めるかもしれない。そうなる前に、九戸政実ら晴政派の面々と打ち合わせをしなければならないからである。

久米は剃髪して大宝比久丘《だいほうびくに》と称し、晴政の冥福を祈る毎日を送るようになった。

人の口に戸は立てられないもの。翌日には田子城にも訃報《ふほう》が伝わった。信直には吉報となった。

ただちに、田子城に北信愛、東政勝、南慶儀、八戸政栄が集まった。

「ようやくか」

率直な信直の感想である。これに北信愛が続く。

「寝たきりになって十年。人生五十年の世とすれば長生きしたほうでござろう」

「そうそう隠し通せることでもなし。近く葬儀が行われましょう。九郎殿は？」

東政勝が問う。

「出席せねばなるまいが……」

焼香の順番だけでも一悶着ありそうだと信直は臭わせる。

「晴継の主催で行う葬儀に出れば、惣領に認めたことになる。万が逸、取り囲まれたらいかがされる？　悪いことは言わぬ。出ぬがよい」

北信愛は反対した。

「確かに晴継が喪主の葬儀は厄介。されど、そう思っているのは儂だけでもござるまい……。それに晴政は一時でも義父であった者。しかも、曲がりなりにも惣領でもあった。慶弔《けいちょう》を疎《おろそ》かにすると人心が離れる。婿であった者として出席致そう」

信直は含みを持たせつつ、迷惑そうに告げた。四人の目が一瞬、怪しく光った。

一月二十四日、葬儀は三戸から一里ほど北に位置する三光寺《さんこうじ》で執り行われた。深々《しんしん》と雪が降る中、信直は弟の政信や家臣たちと一緒に寺の山門を潜った。

「深雪の中、ご足労にございます」

出迎えたのは三戸家の家老である石井茂光である。茂光は晴政が死去したのち、信直に誼を通じている。とはいえ、晴継の御着袴役を命じられているので、主君を見限るというものではなく、両家を取り持つ和平派の人物であった。

「重畳至極」

「すでに北殿や東殿は到着なされ、お待ちになっておられます」

「左様か。そちたちも雪中での出迎え大変じゃの。風邪など引かぬよう暖を取りながら致せ」

慰労《いろう》の言葉をかけた信直は、掃《は》かれた石畳の上を本堂に向かって歩き出した。

広い伽藍《がらん》の奥には祭壇が設けられ、その前に近隣の会下僧《えげそう》も含めた僧侶が十数人居並んでいる。まだはじまってはいないものの、それぞれが経《きょう》を口に晴政の御霊《みたま》を慰《なぐさ》めている。

入口から少し入った右側に、喪主である若い晴継が御着具足役の小笠原定久と座していた。

（半分源氏の血を引いているだけのことはあるの）

初めて晴継を見た信直は、思いのほか凛々しい面構えなので少々戸惑っている。認識を改めることにした。

「こちらは田子の九郎信直様にござる」

小笠原定久が信直を晴継に紹介する。定久も石井茂光ほどではないにしろ、信直に誼を通じていた。

「雪深い中の参列、感謝致します」

信直への怒りに満ちていようが、口には出さず晴継は労いの言葉をかけた。

（此奴、先代の晴政よりも器量は上やもしれぬな）

もし晴政が信直と顔を合わせれば激昂し、罵倒して、あるいは斬りかかっていたかもしれない。世間知らずなのかもしれないが、晴継は臆した素振りを見せないので信直は感心した。

初陣を果たしていないので、ひ弱な感じはするが、良い家老が補佐し、一族が支援すれば先代の晴政を上廻るのではないか。とすれば、惣領の座を狙う信直や九戸政実にすれば厄介な存在となる。

（このまま無事に成長すればの話じゃが。儂と同じ思案をする者が何人いようか）

晴継を見ながら信直は、先々を懸念した。

陳腐《ちんぷ》なお悔やみの言葉は無用。信直は入口で太刀を三戸家の家臣に預け、黙礼しただけで奥へと進んだ。諸将は昵懇どうしが固まって話をしている。右側が信直派、左が九戸政実派である。

信直が登場すると、両派の視線が一斉に集まった。中でも、信直の鉄砲を受け負傷した九戸政実の弟・実親は、今にも襲撃しそうな目で睨んでいる。

（儂もなかなかの人気ではないか）

敵、味方の視線を浴びながら信直は自分の存在を確認した。その中で、信直が視線を返したのは、さんざん足をひっぱられた九戸政実である。

（儂の仇討ちを邪魔する憎っくき男。彼奴を討つか屈服させねば、儂は北に兵を進められぬのか）

信直には、宿敵政実の目が心持ち嗤笑《ししょう》しているように見えてならなかった。

大方参列者が揃ったので、喪主の晴継は僧侶の後ろで、一番左の端に腰を下ろした。つられるように、晴継の右に晴政の弟の南長義《ながよし》（慶儀の祖父）、石亀信房《いしがめのぶふさ》、毛馬内信次《けまないのぶつぐ》（秀範《ひでのり》）、次に信直、石川政信、南康義《やすよし》、南直勝《なおかつ》、南直政《なおまさ》、石亀政頼《いしがめまさより》、石亀政昭《まさあき》、泉山古康《いずみやまふるやす》、楢山義実《ならやまよしざね》……南慶儀、北信愛、東政勝……八戸政栄、九戸政実、九戸実親、九戸政親、七戸家国、櫛引清長《くしびききよなが》と、実力ではなく、故人の晴政に対して血の濃い順に続いた。

（このうちの何人かと示し合わせれば、ほとんどの将を討ちとれるの。さすがに十三歳では梟雄《きょうゆう》にはなれぬか。行えば、南部の大半が手に入る。大浦なればやるかのう）

血腥《ちなまぐさ》いことを信直は想像した。

皆が揃うと、僧侶は導師《どうし》の大雲《だいうん》と共に万部経《まんぶきょう》を唱えはじめた。外は人の背丈ほども雪が積もる天候なので、戸は閉め切っており、経はよく響いた。

（経が止まれば、新たな戦いが始まるのか）

立ちこもる焼香の香りを嗅ぎながら、信直は争乱の気配を感じていた。

三

葬儀が終われば長居は無用。敵地に足を踏み入れた信直は、すぐに本堂を出ようとした。

「田子殿、二人で少し話をしたいが、いかがか」

背に九戸政実から声がかけられた。信直はゆっくりと振り返る。

「敵のほうが多うござる。騙し討ちをせんとしているやもしれません」

弟の石川政信が耳打ちする。

「左様なことをすれば、相手方にも手負いが出る。それは左近将監（政実）とも限らぬ」

政信に告げた信直は九戸政実に向かう。

「承知致した」

応じた信直は本堂を出て、案内された奥の座敷に入った。隣部屋には近習の木村秀常が控えている。九戸政実も弟の実親を秀常と同じ部屋に置いた。

争いにならぬように床の間のある上座は空け、二人は向かい合って敷物の上に腰を下ろした。予定していたのか、二つの火鉢が置かれていた。

「かように差しで話すのは初めてであろうか」

誘った手前、政実のほうから話しかけてきた。

「左様でござるな」

「それにしても、さすが田子殿じゃ。晴政殿を死に追いやっておきながら、堂々と晴継殿の前に顔を出し、葬儀に参じる面の皮の厚さには頭が下がる。とても儂には真似のできぬこと」

揶揄《やゆ》するような口調で九戸政実は言う。

「死に追いやったとは人聞きが悪い。なんの罪もない手薄の儂に兵を向けてきたゆえ、致し方なく排除したまでのこと。面の皮は九戸殿のほうが厚かろう。晴政殿から大浦を唆けさせたのは貴殿のはず。しかも貴殿は大浦とは昵懇。その上で、何事もなく葬儀に参列しておる」

「大浦とは遠い姻戚に過ぎぬ。稚拙《ちせつ》な勘繰りじゃ」

「そうかのう。勘繰りでなくば、儂は津軽に仇討ちの兵を向けられていた。その間、貴殿は平舘の信濃守を背かせ、兵部大輔、出羽守親子を討たせて一戸城を乗っ取った」

問題を二つ突き付けて、信直は返答に注目した。

「兵部大輔が背かれたのは弟ではなく、領民だと聞いておる。悪政をせねば領民は背かぬゆえ、領民を背いたのは兵部大輔が先。とすれば、互いに恨みはないはず。今一つ、兵部大輔が背いたのは南部家ではなかろうか」

悪びれることなく政実は言ってのける。

「一戸の本家を潰し、貴殿に城を贈ったからにござるか？」

この悪党めが、といった目で信直は政実を見る。

「乱世ゆえ、なににも負けぬ強さがなくば生き残れぬ。悪には二つの種類があるとか。一つは敗北。敗れれば一族郎党を路頭に迷わし、領民たちは売り買いされ、犬猫以下の扱いを受けるゆえ。今一つの悪は、大半が欲とか。されば悪もまた正義」

「都合のいい言い分でござるの」

「まあ、悪をやるにも領民や家臣の支えがなくばできぬ。悪は天秤《てんびん》の中心のようなもので、絶妙な重さの均衡がいるらしい。敵には鬼畜に見えるのが、良い悪らしい」

それほど考え方の相違はない。信直は政実に同意できるが、頷きはしなかった。

「されば、良い悪が儂を呼んだ本意はいかに？」

「三戸の跡を継いだ晴継殿のこと、田子殿はどう見られたか」

斬るのかと、政実は問う。

「どうもこうも、晴継殿は我が従弟。支援を求められれば合力致す所存」

「つまらぬ返答じゃ。仇の片棒を担いだ者の嫡子は元服したての子供。これに合力すれば、貴殿は生涯石川殿の仇討ちなど及ぶまい。儂が田子殿なれば、今宵のうちにでも斬り捨てよう」

政実得意の嗾けが始まったようである。

「煽るのが巧みでござるの。されど、なにゆえ仇討ちができぬと？　同陣すればすむこと」

「田子殿は儂に肚裡《とり》を見せぬように気遣っておられるが、左様なことは親の仇だと認識している晴継殿には通じぬ。隙あらば狙ってまいるはず。殺らねば殺られるのが乱世でござるぞ」

「身を案じてくれるとは忝ない。誰であれ仕寄せてくれば迎え撃つまで。片棒を担いだ者は許さぬが、その息子を同じとは思わぬ。されど、仇討ちを邪魔する者は許さぬまで」

　お前は別だと信直は政実に目をやった。

「都合のいいのは田子殿も同じらしい。貴殿は周囲から狙われている。気をつけられよ」

　弟の実親もその一人、と政実は臭わせた。

「九戸殿も」

　信直が返すと、政実は質問を続けなかった。政実なりに、なにかを摑んだのかもしれない。会見は終了した。

（九戸は儂に晴継斬りを嘆けた以外には、切り取り勝手に版図を広げることを明らかにしただけか。儂はなにか聞き落としたことがあるか？　九戸が儂の人物を見定めるためだけに顔を合わせたとも思えぬ。南に所領を拡大するにあたり、背後を脅かされぬため、我が目を北に向けさせるためか）

　廊下を歩きながら信直は思案した。

（よもや、儂を弱将と見て煽り、仕寄せさせて討ち取る算段か！）

　事実ならば忌々《ゆゆ》しきことであるが、軽はずみに挑発に乗れば敵の思う壺となる。

（あるいは、それを見越し、慎重にさせる行か。九戸め、なかなかの策士じゃの）

　わずかの会見で心中を困惑させる手腕《てだて》を、信直は素直に認めた。

（九戸は敵に変わりない。隙があれば突くのみ。実現させる前に、せねばならぬことが

あるの）

思案を深めながら、信直は三光寺を出た。外は風が強くなり、猛吹雪となっていた。

喪主の晴継は葬儀を終えると、晴政の位牌を抱いて輿に乗り、三光寺を出立した。中《さる》ノ刻（午後四時）を過ぎると、辺りは夜のように暗い。地面には一間《けん》以上もの雪が積もり、白に闇が反射して薄紫色に滲んでいた。昼よりも雪、風は強くなり、横殴りとなって輿を叩きつけ、小舟が波に煽られているように揺れていた。松明《たいまつ》や提灯《ちょうちん》の火が瞬時に消えてしまう天候だった。

隊列は二列で組んでいる。輿を担ぐ者も鐙持ちも、騎乗して先導する者でさえ、目を細め、顔を歪め、身を竦《すく》め、鼻を塞《ふさ》ぎ、雪を袖で拭わなければ、とても進めるものではなかった。

三光寺から三町ほどのところに小川があり、小さな橋が架かっていた。晴継らの隊列が橋を渡りだした時、突如、雪の中から蓑をかぶった暴漢が数人躍り出し、一行を襲撃した。

「なに奴！」

三戸家の兵は叫ぶが、深雪の中のことであり、咄嗟《とっさ》のことに動きが鈍い。対して暴漢たちは、準備万端かんじきを履き、顔を布で覆って目だけを出し、一直線に晴継の乗る輿に急行する。

「殿をお守り致せ」

後方にいる小笠原定久が怒号し、家臣が輿の前に数人体を並べた。

三人の暴漢は三戸兵と干戈を交え、二人を斬り、残る三人と剣戟《けんげき》を響かせる。その隙に一人の暴漢は輿に鑓を突き立てた。同時に呻きが漏れた。

「退け」

背後にいた主格と思しき男が声をかけると、暴漢たちは戦っていた三戸兵を突き飛ばして退却にかかる。輿に鑓を突き立てた男は、鑓をそのままにして逃亡する。

「追え!」

小笠原定久が叫ぶが、三戸兵は暴漢に追い付くことができなかった。

「殿!」

絶叫した小笠原定久が輿の戸を開けると、鑓の穂先は晴継の体に深々と突き刺さっていた。

伊藤祐清《いとうすけきよ》が寛保《かんぽう》年間(一七四一~四四)に記した『祐清私記《ゆうせいしき》』には、「御屋形様逝去《せいきょ》の時、御葬礼場にて逆心のために討たれ給い、折しも夜中のことなれば、闇《くら》さは昏《くら》し、雪降り、風頻なれば提灯、松明も吹き消え、敵を誰とも知らざれば、御供の人々周章《しゅうしょう》騒ぎて、御死骸を漸々《ようよう》三戸の城へ引きたり」と記されている。

雪深いこともあり、その日、信直は義父・泉山古康の泉山舘で一泊することにした。

火鉢を囲み、二人で酒を酌み交わしているところに、木村秀常が慌ただしく跪いた。

「申し上げます。晴継様、帰城の途中、曲者に襲われ、落命したよしにございます」

「まことか！」

泉山古康は驚愕するが、目は笑っているように信直には見えた。

「義父御《ちちご》、舘の警備を固められよ。三戸の兵が押し寄せるやもしれぬ」

「されば……承知」

信直の指摘を受けた泉山古康は驚きを増すと同時に、慌てて家臣たちに指示を出した。

（はて、こたびの暗殺、世の中は誰が下知を出したと思うかのう……これで新たな争いがはじまることになる。晴継はその犠牲か。不憫《ふびん》じゃが、これも惣領家に生まれた定め。警戒していれば守りきれたはず。乱世で怠《おこた》れば死あるのみ。あとは任せて静かに眠れ。儂が南部を守ってやる）

胸内で信直は晴継に手を合わせながら、木村秀常を北信愛の許に走らせた。


翌日、雪は止んだものの、朝から厳寒の風は三戸周辺を吹き荒んだ。

惣領家の跡継が死去したので、これに代わる者はいない。仕方がないので旧惣領家の八戸政栄が声をかけ、主だった者が三戸城の主殿に顔を揃えた。前日の天候悪化で帰城できず、三戸城周辺に宿を取ったこともあろうが、皆は予期していたかのように列ねている。

首座は空席。左側の上座から下座に向かって八戸政栄、北信愛、東政勝、南慶儀、野《の》田政義《だまさよし》、石亀信房、楢山義実、毛馬内信次ら、いわゆる信直派の面々である。野田政義は一戸の野田城主で、楢山義実は高信の叔父・石亀信房の四男で、慶儀の叔母を娶っている。

右側には七戸家国、櫛引清長、久慈《くじ》直次《なおつぐ》、大里親基《おおさとちかもと》、大湯《おおゆ》昌次《まさつぐ》、一戸実富《さねとみ》ら、九戸派の面々。

これに石井茂光、小笠原定久、桜庭光康《さくらばみつやす》、浄法寺重安《じょうほうじしげやす》、大光寺《だいこうじ》光親《みつちか》らの重臣が加わった。

元来、三戸家に家督を継ぐ直系の者がいない時は、旧惣領家の八戸家から養子を迎えることになっているが、八戸家の政栄自身、新田家から養子に入っているので、こちらには望めない。晴政に遡《さかのぼ》り、その娘の婿を当主にするというのが、次の決まり事なので、候補は信直、九戸実親、東政勝、南慶儀、北秀愛《ひでちか》ということになる。このうち、東、南、北家は田子家との力関係から、万が逸の時は信直を支援すると話し合われていた。

信直と九戸政実・実親兄弟は晴継亡きあとの家督候補とその兄なので、三戸城には登城していない。信直は雪が止んだと同時に田子城に戻っていた。九戸兄弟も近くの寺に宿泊していた。

旧惣領家の八戸政栄が会議の進行役をすることになった。

「残念なことに、昨晩、晴継殿は暴漢の刃に倒れた。よって新たな三戸家の当主を決めねばならぬ。皆には老若上下の隔たりなく、忌憚《きたん》ない意見を述べられよ」

八戸政栄が告げる。

「戦の実績、血筋からいって田子の九郎殿が三戸の家督に相応しいと存ずる」

まっ先に名を挙げたのは南慶儀であった。すぐに七戸家国が異議を唱える。

「実績なれば九戸の実親殿も同じ。それに、田子殿の先妻はすでに亡くなられているゆえ、婿としての資格はない。左様に耀山凞公（晴政）様は申されていたと聞いている」

七戸家国は石井茂光ら三戸家の家老衆に目をやりながら主張した。

「死したとはいえ、人の絆も死ぬわけではない。七戸の申しようはいかがなものか」

東政勝が否定すると、櫛引清長が口を開く。

「耀山凞公様に怪我を負わせた者が家督を継ぐなどは言語道断」

「兵を向けられれば、誰でも反撃するもの。耀山凞公様の怪我は、ただ不運なだけ」

石亀信房が切り返すと、七戸家国が反論する。

「不運？　笑止なことを。誰ぞ、例の物をこれへ」

七戸家国が廊下に向かって声をかけると、七戸の家臣が一本の鑓を持って差し出した。

「この鑓は昨日、晴継様を殺《あや》めた物。調べさせたところ、田子家の足軽の物と判明した。親子二代にわたって当主を死に追いやった者が家督など、天地が滅んでもありえぬことじゃ」

鑓を前に突き出しながら七戸家国は強弁する。

「かような席に、物騒な得物を持ち込まれるな」

注意を促《うなが》した北信愛は続ける。

「それと、都合の悪いことを隠されては困る。その鑓は盗まれたもので、持ち主は参拝の最中だったことが判明しておる。そうじゃの」

北信愛が問うと、家老の石井茂光は頷いた。

「ゆえに、これは九郎殿を快く思わぬ者が、仕物の濡れ衣を着せるために盗んで仕組んだ児戯《じぎ》な謀《はかりごと》。ただ命を奪われた晴継様が不憫なばかりじゃ」

強く北信愛が否定しても、両派の主張は堂々廻りするばかりであった。

昼食が終わっても話は纏まらない。敵対する者が惣領となれば締め付けが厳しくなるどころか、排除、あるいは攻め滅ぼされる可能性が高くなる。両派とも、とても応じられるものではなかった。

埒《らち》があかぬと判断した北信愛は無言のまま座を立ち、外に控えている配下に指示を出した。痺《しび》れを切らしたのではなく、支度のための時間稼ぎだったのかもしれない。


三戸城から田子城までおよそ二里半。北信愛の命令で、騎乗した百人の兵が一刻とかからずに到着した。鉄砲は二十挺用意されていた。

「北殿の下知でお迎えに上がりました」

浄法寺重興《しげおき》が信直に告げる。重興の母は北信愛の妹で、父は重安の伯父の重則《しげのり》である。

「ご苦労」

告げた信直は床几から立ち上がった。すでに鉄錆地《てつさびじ》塗《ぬり》浅葱《あさぎ》糸素《いとす》懸威《がけおどし》二枚《にまい》胴《どう》具足《ぐそく》に身を包んでいる。頭には金の三日月を前立とした鉄錆地塗椎実形筋兜《てつさびじぬりしいのみなりすじかぶと》をかぶっていた。まさに出陣である。

「先に行って待っている。後から家臣を迎えにやらすゆえ、安堵致せ」

信直は側に控える正室の照ノ方に告げる。

「わたしたちのことはお気になさいませぬよう。南部のため、武門のために励まれませ」

照ノ方は笑顔で答えた。

「後のことを頼むぞ」

「承知致しました」

家老の一方井安則が呼応する。

これに頷いた信直は、家臣百人ほどを選び、北信愛が用意した百人と共に田子城を出立した。

（もはや二度と田子には戻らぬ。少し遅れたが、これが儂が行う乱世の名乗りじゃ）

信直は主家簒奪に向けて駿馬の足を進め、誰にも邪魔されることなく、三戸城に達した。

（主のいない城じゃ。簒奪ではない。拾うようなものか。されば惣領の座も拾うとしよう）

罪悪感など微塵《みじん》も感じていない。信直は気負うことなく、清々《すがすが》しい気持で城門を潜った。

城内には許された重臣たちの屋敷が築かれている。信直が兵を率いて登城したので、誰もが城を攻め盗りに来たと思ったようである。城内は上を下への大騒ぎとなるが、各屋敷にいる兵の数は少なく、武装してもいないので、ただ慌てるばかり。

「騒ぐな。刃を向けねば血を流すことはない。静かに屋敷で控えておれ」

信直に代わり、木村秀常が叫んで歩く。各屋敷には十数人しかいないので、秀常の触れに背けば、瞬く間に討ち取られてしまう。皆、鑓や刀を下ろし、事の成りゆきを見守るしかなかった。

ついに信直は本丸に達し、中庭から縁側の階段を上り、主殿の中に足を踏み入れた。草鞋《わらじ》は脱いでおらず、雪と泥に塗れた足跡は信直派、九戸派の間に残された。

具足を着用したまま、信直は首座に腰を下ろした。信直派の面々は信直に誇らしげな視線を向け、九戸派の諸将は愕然《がくぜん》とした目で信直を見つめる。

「こ、これはなんの真似か」

驚き、憤りながら七戸家国は問う。

「見てのとおり、三戸城を我が城とするための行動。これより儂は惣領を名乗らせてもらう」

信直は覇気ある声で公然と言いきった。信直の非合法な政権奪取宣言である。

「左様なこと認められようか」

すぐに七戸家国が反問する。

「認めぬ者は即座に自身の居城にたち戻り、城門を堅く閉ざすがよかろう。我が領内を通っても追い討ちをかける真似はせぬゆえ、安心致せ。従う者の本領は安堵する」

反対派の討伐をも明言した信直だ。

「昨日の主殺しも、主家を乗っ取るための悪行か」

「邪推《じゃすい》は迷惑、言葉は正しく選ぶがよい。血の濃い一族衆に迎えられたに過ぎぬ」

そしらぬ顔で信直は言う。

「左様なことを致せば、南部を二分しての争乱になろうぞ」

「もはや二分しておる。日延べしても南部は纏まらず、大浦に所領を奪われるばかり。儂が惣領の座に就くことを勧めたのは九戸殿ぞ。戻って聞くがよい」

「そう致す」

下城の機会を窺っていた七戸家国なので、ここぞとばかりに座を立った。これに九戸派の諸将も続き、右側の席は空になった。残ったのは信直派と、三戸の家老だけである。

「こたびのことについて、方々には礼を申す」

信直は主殿に残った諸将に謝意を示し、続けた。

「周囲には敵が多く、すぐにでも城を去った者が仕寄せてくるやもしれぬ。こののちも南部家のため、尽力願いたい」

改めて信直は頭を下げて頼んだ。これが信直の現実である。

南部家の惣領になったとはいえ、あくまでも三戸家の当主で、支族を含めた南部家の主格でしかなく、命令する権限は持ち合わせていない。

「承知致した。南部のため、惣領殿と共に戦おうぞ」

北信愛の言葉に、居並ぶ諸将は鬨で応じた。

諸将も信直を惣領とするが、決して家臣になるというつもりは感じられない。諸将が惣領を望めば、泥沼の戦いが続く。纏まらねば南部家が疲弊するので仕方なく応じているに過ぎない。一家の存亡をかけて惣領を狙う戦いに参じるよりも、現状の維持が優先で、あわよくば勢力の拡大を望むのが本音である。矢面に立つのは面倒。一歩引けば楽。名を捨て実を取る思案だ。

九戸家には従いたくない。信直ならば優遇してくれそうだ、あるいは差配しやすそうだという思惑も持っているかもしれない。信直を矢玉避けの楯として使うつもりであるようだ。

(最初はそれでも構わぬ。いずれは南部を一つにし、堅固な家としていく)

口には出せぬ信直の所信表明であった。

三戸城で惣領家に仕えていた家臣たちは、晴政が信直の命を狙って大怪我をしてから、不安な暮らしを送っていたせいか、信直が同城に入っても大部分の者が不平を申さずに受け入れた。晴政の養子として同城で過ごしていたことも影響している。肩身の狭い思いをしていた時期にも、末端の者に対しても蔑ろにしなかったことが功を奏していた。

人が人を偉くする。信直は感じていた。

惣領となって最初の仕事は、晴政の嫡子である晴継の葬儀であった。

果たして晴継は家督相続者となっていたかどうか疑問ではあるが、葬儀を行うことで明確に惣領が信直に継がれたことを世間に示すためでもある。

晴継の葬儀は城下の興源院《こうげんいん》で営まれた。信直派の面々は参列したものの、九戸派の武将の姿は見えず、名代がいるだけ。惣領を名乗った喪主が行う葬儀には参じられぬということであろう。これで敵対姿勢を明確にしたことにもなる。

（いずれは雌雄《しゆう》を決することになろう）

同族での争いを望むものではないが、自ら袂《たもと》を分かつように仕向けただけに、致し方ないと信直は思っている。そうでなければ仇討ちもできない。まずは邪魔をされぬ画策をする必要があった。

享年十三の晴継には芳梢花《ほうしょうけ》（華）公の法名が贈られた。

信直は晴継の母である大宝比久丘を蔑ろにはせず、興源院に庵《いおり》を結び、晴政、晴継親子の菩提を弔うことを許した。

葬儀ののち、信直は八戸政栄に向かう。

「儂が惣領になったとはいえ、南部の家は安定にはほど遠い。こののちもなにかと八戸殿には相談したいことがござるゆえ、城下に屋敷を持たれてはいかがか。無論、人夫は三戸で出そう」

「三戸に来るたびに寺の世話になるのも面倒。惣領殿にお任せ致す」

出費がないので、八戸政栄は快く応じた。

惣領家の城下に屋敷を持つことは、麾下に参じる意味がある。信直としても、旧惣領の八戸家には人一倍気を遣わねばならない。損して得取れ、の作戦は成功したことになる。

信直は八戸政栄、北信愛、東政勝、南慶儀の四人を一族の宿老衆とし、実務などはこれまでの実績を加味し、石亀信房、石井茂光、桜庭光康、小笠原定久を使うことにした。

信直は惣領の証として、桜庭光康の嫡子の予三郎が元服するにあたり「直」の字を偏諱として与え、直綱《なおつな》と名乗らせている。

新たな信直体制のはじまりである。

四

惣領となった信直ではあるが、課題が山積していた。治水、所領の配置替え、鉱山開発、湊の整備などなどを踏まえて、石高を増やして領内を豊かにすることである。これができぬために、乱世の武士は少しでも多くの土地を得るために命を懸けているのだ。

争わねばならぬ相手は南部領内における反信直派。叶うならば戦を回避した上で取り込みたいが、難しい。まずは調略にて対応するつもりだ。

次に北出羽の安東愛季との戦い。信直が晴政と争っている間に、鹿角郡がかなり圧されている。梃入《てこい》れする必要がある。

本命は父・石川高信の仇である津軽の大浦為信を討つこと。北に兵を進めるためには、少なくとも、安東、九戸家とは和睦を結ばねばならない。信直は交渉を開始させた。

乱世は、なにが起こるか判らない。春になり、大浦為信が安東愛季との戦いに圧された。蠣崎季広《かきざきすえひろ》率いるアイヌ民族とも争って、身動きできなくなったこともあり、なんと和睦を申し入れてきたのだ。

蠣崎氏は安東氏の支族で南部氏との戦いに敗れ、津軽十三湊の地を失って蝦夷《えぞ》ヶ島《しま》に逃れた一族である。この頃、愛季の要請を受けて大浦氏を挟撃していた。

「和睦だと!? ふざけるな! なんのための惣領じゃ。左様なことは突っ跳ねよ」

聞くや信直は声を荒らげた。惣領になった理由の一つは為信を討つことにある。激怒した信直であるが、独断で決めることができる立場にはなかった。すぐに宿老四人を集めた。

「今、仕寄せられたくないゆえ、泣きついてきたのであろうなあ」

東政勝が言うと、八戸政栄が続く。

「信直殿が惣領となり、南部はひとまず纏まりを見せた。我らを恐れておるのやもしれぬな」

南慶儀は首を捻る。

「些か単純な気もしないではない。彼奴《きゃっ》は表裏の男。引き付けて叩く策やもしれぬ」

「方々の申すことは尤もじゃ。大浦は我らと戦いたくないのは本音であろう。されど、気を許せぬ相手であることは承知のこと。されば、真意を摑むためにも南部から奪った地の返還を求めてはいかがか。我らには和睦に応じねばならぬ弱味はない」

北信愛が同意を求めると、八戸政栄が首を傾げる。

「そう簡単に応じようか」

「それゆえ大浦の本音が判る。南部が一つになれば、大浦を討つのは容易いが、九戸らがいるので、今はできぬのが実情。津軽に仕寄せるにも津軽には拠点となる城がない。まずは和睦でこれを確保するのも行《てだて》の一つ。労せず入るならば、それにこしたことがないと存ずる」

理路整然と北信愛が説明すると、皆は頷き、首座の信直に目を向ける。

「総意ゆえ、大浦に割譲を求めよう」

渋々信直は応じた。

（儂は担がれている御輿か。担ぐ御輿は軽くて戯《たわ》けがいい、と誰ぞが申したというが、戯けは儂か）

自身の主張が通らず、信直は自虐的なことを肚裡で吐いた。

宿老衆の意見を聞き、信直はまず津軽の東方（平川市、黒石市、青森市）の割譲と、人質を差し出すことを要求した。これはすぐに却下された。その後、何度かのやりとりののち、大光寺城と浪岡御所の返還で話が纏まった。二ヵ所は、南部氏が津軽郡を支配下に置いていた時に津軽三屋形として拠点にしていた所である。

「かような中ほどの地を許すとはのう」

南慶儀が不思議そうに言うと、八戸政栄が断定的に告げる。

「いつでも取り戻せるということであろう」

「敵中じゃ、死にに行くようなもんじゃのう。応じる者がいようか」

東政勝が無理だという口調でもらすと、北信愛が首を横に振る。

「南部の威信がかかっておる。かつて在していた者に責任をもって守ってもらわねばなるまい」

北信愛の主張では、信直は異母弟の政信を遠い浪岡御所に入れねばならない。

（浪岡御所は屋形ゆえ堅固ではない。弟を敵地の中に送り込むのか。捨てられたと政信に思われぬか。儂の判断で弟を死なせることになるやもしれぬ。儂は惣領じゃ。拒むことはできるが……）

南部の威信という言葉が頭に残っている。惣領の弟だから、安全なところでのうのうと暮らしていると言わせてはならない。惣領家の血筋が腰抜けであってはならない。

（されど、それは我が体面、自己の満足ではなかろうか。政信は望んでいようか。仮に政信が望んでいたとしても、兄として止めるのが正しき道ではなかろうか。されど……）

大光寺光親を大光寺城に戻すことは承知できるが、浪岡御所の件はすぐに応じられなかった。

「一晩、考えさせてほしい」

信直はその日の評議を終了させた。

居間に戻って思案していると、誰に聞きつけたのか政信が姿を見せた。すでに信直は家族を田子城から三戸城に呼び寄せていた。

「浪岡御所のこと聞きました。なにとぞ某に行かせて下さい。以前の汚名を雪ぎとうございます」

政信は両手をついて懇願する。

「そなたの意気込みは判るが、浪岡御所は敵地の奥深くにある地で脆弱じゃ。普請し直しても、万が逸の事態が起きた時、我らの後詰は間に合わぬぞ」

「承知しております。敵が仕寄せてきた時は、亡き父上のごとく斬り死に致す所存です」

覇気をあらわに政信は言う。

「そうなるやもしれぬゆえ、そなたを行かせたくないのじゃ」

「浪岡御所に行かせてもらえねば、某は皆から腑抜けと罵られます。左様な屈辱には耐えられません。万が逸、他の者を行かせるのであれば、某は出奔致します」

不退転《ふたいてん》の決意で政信は迫る。

「そなたがそこまで申すならば許そう。されど、心しておくがよい。大浦が浪岡御所を明け渡すと申したのは、入所した者を質にとったも同然と思っておるからじゃ。儂は浪岡御所を敵の監視をする拠点とは考えておらぬ。大浦はあくまでも父の仇。浪岡御所は仇討ちの橋頭堡《きょうとうほ》なるぞ」

「お屋形様の思案と同じにございます。万が逸の時は、大浦を道連れに致します」

政信の返答に、信直は後ろ髪引かれる思いで頷いた。

数日後、大光寺城には大光寺光親が、浪岡御所には石川政信が向かった。

大浦軍との戦いに敗れ、政信と一緒に田子に逃れてきた北畠顕則は、浪岡行きを望まなかったので、尻を叩く真似はしなかった。政信には家老として南慶儀の娘を娶っている南部一族の楢山帯刀（剣帯）義実と、慶儀の末叔父である右《う》兵衛《ひょうえ》長勝《ながかつ》を付けた。

信直は止めたものの、政信の正室になっている北信愛の娘は、政信に同行している。

（我らが仕寄せるまで、しっかり守ってくれ）

遠ざかる一行の背を、信直は懇願するように見送った。

過ぐる天正二年（一五七四）の秋、浅瀬石城主の千徳政光は大浦勢に屈して服属していた。支族の田舎舘《いなかだて》城主・千徳正武《まさたけ》も政光に倣《なら》っていたが、大光寺光親と石川政信がそれぞれの城に入ると、南部氏への帰参を申し出てきた。さらに油川《あぶらかわ》城主の奥瀬《おくせ》善九郎《ぜんくろう》も同調したので、信直はこれらを認めている。

津軽奪還の一歩は進んだ。信直は本格的な進攻の準備をしながら、安東、九戸家の様子を窺った。

畿内で天下人として君臨していた織田信長は四方に勢力を拡大していた。

三月十一日、信長嫡子の信忠《のぶただ》は甲斐に侵攻し、武田勝頼《たけだかつより》を同国の天目山《てんもくざん》の麓《ふもと》の田野《たの》に追い詰め、滝川一益《たきがわかずます》の家臣・伊藤伊右衛門永光《いとういえもんながみつ》に討ち取らせている。信長の参陣を待たずして、一時は戦国最強と謳われた大名家としての武田は滅亡した。

滝川一益は信長から上野《こうずけ》一国と信濃《しなの》の佐久《さく》・小県《ちいさがた》の二郡を与えられ、さらに「関東八州の御警固《ごけいご》」と「東国の儀御取次《ぎおとりつぎ》」の役を申し付けられた。米沢《よねざわ》の伊達《だて》家ではこれを「関東管領《かんれい》」と呼んでいる。一益は上野の厩橋《まやばし》城を居城とし、関東の諸将に対し、織田家に臣下の礼を取る触れを出した。

使者が奥羽に来るのは時間の問題であった。

初夏になり、三戸城の信直にも武田家滅亡の報せが届けられた。

（武田家が、わずか一月《ひとつき》ほどで滅びるとはのう）

南部家は甲斐の南巨摩郡《みなみこまぐん》南部邑《むら》出身。祖を辿《たど》れば新羅三郎義光《しんらさぶろうよしみつ》に達する甲斐の武田家とは同族である。ものの哀れを感じるが、呑気《のんき》に構えていてはならぬという思いが脳裏を駆けた。

（九戸は公方様に謁見して三戸家と同格の大名に認められた。彼奴《きやつ》より早う動かねばの）

信直は焦りを覚えた。

安東愛季は早くから信長に贈物をして誼を通じており、過ぐる天正八年（一五八〇）八月十三日には従五位上の侍従《じじゅう》に任じられている。すでに出羽の一大名として認められていた。

信直は大膳大夫《だいぜんたいふ》を名乗っているが、あくまでも自称で朝廷に認められたものではない。位階を得るためには、天下人である信長を通じねばならなかった。

さっそく信直は宿老衆を集め、北信愛に向かう。

「……よって我らも乗り遅れては存続が怪しくなる。そこで、北殿に織田家への遣いをして戴きたい。北殿は人望もあり、弁が立ち、見識も深い。留守中は嫡子（秀愛）を代理と致す」

信直が頼むと、しばし北信愛は口を閉ざした。

「上野の厩橋か……」

「いや、北殿には安土に、場合によっては上洛して戴く。我らが滝川を取次とすれば陪臣ということになる。安東がすでに織田殿に認められているゆえ、滝川を頼れば南部家が風下に立つことになる。九戸はかつて公儀（幕府）に認められておれば、同じことをせぬとも限らぬ。お判りであろう」

「さもありなん。されば留守のこと、お願い致す」

致し方ないといった固い表情で北信愛は応じた。隣国は敵地。これが続く中、上洛しなくてはならない。南部家が麾下を含めて総動員しても、無事に辿り着けるかどうかは疑問である。少人数ならば目立たないかもしれないが、山賊程度でも排除するのは容易なことではなかった。

もう一つ重要なこと。信長に謁見するため、信直は御家の由緒書《ゆいしょがき》を作成しなければならなかった。

信長の織田家は越前の織田庄の荘官《しょうかん》で、同国の守護《しゅご》・斯波《しば》氏の被官の陪臣《ばいしん》から身を起こし、尾張に移り住んで信長の時代に飛躍した。信長は出世するに従って藤原氏を称し、天下が近づくと源平交代論によって平姓を名乗って今日に至る。乱世では、家の系図を変更することは珍しくない。

徳川家は新田源氏を称し、のちに加賀百万石となる前田家の二代目藩主の利常《としつね》は、他の大名から素性を聞かれると、「林羅山《はやしらざん》に頼んでいるから適当な家と繋いでくれるであろう」と答えたことはつとに有名である。

武士は建て前が必要で、南部家は現実を報告すれば大名と認められるか疑問なところがある。特に、信長が憎んだ甲斐の武田家と分かれたのが、南北朝期以降であれば歴史が浅いと考えた。

「当家は源頼朝公に従って奥州征伐をし、その功によって糠部郡を賜った、ではいかがか」

北信愛が同意を求める。信直は顔を顰《しか》めた。

「露見せぬ自信はござるか」

「当時、糠部郡に在していた国人は当家の麾下ゆえ心配ござるまい」

「されば、大浦、九戸も当家の家臣とされよ。そのほうが箔《はく》がつく」

どうせ糠部まで調べにはこないならば、大きくでようと信直は賛同した。こうして信直と北信愛による鎌倉時代の軍功説を記した家譜ができあがった。

六月中旬、北信愛は駿馬三頭と大鷹五羽を持ち、南部家の期待を一身に背負って出立した。信愛は小人数で陸路を通り、月末、越後に達した時、衝撃を受けた。

過ぐる六月二日の未明はユリウス暦では六月二十一日にあたる。この蒸し暑い夜明け前、京の都に日本を揺るがす大事件が勃発した。下京《しもぎょう》の四条本能寺《しじょうほんのうじ》にて、戦国の覇王と呼ばれた織田信長は、家臣の惟任光秀《これとうみつひで》に討たれて呆気なく四十九年の生涯を閉じた。世に言う本能寺の変である。

理由は怨恨、野望、失望、黒幕説などなど、さまざまなことが囁かれているものの、天下統一を目前にして、信長がこの世から抹殺されたのは紛れもない事実であった。

逸早く本能寺の変を掴んだのは、備中《びっちゅう》の高松《たかまつ》城を水攻めにしている羽柴秀吉《はしばひでよし》であった。六月三日に情報を得ると、即座に毛利家と和睦し、五日には中国大返しと言われる撤退を開始している。

越中《えっちゅう》の魚沼《うおぬま》城を攻略したばかりの柴田勝家《しばたかついえ》らは六月四日に報せを掴み、同陣から撤退。勝家らの織田軍と敵対していた上杉《うえすぎ》家は翌五日に知らされた。

上野の厩橋城に在していた滝川一益が凶報を受けたのは六月九日の晩。その後、一益は小田原《おだわら》の北条家《ほうじょう》と武蔵《むさし》の神流川《かんながわ》で戦って敗れ、這々《ほうほう》の体《てい》で敗走している。陸奥、出羽はやはり畿内から遠い地域であった。北信愛は無念の中で帰途に就くしかなかった。

七月半ば、信直は本能寺の変、ならびに山崎《やまざき》の戦いの結果を聞かされ、愕然《がくぜん》とした。

「世の中、なにが起こるか判らぬの。日本《ひのもと》の三割ほども麾下に収めていた天下人が、返り忠で、いとも簡単に討たれてしまうとはのう」

信直には信じられぬことばかりである。

「まあ、これで安東の後ろ楯はなくなり、我らは互角に勝負できるようになったようにござるの」

嬉しそうに東政勝は言う。

「確かに。されど、こののちは上方に注意を払っておかねばなるまいのう。陸奥は出羽と違い、船を使いづらい。どうしても報せを摑むのに後れをとる」

しみじみと北信愛は言う。

日本海の潮の流れは太平洋に比べると比較的穏やかで、北前船《きたまえぶね》が横行し情報も交易も盛んだ。対して太平洋は黒潮の流れが早く、少し沖に出れば戻ってこられなくなってしまう。安東氏は湊《みなと》（地名）の湊を抑えているので、南部氏よりも優位である。

「津軽を得れば、北前船が使えるということか」

信直は、改めて仇討ちと津軽攻略を考え直さねばならなかった。

南部、安東、大浦氏の微妙な和睦と停戦による均衡が破れたのは翌天正十一年（一五八三）のこと。行動を起こしたのは檜山の安東愛季だった。

三月六日、安東愛季はかねてから争っていた南出羽の大宝寺《だいほうじ》義氏《よしうじ》を尾浦《おうら》城に追い込んで自害をさせ、南の不安を取り除くと、東に目を向けた。愛季は独立を試みていた比内《ひない》・独鈷《とっこ》城主の浅利《あさり》勝頼《かつより》を饗応と称して檜山城に招き、蠣崎慶広《かきざきよしひろ》に刺殺させた。慶広は季広《すえひろ》の嫡子で家督を継いだばかりであった。

騙し討ちにされた浅利勝頼は甲斐源氏で、信直らと祖先を同じにする。勝頼の嗣子の頼平《ただひら》は津軽に逃れ、大浦為信を頼った。勝頼の次男の頼広《よりひろ》は比内に隠れた。

浅利勝頼を殺害した安東愛季は比内に兵を進めて同地を併呑《へいどん》している。

為信は浅利旧臣を吸収すると共に、北出羽の仙北にある角舘《かくだて》城主の戸沢《とざわ》盛安《もりやす》を誘い、安東愛季を牽制している。戸沢氏は東陸奥の岩手郡 雫石庄戸沢邑《しずくいしのしょうとざわむら》に在していたが、南部氏に追われて角舘に住むようになった。

信直は大浦氏と安東氏から共に出陣を求められた。津軽の城を返却されたことから思案すれば大浦為信に与するのが筋であるが、為信は父・高信の仇。安東愛季は優勢であるが、これまで正式に和睦を結んではいない。愛季と結んで津軽に兵を向ければ弟・政信の命が危うい。

（いずれに味方するのが南部のためか）

思案するが、信直はすぐに結論は出せなかったので、宿老を参集した。

「今のところ安東がやや優位じゃが、驚くほどでもなし。様子見でいいのではなかろうか」

八戸政栄の言葉に皆は頷いた。

結局、信直は九戸政実の動向が怪しいので、静まるまでは無理だと返答した。

実際の九戸政実は南の和賀氏と争っており、三戸家を脅かすものではなかった。

(早急に浪岡への増強と国境の強化をせねばの)

信直は腰の重い南部諸将の動かし方を思案するばかり。その一環として、信直は旧惣領家との結束を強くするべく、十四歳になる長女の千代子を十二歳になる政栄の嫡男・彦次郎に嫁がせた。彦次郎は早々と元服をすませ、信直から「直」の字の偏諱を受けて直栄《なおよし》と名乗っている。

また、八戸政栄の末娘は東政勝の次男・彦七郎正永《ひこしちろうまさなが》に嫁がせた。宿老衆とは閨閥《けいばつ》を持って強く繋いでおかなければ、不安定な三戸政権であった。

第四章　五里霧中に西風

一

先々代の晴政が、十年もの間寝たきりだったので、南部領、とりわけ三戸《さんのへ》領の領内整備はほとんど行われなかった。お陰で信直は対応に追われた。

堤防の構築や修築などによる治水、城の修復や道の拡張、崩れた土砂の撤去などの公共工事のほか、新田開発。農閑期に行うのだが、一年の半分近くを雪に組み敷かれる北陸奥の定めで、関東以西のようには捗《はかど》らなかった。

雪で動けぬ時は休養期間と諦めるしかない。そのような時は弓、鑓、刀、馬術の稽古に励むと同時に、馬の飼育に勤しんだ。糠部《ぬかのぶ》は広い牧場があるので、雪中でも馬を走らせて、使える馬を育てた。

天正《てんしょう》十三年（一五八五）、雪解けと共に逸早く行動を起こしたのは大浦為信《おおうらためのぶ》であった。これまで信直が同盟を遵守《じゅんしゅ》しないこともあってか、本来の謀将ぶりを発揮した。

三月、為信は浅瀬石《あさせいし》城主の千徳政氏《せんとくまさうじ》と図り、奥瀬善九郎《おくせぜんくろう》の油川《あぶらかわ》城に兵を向けた。政氏は、過ぐる天正九年（一五八一）に死去した政光《まさみつ》の嫡子である。

油川城は陸奥湾から十町ほど西に築かれた平城で、堀に守られるだけの屋形形式の城であった。

同月二十七日、大浦、千徳勢が城の周辺に押し寄せ、火をかけると奥瀬善九郎は臆して乗船し、対岸となる下北半島《しもきたはんとう》の田名部《たなぶ》へと逃げた。その後、善九郎は南部領に逃れている。

この地域の主将である奥瀬善九郎が逃亡したので、周囲の諸城は為す術がない。大開《おおびらき》城主の平俊忠《たいらとしただ》も善九郎に倣って南部に落ちた。蓬田《よもぎだ》城主の蓬田則政《のりまさ》は討死して、一族は南部領に敗走、横内《よこうち》（堤浦《つつみがうら》）城主の堤弾正左衛門《つつみだんじようざえもん》は逃亡の最中に大浦家臣の福士弥三郎《ふくしやさぶろう》・小三郎《こさぶろう》兄弟に討ち取られた。

これにより、為信は外ヶ浜《そとがはま》一帯までも掌握したことになる。

信直は落ちてきた者たちから報せを聞かされた。

「油断しているからじゃ！　揃いも揃って敗られるとは。皆で纏まれば五分に戦えように！」

脇息を歪むほどに殴りつけ、信直は激怒した。怒鳴られた者たちは肩を竦《すく》ませていた。

即座に信直は宿老を参集して評議を開いた。

「……のとおり、このまま野放しにすれば、遠からず南進するのは必定。討つしかないと思う」

合戦の意思を伝えると同時に、信直は宿老衆に同意を求めた。

「配下を多少割いても、櫛引《くしびき》と事を構えている以上、儂自身が参じることはできぬ」

直接の参戦を八戸政栄《はちのへまさよし》が否定する。

「七戸《しちのへ》が我が領を窺っているゆえ、儂も八戸殿と同じでござる」

南慶儀《みなみよしのり》が同調した。

（この期に及び、大枠で賛成しても、血汗を流すのは御免か。南部の危うさを感じておらぬのか。これを一喝できぬとは、腑甲斐無い）

総論賛成、各論反対ということは古今東西の常。信直は力不足を思い知らされた。

「北《きた》殿には安東《あんどう》と和睦の交渉をして戴きたい」

「承知致した。その上で後詰にまいろう」

快く北信愛《のぶちか》が応じたので、信直は東政勝《ひがしまさかつ》に目を向ける。

「東殿には、できうる限りの兵を預ける所存」

「敵の大将の出陣には、後詰をして戴けますな」

「勿論、儂が先頭に立って即座に駆けつけよう」

信直が約束したので、東政勝は渋々応じた。

四月になり、東政勝は三千の兵を率いて名久井《なくい》城を出立した。九戸《くのへ》勢や、まだ和睦交渉中の安東勢に対する備えの兵を配置せねばならず、これが南部家が動員できる最大の軍勢であった。

南部軍が津軽に向かうには奥州道中を通るのが常であるが、途中には九戸派の七戸家《いえ》国《くに》の居城があり、さらに外ヶ浜の諸城が陥落しているので通行は不可能。南部軍は五戸《ごのへ》を北に向かい、伝法寺《でんぽうじ》を越えたところで西に方向を変え、月日山《つきひやま》の南を通過し、北西に進む。残雪の多い八甲田山《はっこうださん》の南を抜け、城ヶ倉《じょうくら》からの道を通行し、南部家を見限り、大浦家に従う千徳政氏の浅瀬石城に達した。

浅瀬石城は浅瀬石川の南岸の河岸段上となる丘（比高三十メートル）の上に築かれた平山城である。千徳政氏は南部軍の接近を知ると、三百の兵のほか十六歳以上の男に武器を持って集まるように命じ、女子を含めて一千余人を別に入城させて籠城作戦をとった。

東政勝は、浅瀬石城から半里ほど北の宇杭野《うくいの》に軍勢を止めた。

一方、城方は北西の城下一千余の領民に指示を出して南部軍に備えさせた。

布陣を終えた東政勝は武家の倣《なら》いとして降伏勧告の使者を送った。

「貴殿はもともと南部の一族であり、千徳の一門として重々南部家の御恩を受けていたはず。それにも拘わらず、旧恩を忘れて大浦に味方するとは前代未聞の不義なり。されど、前非を悔いて城を明け渡すならば、一命を助けよう。同心しないならば城兵諸共、撫で斬りに致す」

使者の口上を耳にし、千徳政氏は目を見開いた。

「確かに儂は千徳家の枝葉として南部とは旧交があったが、不義とは謂《いわ》れなきこと。大浦殿はこの国の災いを断って領民に静謐《せいひつ》を齎《もたら》した、これこそ仁義というもの。義を助けることが誤りと申すならば、もはやこれ以上話す必要はない。早々に立ち返り、全兵残さず仕寄せるがよかろう。一戦の上で義否の運試しを致そうではないか。これこそ武士の大法というもの。東殿には左様に伝えよ」

不退転の決意で千徳政氏は言い放った。

「千徳は勧告を拒んだ。もはや容赦する必要はなし。一人残らず討ち取れ！」

返答を聞いた東政勝は怒号し、采を振り下ろした。

「うおおーっ！」

獣のような唸り声を張り、南部軍の先陣八百は水飛沫を上げて浅瀬石川の一《いち》ノ渡《わたり》を駆け渡る。二手の七百は東の土手口から城に迫る。東政勝は本陣を西の中川原《なかかわはら》に押し出した。

城方は南部軍の先陣に対し、五十人の兵を出して挑発し、城際に誘い込んだ。途端に弓衆と鉄砲衆が城壁の上に躍り出て、矢玉を寄手に見舞う。南部兵はばたばたと倒れ、進軍の足が止まった。

「打って出よ」

機を窺っていた千徳政氏と嫡子の政康《まさやす》（政勝《まさかつ》）、次男の新士《しんじ》、三男の政安《まさやす》は城門を開いて出撃した。木村越後《きむらえちご》、毛内豊後《もうないぶんご》、河原主膳《かわはらしゆぜん》、工藤和泉《くどういずみ》、袋町喜右衛門《ふくろまちきえもん》、垂柳但馬《たれやなぎたじま》らであった。

千徳勢が二手に分かれて挟撃すると、南部軍の先陣は総崩れとなって退いていく。中には浅瀬石川の深みにはまって流される者までいた。この時、百余人の南部兵が討たれたという。

ようやく浅瀬石川を渡ると、城下から追撃に参じた者たちがいた。中でも村上《むらかみ》理右衛《り え》門《もん》夫婦は勇敢で、理右衛門は樫の八角棒を、妻は薙刀《なぎなた》を持って川から上がった南部兵に襲いかかった。夫婦揃ってさらにという時に理右衛門は鉄砲傷を負って落馬した。仕方なく引き上げようとすると、目の前に身なり立派な武士が現われた。

理右衛門は馬から飛びかかって組み打ちで勝負しようとするが、体に触れることができなかった。それでも手が相手の佩刀に触れたので柄《つか》を摑んで引き抜き、そのまま帰陣した。刀の持ち主は敗走を止めようと移陣した東政勝であった。

「おのれ！　引き返せ！」

東政勝は自ら替えの太刀を振って退却を食い止め、再度攻撃しようとした時、大浦為信ら一千五百の兵が到着した。

「退け！」

体勢が崩れたところに新手を迎えては勝負にならない。東政勝は撤退命令を出した。

「追え」

退く南部軍を見て、為信は追撃の下知を飛ばす。

古今東西、追撃ほど容易く敵を討てる時はない。大浦軍は喜び勇んで南部兵を追う。

東政勝は帰路を北東の浪岡、小湊口《こみなと》にとって退却するが、大浦兵は餓狼のごとく襲いかかってくる。多数の死傷者を出し、南部軍は這々《ほうほう》の体《てい》で敗走を余儀無くされた。

浅瀬石城の攻略は失敗に終わった。

「面目次第もござらぬ」

三戸城に報告に来た東政勝は、両手をついて信直や宿老衆に詫びた。

(彼奴の名をあげさせただけではないか！)

腹立たしいが、大浦為信の出陣に間に合わず、後詰を送れなかっただけに、信直も全て東政勝の失態とは言い切れない。憤りを吐き出すことができず、もどかしくて仕方なかった。

「勝敗は時の運。時節を待つがよかろう」

最初に出陣を拒否した八戸政栄が鷹揚に言う。

「幸いにも安東との和睦は結ばれた。大浦への締め付けは強まろう」

北信愛が自慢気に言うと、南慶儀が続く。

「されば安東を支援して、次は安東に兵を進めさせてはいかがか。その間に我らは兵を養える」

自らあまり動きたがらない南慶儀だ。

(この四人に支えられて儂は惣領になった。されど、このままでは廻《まわ》らぬのう。なんとか儂自らが戦陣に立ち、改めて力を見せつけて、配下、のちのちは家臣にせねばのう)

四人の合意がなければ出陣させることもできない。皆は直に身の危険を感じなければ腰を上げようとはしない。依然として同族の主格である自身の境遇を、信直は憂えた。二年前の三月、安東愛季《ちかすえ》の命令で蠣崎慶広《かきざきよしひろ》に騙し討ちにされた浅利勝頼《あさりかつより》の嫡子・頼平《よりひら》は、津軽為信の許に逃れている。五月、為信は頼平を支援して北出羽の比内の奪還を行わせた。

その間の五月二十日、為信は浅瀬石城主の千徳政氏と図り、千徳氏の支族で、南部方になっていた田舎舘《いなかだて》城を攻めて城主の千徳正武《まさたけ》を自刃させた。

これにより津軽領で南部方になっているのは石川政信《まさのぶ》の浪岡御所《なみおかごしょ》、大光寺《だいこうじ》光親《みつちか》の大光寺城と、ずっと抵抗を続けてきた朝日《あさひ》左衛門尉《さえもんのじょう》行安《ゆきやす》の飯詰《いいづめ》城だけになってしまった。

信直は弟の政信が気掛かりでならない。自ら出陣したいところだが、九戸政実《まさざね》が一戸《いちのへ》の信直派・野田政義《のだまさよし》の野田城を窺っているので、北に兵を向けるわけにはいかなかった。

冬の初旬、畿内の商人、田中清六《たなかせいろく》が糠部を訪れた。

以前から奥羽には、畿内の商人が鷹や馬を求めてたびたび足を延ばした。田中清六もその一人。清六は近江《おうみ》の高島《たかしま》郡田中下城《たなかしもしろ》村の出身で、父の弥左衛門《やざえもん》と共に北国海運に従事した。清六が十二歳の時に弥左衛門は自刃に追い込まれ、その後、清六は父の跡を継いでいる。

南部領に田中清六が来たので、信直は三戸城に呼び寄せた。

「今や天下は関白《かんぱく》秀吉様のものにございます。今のうちに誼《よしみ》を通じておかれるほうがよかろうかと存じます。おそらく摠見公《そうけん》（信長）を凌《しの》がれましょう」

田中清六は信直に勧める。

山崎の合戦で信長の仇討ちを果たした羽柴秀吉は、天正十一年（一五八三）賤ヶ岳《しずたけ》の戦いで柴田勝家《しばたかついえ》を敗って織田家筆頭の地位を獲得すると、翌十二年には信長の次男の信雄《のぶかつ》と家康を相手に小牧《こまき》・長久手《ながくて》の戦いで勝利を摑んだ。十三年四月には根来《ねごろ》、雑賀《さいか》衆を討って紀伊《きい》を掌握《しょうあく》し、七月には従一位、関白に任じられている。百姓の出自で臣位を極めた者は、日本史上、秀吉が初めてである。姓を藤原と称し、同月には長宗我部元親《ちょうそかべもとちか》をも降伏させて四国の平定も終え、八月には越中《えっちゅう》の佐々成政《さっさなりまさ》をも下し、向かうところ敵なしという状態である。秀吉は大坂に巨大な城を築いて居城とし、天下統一に勤しんでいるところだった。

信直は宿老衆を呼んで告げる。

「信長殿に代わったのが百姓が出自とは気に喰わぬが、今や関白として天下に君臨しておる。我らの及ぶところではなし」

当時の天下人の概念は、都を中心とした周辺を掌握している者のことを指し、全国平定ができた者とまではいわなかった。そのため、足利の将軍家があろうとも、三好長慶《みよしながよし》、松永久秀《まつながひさひで》、織田信長はいずれも天下人《てんかびと》と認識され、書状や公家の日記にも天下様《てんかさま》と記されていた。

「関白には代わりない。誼を通じたいと思う」

信直は関白の後ろ楯を得て、現状の困窮を打破するつもりだ。

「上方は勢いがあるが、潰れるのも早いのではなかろうか」

八戸政栄は否定的だ。数代前の八戸信長が上洛して将軍家に取り入ったばかりに、八戸家では内紛が勃発して惣領家の地位を失った。危惧しているようだった。

「仮に、百姓の出自の関白が早々に没落しても、陸奥の南部は機を見るに敏であると上方の者たちに思わせることができる。交易が盛んになれば、入手しにくい鉄砲も得ることができるに違いない」

信直は柔らかく打ち消しながら説く。

北信愛は乗り気ではない。先代の晴継を拒んだ理由も同じだ。

「信長殿の織田とてどれほど高貴な血かは疑わしいもの。おそらくは正統な源氏の血を引く我らには及ぶまい。されど、現実は南部を背信した支族の大浦を討てず、同じく九戸党を従えることもできない。血筋だの家柄だのと申しても、敗北すればなにも残らぬ。家を残してこそ武門。滅んだ家など酒の肴《さかな》として笑い話にされるだけであろう。儂は南部をそうさせるつもりはない」

力説すると、皆は確かにといった表情で頷いた。

「して、取次は誰にするか思案しておられるのか」

納得したかどうか定かではないが、理解したのであろう北信愛が問う。

「田中清六の話では、尾山《おやま》（金沢《かなざわ》）の前田又左衛門《まえだまたざえもん》（利家《としいえ》）が一廉《ひとかど》の人物で、関白も相談をする相手とか。当家が取次には申し分ないとのこと」

「聞かぬ名にござるな。信長殿の時のように、直に訪ねられてはいかがか」

南慶儀が意見する。

尾張出身の前田利家は信長の小姓として育ち、信長の命令で兄に代わって荒子《あらこ》の前田家を継いで緒戦場で活躍。鑓の又左と言われるほどの剛勇で、柴田勝家の寄騎《よりき》として北陸平定に尽力した。秀吉とは親友であるせいか、賤ヶ岳の戦いでは柴田勢として参陣するものの、逸早く戦線を離脱したことによって柴田軍敗北の契機を作った。戦いのち、秀吉に従って厚遇を受けている。この九月には羽柴《はしば》姓を許され、筑前守《ちくぜんのかみ》に任じられていた。

「信長殿の時には会えず終《じま》いだったゆえ、なんとも申せぬ。関白は、上に立った途端に形式に喧《やかま》しいらしい。これに従わねば睨まれ、また儀礼を知らぬ東屋《あずまや》（田舎者）と愚弄されよう。源氏は無骨で、南部は都から遠いものの、儀礼ぐらい知っておると胸を張らねばいかぬ」

「さもありなん。行くのは儂でよかろうか」

北信愛は察したようである。

「お願い致す。大浦、九戸、安東よりも早く」

強い口調で信直は頼んだ。これだけは周囲の敵に先を越されたくはなかった。

信直は博識《はくしき》と名の通る八戸の永福寺《えいふくじ》の東坊《ひがしぼう》を呼び、信長に渡す予定であった由緒書に修正を加え、能筆《のうひつ》の山月《さんげつ》という僧に浄書させた。ちょうど越前浪人の大野《おおの》又五郎《またごろう》が三戸の小向月齋《こむかいげっさい》のところに寄食していたので、又五郎を道案内とさせた。

北信愛が南部領を発ったのは天正十四年（一五八六）の雪解けのこと。信直は期待した。

二

同年、東陸奥の中央に位置する高水寺《こうすいじ》城の斯波《しば》氏で内紛が勃発。信直に朗報が届けられた。

斯波詮真《あきざね》は九戸政実の末弟の康真《やすざね》を養子とし、高水寺城の西南に吉兵衛《きちべえ》舘《だて》を築いて住まわせていた。その直後、晴政が信直に大怪我をさせられ、南部家の勢いがなくなった。政実も信直や和賀氏にも備えねばならず、斯波氏への介入がしづらくなった。

南部氏の影響力が弱まったので、斯波詮真は吉兵衛康真を廃嫡し、実子の詮基《あきもと》を跡継にしたのちの天正元年（一五七三）死去した。享年五十。

斯波家の当主は代々御所様と呼ばれて敬われていたが、家督を継いだ斯波詮基は家臣の諫めもきかず日夜遊興に耽《ふけ》るような当主だったので、家臣の心は離れていた。そんな中、領内の徳田《とくだ》の小川に架かっていた橋が大雨で流された。領民から不便だという陳情を受けた詮基は康真に修復を命じた。

康真が監督役を行う中、詮基お気に入りの源蔵《げんぞう》という兵法者が普請場を騎乗したまま通過した。当主やその兄弟の前では、家臣は下馬するのが斯波家の御掟となっていた。

「御所様のご舎弟が働いておるのに、挨拶も下馬もせぬとは、なんたる非礼。御掟に背くか」

康真の家臣の才太郎《さいたろう》が咎《とが》めたが、詮基から寵愛されている源蔵は下馬しない。源蔵が拒んだまま通り過ぎようとしたので、才太郎は大きな熊手を源蔵の肩に引っかけ、馬から引きずり下ろした。

「無礼者!」

斯波一の使い手と言われる源蔵は憤怒し、太刀を抜いて斬りかかる。腕に覚えのある才太郎も抜刀し、二、三合したのちに源蔵を斬り伏せた。

寵愛する源蔵を斬られた詮基は家臣どうしの喧嘩沙汰ですませようとはせずに、烈火のごとく激怒して才太郎を差し出すように康真に命じた。

「御家のために働き、御掟に従った者を差し出せなどとは言語道断。捨ておけ」

先代の詮真が死去し、康真が正室にする詮真の娘が他界して斯波家と縁が薄くなっても、康真は義弟として詮基を立てて御家のために尽くしてきた。にも拘わらず、詮基は政《まつりごと》も戦も家臣任せ。加えて康真は日頃から不遇の扱いを受け続けた。さらにこのたびの非礼に堪忍袋の緒が切れ、康真は当主の要求を一蹴した。

家臣にあしらわれた詮基は忿恚《ふんい》し、本人を渡せぬならば首を差し出せと再度命令をしてきた。

「呆れてものが言えぬ。御重臣たちの意見を聴取りの上、御返事申し上げる」

康真は下知に従うつもりなどは毛頭なかった。

「人質の分際で、主の命に背くとは許しがたし。日頃の態度も気に喰わぬ。明朝、舘の者は撫《な》で斬りにしてくれる。今宵のうちに報せよ」

怒髪衝天の詮基は、密かに兵を集めるように指示した。秘密を喫したものの、見限っている家臣の一人の梁田中務《やなだなかつかさ》が、康真に詮基の企てを伝えた。

詮基に代わって何度も戦陣に立った康真ながら直臣はわずかである。しかも、吉兵衛舘は包囲されて長く持ちこたえられるような造りではなかった。

「ここで命を捨てるのは犬死。こたびは逃れよう。儂を追ったこと必ず後悔させてくれる」

決意した康真は夜陰に乗じて吉兵衛舘に火をかけ、家臣と共に出奔した。

炎上する吉兵衛舘を見て、詮基は慌てて掻き集められるだけの兵を率いて康真を追う。ようやく船場渡で姿を見かけたものの、すでに康真は乗船した後。康真は北上川《きたかみがわ》を北に進んでいた。

地団駄踏んで悔しがる詮基は、八つ当たりとばかりに本宮《もとみや》にある南部家の代官所を襲い、奉行衆を追い出すと、代官所を焼き払った。これにより、斯波家は南部家と決別を宣言したことになる。

斯波領を逃れた康真は、宮野城《みやの》（九戸城）には戻らず、信直が在する三戸城に足を運んだ。

「吉兵衛、無事でなにより。ようまいったの」

幼馴染みともいえる康真が訪ねてきたので、信直は素直に喜んだ。

「お恥ずかしい姿を晒《さら》しております。某のことより、遅ればせながら惣領家の家督をお継ぎになられましたこと、御目出度うございます」

康真は両手をついて祝いの言葉を口にした。

「なんの、そちの顔を見ただけで嬉しく思うぞ。それより、なにゆえ九戸にまいらなかったのか」

「二度、某は捨てられた身、なんで実家に戻れましょうや。兄上（政実）も某のことより、他領に趣きがある様子。叶うならば某は信直様、いえ屋形様の許で働かせて下されし」

目頭を熱くして康真は懇願する。

（此奴の怒りが南部を隘路《あいろ》から抜け出させてくれるやもしれぬ）

信直は上方に向かっている北信愛の交渉ともども、闇に一筋の光を見出したような気がした。

「相判った。詳しゅう話せ」

九戸政実が知れば、さぞかし怒るだろうと思いながら、信直は鷹揚に応じ、耳を傾けた。

斯波家のことを聞いた信直は、即座に宿老衆を集め評議を行った。

「吉兵衛を追ったということは、当家に対しての挑戦。このまま見過ごすことはできぬであろう」

信直は北信愛のいない宿老衆を説く。

「とは申せ、高水寺城は遠い。以前は安東のみ敵であったが今は違う」

難しいと八戸政栄は首を横に振ると、南慶儀が同調する。

「出立したのち、斯波と九戸に挟み撃ちにされたら敵《かな》わぬのう」

「高田の話では、斯波は熟し過ぎた柿とか。黙っていれば落ちるものを、無理に仕寄って痛い目を見れば恥の上塗り。手をつけるべきではないと存ずる」

津軽攻めの失態を悔い、再び大将を命じられるのを嫌がってか、東政勝も否定する。

「九戸の弟で、斯波の養子。高田は、まこと信用できようか」

八戸政栄が疑うと、南慶儀も頷いた。

「確かに、我らを引き寄せる策やもしれぬ」

「どこぞ高水寺城に近い城に高田を入れ、様子を見てはいかがか？　高田が斯波の兵を追い払ったならば、皆も信じられるのではなかろうか」

東政勝の意見に二人は頷いた。

これで評議は纏まり、信直は高田康真を呼んだ。

「吉兵衛には中野《なかの》に城を構え、斯波との封疆《ほうきょう》（国境）を守り、周辺の動きを探ってくれ」

「某は斯波家にいたゆえ信じられぬということですな。承知致しました、実績を作りましょう」

康真は察したようである。

「すまぬな。なにかあれば後詰を出そう」

宿老を説得しきれず、信直は詫《わ》びた。康真が不快そうではなかったので、まずは安心である。

東陸奥の中ほど、東の簗川《やながわ》、西の中津川《なかつがわ》、北西から南に流れる北上川の中心に松尾山《まつおやま》（比高約四十メートル）が屹立し、かつて飛鳥川舘《あすかがわだて》が築かれていた。信直から二百ほどの兵の支援を受けた康真は、同地に舘形式の砦を築いた。大手は西、搦手は東、三つの川は天然の惣濠となっている。

高水寺城から三里半ほど北の国境に砦を再築され、斯波詮基は激怒した。詮基は家臣の御所八左衛門《ごしょやざえもん》を大将に、稲藤大炊左衛門《いなふじおおいざえもん》を副将として三百騎を預け、康真を討ち取るように命じた。騎馬武者一騎には数人の足軽が付くのが常識。一千五百余の軍勢が砦に向かう。

進軍の最中、斯波軍は兵を百五十騎ずつに分け、大将の御所八左衛門は大手に、稲藤大炊左衛門は搦手（からめて）に廻ることに決めた。

途中で雨が降り、北上川を前にした時は大雨となり、川は水嵩《みずかさ》を増して岸に打ち寄せるほどになった。斯波軍は渡河できず、岸で砦を見上げるばかりだ。

叩き付けるような雨の中、康真は北上川の南の経《きょう》ヶ森《もり》に黒い影を発見し、斯波軍の接近を知った。

「雨が止めば仕寄せてくる。大手からも目を離すな」

康真は配下に命じて警戒させた。

北上川の水嵩が通常に戻ったのは二日後のこと。斯波軍は満を持して渡河し、東西から松尾山の砦を攻めたてた。

「よく引き付けて放て！　敵は愚鈍、焦るな」

信直から百挺の鉄砲を借りている。康真は鉄砲衆に下知を飛ばした。

鉄砲が轟音を響かせるたびに寄手の兵は地に倒れた。急造の砦とはいえ、二つの門への山道は狭く、おりからの雨で地盤は泥濘《でいねい》となり、斯波兵は足を取られて緩慢な動きになっている。そこへ高田勢は容赦なく引き金を絞り、弓衆は矢を放つので、城門に達する敵はいなかった。

斯波軍は何度も兵を入れ替えても排除されるばかり。攻めあぐねて、寄手は松尾山の麓で右往左往している。一気に敵を蹴散らす好機である。

「打って出よ！」

騎乗した康真は太刀を抜き、怒号するや、まっ先に大手の城門を飛び出した。ぬかるむ坂もなんのその、泥を跳ね上げて疾駆し、鑓を揃えた敵中に突撃して太刀を振った。

「畏れながら、殿が直に干戈を交えるような敵ではございませぬ。こたびの一乱の根は某にあり。ここは某にお任せ下されʼ」

斯波の源蔵を斬った才太郎が罷《まか》り出て、敵の喉を穂先で串刺しにする。

「されば、儂に高みの見物をさせよ」

怪力で知られる康真は負けずに馬上から敵を斬り払う。一振りで敵の首を刎ね飛ばした。

「高田殿や才太郎に負けるな」

信直に預けられた南部家の家臣たちは、大将に負けまいと出撃して敵に向かう。大手の寄手は七百五十、対してこの方面で剣戟《けんげき》を響かせる城兵は百余と、圧倒的に数で劣るが、城方は敗れれば皆殺しにされるとあってか、獅子奮迅の戦いを繰り広げた。

城兵は奮闘しているが、さすがに多勢に無勢は否めず、一人が数人以上に取り囲まれて討たれだした。康真も七、八人を相手に青火を散らしているが、太刀は鋸《のこぎり》のように刃《は》毀《こぼ》れし、具足は傷だらけ。いつ討たれてもおかしくないところに喊声《かんせい》があがった。

「味方じゃ。後詰がまいったぞ」

才太郎が叫ぶと、敵味方を問わず、皆は一斉に西に目をやる。松尾山の麓から中津川を間に挟み十町ほど西の不来方《こずかた》城（のちの盛岡城）から福士《ふくし》彦三郎直経《ひこざぶろうなおつね》が二百ほどの兵を率いて援軍に駆け付けた。「直」の字は信直からの偏諱である。

不来方勢が合流しても大手門を攻める御所勢の半分にも満たないが、挟撃されたということで浮き足立ち、算を乱しはじめた。

「敵は烏合の衆じゃ。手柄勝手に討ち取れ！」

康真は替えの太刀を馬上で振りながら、大音声で叫んだ。斯波家を出奔、九戸家からは見捨てられたも同じ境遇。康真は松尾山の麓を死守しなければ、生きる場所がなくなるので必死だ。数本の鑓に狙われようとも臆することなく敵に向かい、斬り倒した。

斯波勢にすれば、高田、福士勢などは九牛《きゅうぎゅう》の一毛《いちもう》（とるに足りない小さな存在）であろうが、背水の陣を布いた奮戦ぶりに圧される。御所勢は西に後退して搦手の稲藤と合流し、押し返そうとするが、一度臆病心に憑《つ》かれた兵の闘志を再燃させることはできなかった。

圧された斯波勢は後退から退却に変わり、雪崩《なだれ》を打ったように簗川を渡っていく。ちょうど、斯波詮基が出した後詰が、簗川の南に位置する安庭《あにわ》に控えていたが、後詰も支えられず敗走する。

高田、福士勢は散々に追撃を行い、百五十余人を討ち取った。追われて北上川に落ち、落とされ、溺《おぼ》れ死にする者数知らず、と『祐清私記《ゆうせいしき》』に記される有り様だった。

夕刻前には高田、福士勢の鬨《とき》が松尾山周辺に響き渡った。

この時、味方が鎧袖一触《がいしゅういっしょく》する姿を見物しようと、斯波詮基も松尾山砦から一里半ほど南の見前《みるまえ》まで出陣していたが、敗報を聞いて激怒した。

翌日も松尾山砦を攻撃させたが、高田、福士勢の待ち伏せを受けて敗退。何度繰り返しても砦も不来方城も攻略できず、斯波詮基は帰城せざるをえなかった。

斯波軍に勝利したという報せは、翌日信直に届けられた。

（吉兵衛は使えるの。これで九戸を牽制し、西に版図を広げられる）

東陸奥は北陸奥同様、あまり稲作が盛んではないが、金山が豊富である。信直は早く鉱山を掌握し、兵の装備や暮らしを充実させたかった。

信直は満足の体で康真に戦勝祝いの駿馬や太刀、それと「直」の一字を贈った。

戦に勝利した康真は、松尾山砦を預けられた。その辺りの地が中野《なかの》というので、名も中野修理亮直康《なかのしゅりのすけなおやす》と改め、砦も中野館《なかのだて》と呼ばせるようにして堅固に修築し直した。

夏になり、北信愛が帰国した。信愛は三戸城に登り、信直の前に罷り出た。

「首尾は上々。関白への取次は達せられそうじゃ」

誇らしげに北信愛は言う。相変わらず信直を主として見ているような口調ではない。

「さすが北殿、重畳《ちょうじょう》にござる。して、前田という人物はいかな者でござったか」

信直も惣領にしてもらったという気持があるので、あえて訂正させる気は、今のところはない。まだまだ担がれているという体勢の三戸家であった。

「賤ヶ岳で返り忠をしたというので、如何《いかが》わしい男かと思いきや、無骨な男で好感を持てる。関白と柴田の間にあって、苦悩した様子。今では関白の右腕のような存在なので、今後も頼りになろう。当家としては昵懇にしていて損はなかろう」

「九戸や安東、憎き大浦などは関白と誼を通じておられるか」

「まだとのこと。されど、我らのことを知れば、続くに違いない」

北信愛の返答を聞き、信直は大浦為信が秀吉と接触する前に津軽を平定しなければならぬと、焦りを覚えた。

「何処まで足を延ばされたか」

「加賀の尾山（金沢）じゃが、向こうは凄い。街道に関所はなく、道の端には等間隔で樹木が植えられており、一里ごとに表示がある。兵のみならず、商人も楽に通行できる。あれなれば、町も富み、栄えよう。警戒し合っている我らとは大違いじゃ」

思い出すように告げ、北信愛はさらに続けた。

「城の土台には大きな石垣を使い、これがまた勇壮かつ堅固。あれなれば簡単に落とすことは困難。一見の価値はある。信直殿も一度見られるがよい」

「ところで関白は？」

「浜松の徳川家康《とくがわいえやす》が従わず、手を焼いている様子。二年前の戦い（小牧・長久手）では関白が圧倒していても長久手の局地戦では徳川が勝ちを収めているゆえ。麾下にせんと、嫁いでいた妹（朝日姫《あさひひめ》）を離縁させ、家康殿に再婚させたとのこと」

白湯の入った椀《わん》を手にしながら北信愛は言う。

「ほう、左様に美しい妹が関白にはいたと？」

「これがお世辞にも美しいとはいえぬとか。しかも歳も四十代半ば」

「関白が、そうまでして縁を結びたい徳川家康。いかな武将なのかのう」

まだ見ぬ秀吉や家康の姿が、信直の頭の中で大きくなる。それでも北信愛が秀吉との糸口を摑んだので、まずは一安心であった。

九月二十一日、前田家の家臣の寺前縫殿助《てらまえぬいのすけ》が三戸城を訪れた。

「主からの書状にございます」

寺前縫殿助は利家からの書状を信直に差し出した。

「これまでお手紙を差し上げていませんが、このたび改めてご挨拶致します。去る夏、左衛門尉（北信愛）から与りました芳書《ほうしょ》の御内意は上聞に達しました。委細は寺前縫殿助の口舌に含みましたとおり、今後にも相応に仰せ蒙《こうむ》ること、いささかも粗略には致しません。慎んで申しあげます。

八月二十日　　　　　　　　利家（花押）

三戸殿」

書状を受け取った信直は喜ぶが、宛先を見て上がった頰が下がる。

「前田殿は儂を南部家の惣領とは見ておられぬのか」

顰《しか》めた表情で信直は寺前縫殿助に問う。

「左様なことはござらぬが、上方では昵懇の間にならぬうちは、地名を宛名に記すことは珍しいことではございません。お気を悪くなさいませぬよう」

少々戸惑いながら寺前縫殿助は答えた。

「左様か」

信直は、北信愛を前田家に遣わせただけでは昵懇になれぬことを実感した。

その後、寺前縫殿助は、秀吉が薩摩《さつま》の島津《しまづ》家と豊後《ぶんご》の大友《おおとも》家に停戦命令を出し、対応如何によっては九州討伐を行うこと、勝手な私戦を禁止し、家康も近々秀吉の配下となることなどを伝えた。

「いずれ関白殿下は東国も統一なさいましょう。その時には南部様も殿下の前に罷り出られ、臣下の礼を取られることが肝要です。殿下は頭を垂れる方には寛容にございます」

「そうしよう。ところで、そなたは上方のことをよく知る。どうじゃ、儂に仕える気はないか」

このの寺前縫殿助のように上方に通じる者は南部家には必要。信直は誘いをかけた。

「有り難きお言葉にございますが、某は前田家の家臣なれば、ご希望には添えられません」

「左様か。見てのとおり、南部から上方は遠く、知らぬことが多い。そなたのような者がいれば助かると思うたまでのこと。無理にとは言わぬ。今後ともいろいろと教えてくれ」

柔らかい口調で信直は頼んだ。寺前縫殿助は安堵しつつも当惑《とうわく》していた。

寺前縫殿助が帰国してすぐのこと、中野舘の中野直康から、四里ほど西に位置する雫《しずく》石《いし》城を攻めたいという許可願いを求められた。同城主は斯波氏の支族・手塚左京進《てづかさきょうのしん》であった。

「彼奴はやはり九戸の血筋じゃの。よかろう」

積極的な中野直康の求めを、信直は素直に許した。

九月二十九日、中野直康と福士直経は信直からの援軍も受けて雫石城を攻撃。同城は平城であまり堅固ではないので、中野、福士勢の猛攻に耐えられず、手塚左京進は城を捨てて逃亡した。

報せを受けた信直は、家臣の八日町太郎兵衛《ようかまちたろうびょうえ》を雫石城の城代として送り込んだ。

（今のうちに、広げられるだけ版図を広げておくか。さすれば兵も増えて大浦を討てる）

逆方向への広がりであるが、信直は柔軟に考えるようにした。

一方、妹の朝日姫を嫁がせたにも拘わらず、徳川家康は秀吉の上坂《じょうはん》要求に応じない。そこで十月には母の大政所《おおまんどころ》（仲《なか》）を人質として差し出したことにより、二十七日、家康はようやく大坂城に登城し、秀吉に臣下の礼を取った。

その直後、秀吉は家康に対し「関東惣無事令《かんとうそうぶじれい》」を伝えた。

惣無事令とは戦国の大名、領主間の交戦から農民間の喧嘩刃傷沙汰に至るまでの抗争を禁止する平和令であり、領地拡大を阻止し、秀吉政権が日本全土の領土を掌握するための私戦禁止令である。争い事は関白の名の下に全て秀吉が裁定を下し、従わぬ者は朝敵として討つというもの。

家康が膝《ひざ》を屈したので、後顧の憂いがなくなり、秀吉は関東に君臨する小田原の北条家を討つつもりであった。家康の次女の督《とく》姫が北条家の若き当主の氏直《うじなお》に嫁いでいるので、表向き、秀吉は家康に北条家の帰属を勧めさせる。ただ、長久手の敗北は秀吉にとって屈辱であり、頭を垂れてもなお家康は目の上の瘤《こぶ》には代わりない。北条家を滅ぼして、家康を東海信越から関東の地に移封させる思案を固めていたという。

その前哨戦《ぜんしょうせん》として、秀吉は翌年三月、薩摩の島津氏を討伐することを決定した。天正十四年（一五八六）、秀吉は太政大臣《だじょうだいじん》にも任じられ、姓を藤原から豊臣《とよとみ》に改めている。

すでに秀吉の目は、関東にまで向けられていた。

三

天正十四年（一五八六）より、南部と加賀の前田家との通交が始まった。今度は秀吉に取り次ぐため、翌十五年二月十日、信直は再び北信愛一行を加賀に向かわせた。

北信愛は五十余日をかけて四月二日、加賀の尾山城に入った。

関白秀吉は三月一日に、薩摩の島津討伐に出立しており、前田利家は畿内の留守居を任され、尾山と大坂の間を何度も往復していた。

一年ぶりに前田利家に顔を合わせた北信愛は、利家から大まかに惣無事令のことを聞かされた。南部家としては、そのまま所領を確定されてはたまらないので、信愛は糠部領内には背信者が多くいることを伝え、討伐の許可も一緒に秀吉に願い出た。

前田家の家臣は秀吉の許可状を得るために九州に向かうが、なかなか戻ってこない。五月八日、島津義久《よしひさ》は剃髪して龍伯《りゆうはく》と号し、秀吉に降伏して許されている。それでも南部家には秀吉からの許可状は出されなかった。

「まあ、こたびは諦められよ。貴家の意向は承知したので今のうちに返り忠が者（裏切り者）の討伐を致すように」

北信愛に告げた利家は、六月二十九日、信直に起請文を記した。

「一、これ以降、特に手抜かりなく相談するので、互いに深重し、裏表ないようにすること。
一、関白様への御取り成しのことは、勿論、粗略にはしない。御身上は無二の御下知を守られるべきことが第一である。そのこと、手前においても油断はしない。
一、このようになった以上、御進退を見放すことはない。但し、上意に対して不義を行った時は、この誓紙は反故《ほご》になる」
宛先は南部大膳大夫《だいぜんたいふ》で署名は権少将《ごんのしようしよう》利家であった。信直を惣領と認めたことになる。

七月一日、北信愛は、前田利家が信直に記した起請文を持って尾山を出立した。

北信愛が三戸城に戻ったのは、八月の下旬であった。

「申し訳ござらぬ。関白の安堵状を得られませなんだ」

二度にわたる西上にも拘わらず、目的を達することができず、北信愛は詫びた。

「前田殿と昵懇になったではござらぬか。詫びることはない。返り忠が者を討つ許可も得た」

とはいう信直であるが、失意を覚えたのは事実であった。

八月、北出羽の安東愛季が角館《かくだて》城主の戸沢盛安《とざわもりやす》と戦っていた時、仙北淀川《せんぼくよどがわ》の陣中で病死した。引き揚げた居城の脇本《わきもと》城で死去したともいう。享年四十九。遺体は密かに城麓の法蔵寺《ほうぞうじ》に葬られた。

安東愛季の跡は十二歳になる嗣子の実季《さねすえ》が元服して継いだものの、従兄で湊《みなと》城主の安東通季《みちすえ》（豊島《としま》通季）が継承に不満を持ち、信直に支援を求めてきた。これにより、信直は愛季の死を一月《ひとつき》ほどで知ることができた。すぐに信直は宿老衆を集めた。

「北出羽に版図を広げる好機。応ずるべきじゃ」

南慶儀は賛同するが、八戸政栄は消極的だ。

「まだ斯波が健在なのに、安東にまで手を広げていいものか」

「惣無事令が出される前に広げられるだけ広げておくべきでござろう」

このたびの東政勝は積極的であった。

人であった。

北出羽の鹿角郡《かづの》には九戸に意を通じる者が多い。慎重にせねばなるまい」

北信愛が提言する。大里親基《おおさとちかもと》、花輪親行《はなわちかゆき》、長内昌茂《おさないまさしげ》などは鹿角郡に在する九戸派の国人であった。

「されば討てばよかろう」

不快そうに南慶儀は反論すると、北信愛が返す。「左近将監（九戸政実）さえ潰れれば、あとは我らに頭を垂れる者たち。安東への先鋒として使える。今は進んで介入すべきではないと儂は思う」

「九戸が死ぬのを待つと申されるか？　その前に好機を失ってしまう」

北信愛の意見に八戸政栄と東政勝が同意する。

「好転しているおりに、他国で失態を犯せば領内にも響く。今は斯波に力を注ぐべき」

宿老三人は消極的。信直も従わざるをえない。

（皆の目は手強い大浦には向いておらぬようじゃ）

不満は募るが単独行動はできない。信直は安東通季に武器を贈り、支援する態度は示した。

十二月三日、秀吉はついに陸奥の大名にも惣無事令を触れた。

「富田左近将監《とみたさこんのしょうげん》（知信《とものぶ》）に対する書状を披見した。関東惣無事令のこと、このたび家康に仰せつけたので達しているであろう。もし、相違あれば直ちに成敗致す。これに従う、ように」

これは、秀吉が南陸奥の岩城常隆《いわきつねたか》の家臣・白戸右馬助《しらとうまのすけ》に宛てた書状である。

同じ日、常陸、南陸奥、南出羽の諸将に宛てた書状が多数残されている。

三戸には天正十六年（一五八八）二月、金山宗洗斎《かなやまそうせんさい》が訪れ、惣無事令を伝えた。

「無論、殿下の令に逆らうつもりはござらぬが、当領には返り忠が者が数多《あまた》ござる。これらを討つのは惣無事令に違反しているわけではない。そのこと前田殿からの誓紙に記されてござる」

今、戦いを止められては、親の仇を討つこともできない。とはいえ、仇討ちといえば、私戦と言われる。信直は必死に食い下がった。

「貴家の事情は大方聞いてござる。されど、いつまでも、というわけにはいき申さぬ。討つならば早うなされるがよい。さもなくば、貴家には統治能力がないと、殿下が判断なされ、本領安堵が許されぬことにもなりかねませぬ」

淡々とした口調で金山宗洗斎は言う。

「本領安堵が許されぬと、いかになろうか」

南慶儀が問う。

「何《いず》れかの大名が移封され、貴殿らは微禄でその大名に仕えるか、帰農するしかござりませんな」

「ふざけるな！　先祖代々の地を他人に差配される筋合いはない」

東政勝が声を荒らげる。他の宿老たちも心情は同じという顔をしている。

「左様な思案は捨てられるがよい。関東以西の地では武士に一所懸命という思案はない。それに、日本に在する武士の処遇は殿下が決める。関白とは、そう御上《おかみ》（天皇）から命じられた官職にござる。不服があるならば、城門を閉ざし、二十万を超える天下の兵と一戦するしかござりませんな」

「二十万などと偽りを申すな」

「僻地の方々は同じ思案でござるか？　島津家も信じぬゆえ、九州を席巻せんとしていたにも拘わらず、薩摩、大隅《おおすみ》、日向《ひゅうが》の諸縣《もろかた》郡に押し込まれてござる。不服なれば好きになされるがよい」

金山宗洗齋は冷たく突き放す。

「あいやしばらく。上方から遠き地に住んでいるゆえ、口のきき方が不快に感じるやもしれませぬが、決して、当家の者は誰一人、殿下に弓引こうなどと申すものはござらぬ。ただ、皆、新たな仕組みが判らぬゆえ、不安に思っているだけにござる」

周囲が堅物ばかりなので、信直は取り繕《つくろ》わざるをえない。

（元来、左様な役をするのが家臣の役目だがの）

信直は嘆くが、南部家の宿老は表向き家臣であっても、実際には家臣でない。厄介な集団であった。

「承知してござる。新たに殿下に接する大名や国人は皆、左様な考えをしてござる。因みに、南部家の石高はいかほどか？」

「石高というのは、扶持のことでござろうか？」

まさか、人の懐を使者に聞かれるとは思わず、信直は戸惑った。

「左様。貴家の石高にござる。扶持でも構わぬ」

「いや、それは、皆に任せているゆえ……」

北陸奥では自分の所領高を他人に言う習慣はないので、信直は自分の直轄料ぐらいしか知らない。いいところ、あの武将のところは多く収穫できているらしい、という噂程度だ。

「さもありなん。一家を纏めきれぬ大名にありがちなことにござる。当主が家全体の収穫料を把握していないゆえ、軍役が定まっておらず、陣触れしても、その時にならねば、何人の兵が集まるのか、判らぬのではござらぬか」

鋭い金山宗洗齋の指摘に信直は反論できない。代わりに南慶儀が問う。

「他家は判っていると？」

「左様。殿下の麾下になった家は棹《さお》入れを致してござる。棹入れとは、奉行が全ての田畠を定められた寸尺で計り、これによって確かなる石高を示すこと。石高に応じて軍役を定め、陣触れに際して軍役どおりの兵を参集させる。従わぬ者は所領を没収される」

「田植えや稲刈りの時は集まりますまい」

東政勝が問う。

「百姓と兵は分け、兵には田を耕させず、百姓には戦に参陣させせぬ。それゆえ、豊臣の軍勢は田植えや稲刈りなどに関わりなく、一年中、戦陣に立つことができる。これぞ強さの秘訣でござる」

北陸奥の武士に兵農分離《へいのうぶんり》という概念はないので、皆唖然《あぜん》としていた。

「武士は殺し合いをするだけ、百姓は田に向かうだけと申されるか」

八戸政栄も戸惑いながら質問する。

「まあ、そういうことにござるな。武士は戦のない時は、百姓の管理をすることになろう。これによって、どの家でも石高、いわゆる扶持高《ふちだか》が増してござる。また、兵と百姓を分けているゆえ、大名の国替えは珍しくござらぬ。加増を受ければ、先祖代々の地を離れたくはないなどとは申さず、皆喜んで新たな地に赴いてござる。家臣のみならず、殿下ご自身も移られておる」

告げた金山宗洗齋は、思い出したように口を開く。

「貴家にも多くの土豪《どごう》や地侍《じざむらい》がござろう。家臣でもないのに百姓から年貢を巻き上げ、時に応じて参陣致し、敵方につくのも厭《いと》わない輩《やから》。殿下はかような存在をお許しにはならず、武士として大名の家臣となって軍役につくか、帰農させてござる。今のうちに貴家も早々に分別なさるがよい」

「左様なことを致せば一揆になりましょうぞ」

北信愛が威《おど》すような口調で言う。

「その時には周囲から討伐の軍勢が差し向けられる。勿論、統治能力がないと判断され、お家は取り潰し、当主は切腹を申し渡されましょう」

金山宗洗齋は思い浮かべるようにして告げた。

前年の九州討伐ののち、越中の新川《にいかわ》一郡の領主であった佐々成政は肥後《ひご》の国主に任じられたが、強引な検地によって一揆が起こり、周辺から十万もの討伐軍が派遣されてようやく鎮圧された。

年が明けてから、肥後の国は没収され、佐々成政は秀吉からの呼び出し命令を受けていた。

「左様な憂き目に遭う前に対処なさるがよい。前田殿などは親身にして接してくれようほどに」

あくまでも自分は使者。面倒なことには関わりたくないという金山宗洗齋だ。

金山宗洗齋の言葉は南部家の宿老にとっては習慣、環境、文化、生活についての衝撃だった。皆、二の句が告げない。ただ、信直は少し違う思案を持っていた。

（上方の風を南部に吹き込めば、滞留《たいりゅう》した古き家を崩せるのではなかろうか。棹入れをして地侍を兵と百姓に分ければ、兵力も収穫も上がる。主従の関係も明確になる。されど、その前になんとしても大浦だけは討っておかねばの。九戸も）

豊臣家の脅威を感じつつも、もっと接近したいという思いが湧くのを抑えられなかった。

金山宗洗斎が帰国してすぐのこと、津軽の大光寺《だいこうじ》城主の左衛門佐光親《さえもんのすけみつちか》が、北出羽の比内《ひない》・山田《やまだ》村に逃れたという報せが届けられた。

「浪岡御所の政信様が返り忠を致し、大浦勢と与《くみ》して大光寺城に仕寄せるという噂が立ち、三戸に報せようとした矢先、浪岡勢の姿が見えましたので、城に止まっていられませんでした。三戸への道筋は雪深く、とても戻ることは敵《かな》わず。仕方なく比内に退きました」

大光寺光親の弟の儀太夫正徳《ぎだゆうまさのり》が告げる。

「政信が返り忠？　左様なことは聞いておらぬぞ。なにかの間違いではないのか」

憤りながら信直は問う。許可も得ず、勝手に逃亡したことが腹立たしくて仕方ない。

「政信殿は面会を求めても、一向にお会いになろうと致しません。聞けば朝から酒を喰らって政《まつりごと》を顧みぬとか。二人の家老にも取り合ってもらえません。三戸からの後詰もなし。犬死にするのは愚と考え、退いた次第にございます」

大光寺正徳は切実に訴えた。

「なにゆえ政信が……。帯刀《たてわき》と右兵衛《うひょうえ》も」

家老としてつけた楢山《ならやま》帯刀義実《よしざね》と南右兵衛長勝《ながかつ》が、なぜ大光寺光親と協力しないのか信直には判らなかった。いずれにしても逃げ帰る光親も腹立たしい。

「惣領の許可なく撤退するなど言語道断。当領に大光寺家の住む地はない。城が欲しくば津軽か比内の城を奪うがよい。帰って左衛門佐に申せ！」

大光寺家は南部十六代当主・助政《すけまさ》の四男・行実《ゆきざね》を祖とする支族であるが、勝手に城を捨てるような者は許せない。信直は厳しく言い放った。大光寺正徳は肩を落として比内に向かった。

(南部家には鉄の掟はなし。これが現実か)

脆弱な国人の寄せ集めでしかないことを、信直は憂えた。

それから一月ほどした三月十六日、浪岡御所の政信が死去した。数日後、楢山義実に付き添われ、政信の遺骨を持った夫人が二人の娘を伴って三戸城を訪れた。

異母とはいえ、唯一の弟を失い、信直は失意にくれるが、乱世は惣領に悲しみに暮れる暇を与えてはくれない。

「……と儀太夫が申しておった。いかになっておるのじゃ？」

信直は楢山義実に問う。

「半年ほど前から政信様は体の調子を崩され、大浦に悟られぬために人と会わぬようにしておりました。我らには、大光寺が大浦と与して浪岡御所を奪うという噂がありました。偽りであったならばお屋形様の心を煩わせることになりますゆえ、詳細を探っているうちに、大光寺は城を捨てて比内に退いた次第にございます」

「戯《たわ》け！　されば大浦の謀《はかりごと》に乗せられたと申すか」

悲しみは怒りに変わり、信直は床を叩いて声を荒らげた。

「申し訳ございませぬ」

楢山義実は米搗飛蝗《こめつきばった》のように這いつくばって詫びる。信直にすれば、これ以上、義実を叱責してもなんの益もない。忿恚が肚裡《とり》で滞留し、もどかしくて仕方なかった。

「……まこと政信は病死なのか」

「最初は風邪を召されたような調子で、少しずつ重くなりましたが、死に至るような状態ではなかったと思われます。最期は卒中だと薬師は申しておりました。大浦を討つ、というのが酒を召されての口癖でした。あるいは重圧が酒の量を増やし、病を重くしたのやもしれませぬ。控えるようにお勧め致しはしたのですが……」

無念そうに楢山義実はもらした。

（とすれば死因を作ったのは儂じゃの）

大光寺城を戦うことなく奪われたあとだけに、信直は毒殺ではないかと疑った。違うようなので安堵するものの、大浦為信への恨みが消えることはなかった。今はただ、冥福を祈るばかりだ。

享年三十一の政信、法名は信興院殿前政信桃林宗因大禅定門《しんこういんでんぜんせいしんとうりんしゅういんだいぜんじょうもん》が贈られた。

浪岡御所の城代は、とりあえず南長勝と楢山義実に交代で務めさせることにした。

これまで中野館の中野直康は、斯波家の家臣たちに調略の手を伸ばし、何人かが応じていた。

斯波家の重臣に岩清水《いわしみず》肥後守《ひごのかみ》義長《よしなが》・右京《うきょう》義教《よしのり》兄弟がおり、兄の義長は斯波家の蔵入役《くらいりやく》を務めていたので、主君・斯波詮基の高水寺城下に屋敷を許され、義教は岩清水城を守っていた。

中野直康の呼び掛けを受けた岩清水義教は兄の屋敷で義長に相談したところ、義長は激怒して床の間の太刀に手をかけた。愚直な義長が本気だと悟り、即座に屋敷を逃げだした。こうなれば後戻りはできない。義教は岩清水城に籠り、中野舘に使者を放って、援軍を要請した。

助けを求められた中野直康は、斯波勢に備えながら信直に遣いを送った。

「……にて、斯波家を討つ好機。なにとぞ後詰のほどお願い致します」

中野家臣の才太郎が、信直に主の口上を伝えた。

「あい判ったと修理亮（直康）に申せ」

信直の関心は津軽にあるが、今は少しでも版図を広げる時。それが宿老衆の総意なので、信直も納得せざるをえない。即座に陣触れをした。

（こたびは斯波を討てそうじゃの。とすれば隣領は稗貫《ひえぬき》。これはまだいいとしても、稗貫は中陸奥の葛西《かさい》と縁戚。葛西は飛ぶ鳥落とす勢いの伊達《だて》の血筋。話だけでも通しておくか）

斯波領の南隣は稗貫五十三郷を支配する稗貫広忠《ひろただ》の所領。広忠の祖父・晴家《はるいえ》は葛西宗《むね》清《きよ》の次男とされている。宗清は伊達家十二代目の当主・成宗《しげむね》の次男である。葛西家には、ほかにも伊達家十四代目の当主・稙宗《たねむね》の八男である晴胤《はるたね》が入っていた。

葛西氏は源頼朝の奥州討伐に参じて功名をあげ、胆沢《いさわ》・江刺《えさし》・磐井《いわい》・気仙《けせん》・牡鹿《おしか》郡を与えられると、隣接する本吉《もとよし》・登米《とめ》・桃生《ものう》郡をも掌握して東陸奥から中陸奥にわたり、石高にして三十万石を有する大名に成長した。歳月が流れる中で、東陸奥の国人衆が独立し、力が及びにくくなっていた。当主は左京大夫《さきょうたいふ》晴信《はるのぶ》で、中陸奥の寺池《てらいけ》城を居城としている。

この時、伊達家の当主は独眼竜《どくがんりゅう》と渾名《あだな》される政宗《まさむね》で、秀吉から惣無事令に違反していると叱責されるも意に介さず、飽くことなく四方の敵と戦い、急速な勢いで領土を拡大している最中であった。

これらを踏まえ、七月中旬、信直は葛西晴信に対し、近いうちに遠野《とおの》辺りで会い、相談しようという書状を送っている。

閉伊《へい》郡の遠野は斯波領の南東に位置する葛西氏の麾下で、鍋倉《なべくら》城主の阿曽沼《あそぬま》広郷《ひろさと》が遠野十二郷を支配していた。この時、広郷は鱒沢舘主《ますざわだてぬし》の鱒沢守光《もりみつ》・広勝《ひろかつ》親子と争っており、信直は介入して傘下に組み込もうという思惑を持っていた。

同月十七日、葛西晴信は信直に対して、会談に応じる旨の返書をしている。

すぐに参集できた兵は一千五百。ほかは大浦勢と九戸勢に備えさせた。信直は北信愛に留守居を頼み、信愛嫡子の秀愛《ひでちか》を伴い、南慶儀、東政勝ともども三戸城を出立した。

「このところ九戸が大人しいの」

騎乗しながら信直は家老の一方井安則《いっかたいやすのり》に問う。

「閉伊の田鎖《たぐさり》（遠江守光好《とおとうみのかみみつよし》）らと小競り合いをしております。斯波との争いに後れを取らねば、背後を突かれるようなことはないかと存じます」

閉伊郡は九戸郡の南にあり、田鎖光好らの田鎖党は閉伊川岸線に繁衍《はんえん》する一党であった。

「されば心配はいらぬか。儂らが着陣する頃には大方片づいていよう」

豪気に信直は告げた。岩清水義教が背信するぐらいなので、同調する者がほかにもいると踏んでいる。おそらく、斯波詮基が下知を出しても、半数ぐらいしか参陣しないと想定していた。

（九戸は和賀との戦いで疲れ、休息の最中。我らの様子を窺っているのであろう。気はつけぬとな）

改めて信直は、背後への警戒を厳しくさせた。

一方、斯波詮基に弟の討伐許可を申し出た岩清水義長であるが、義教と共に背信するつもりではないのかと、詮基に疑われる始末。一時は監禁されそうになるほどで、信用できないならば首を刎ねても構わないと主張しても詮基は半信半疑だった。御所八左衛門らの助言でなんとか許可が下り、集まった兵は三百余。義長は憤懣《ふんまん》やるかたない思いで自らの居城を攻めねばならなかった。

岩清水城は高水寺城から一里半ほど北西に位置する山城で、籠る兵は三十余人。岩清水義長は勝手知ったる城を十倍の兵で攻めたが、寄手の士気は著しく低く、麓から城への道は隘路で、上るたびに順番に撃退された。

信直が北上川南の経ヶ森《きょうがもり》に着陣した時、岩清水義長が城を攻めあぐねていることを報された。

「されば、肥後守（義長）を討って一気に高水寺城を落とす」

下知を飛ばした信直は中野、福士勢を加えて南西に兵を進めた。

信直軍が岩清水城と高水寺城の中間に位置する陣《じん》ヶ岡《おか》に達した時、岩清水義長はこれを知った。多勢が迫ると聞いた斯波勢は我先にと逃亡し、義長も城攻めを続けられず、撤退を余儀無くされた。城兵は追撃を行ったが、さすがに義教は兄を追うことができなかったという。

「お初にお目にかかります。岩清水城代、岩清水右京義教にございます」

岩清水義教は陣ヶ岡に参じ、信直の前に跪いた。

「重畳至極。そちの戦いぶり天晴れじゃ」

鷹揚に信直は労《ねぎら》った。

「我が兄は実直にて、おそらく高水寺城に籠っていると思われます。必ずお屋形様のお役に立ちますゆえ、なにとぞ寛大な配慮をお願い致します」

両手をついて岩清水義教は懇願する。

「左様か。さればそちが説いて降伏させよ。投降せねば討つしかない」

命じた信直は、岩清水義教を先頭に押し立てて高水寺城に向かった。

南部の大軍が高水寺城に迫ると聞き、斯波家の重臣たちは詮基の許に参じるどころか、信直に使者を立て、帰属を申し出る有り様だった。落胆した詮基は岩清水義長らが帰城する前に城を抜け出し、滝名川《たきながわ》沿いに西の山王海《さんのうかい》方面に逃亡してしまった。

岩清水義長が帰城した時、残っていたのは同じ重臣の工藤茂道《くどうしげみち》ら数十人であった。とても持ちこたえられるような兵数ではないが、主に捨てられた義長は、武士の意地を通して降伏を拒否。寄手に対して、三度打って出たのちは城に戻り、茂道ともども自刃した。

これによって小なりとも、大名としての斯波家は滅亡した。

高水寺城陥落ののち、斯波家の重臣であった簗田詮泰《やなだあきやす》、乙部義統《おとべよしむね》、大萱生秀重《おおがゆうひでしげ》、河村《かわむら》秀久《ひでひさ》、長岡詮尹《ながおかあきただ》、手代森秀親《てしろもりひでちか》、栃内秀綱《とちうちひでつな》らが信直の許に罷り出て臣下の礼を取った。

(九戸に対するためにも、さらに版図を広げるためにも致し方ないか)

信直は許可し、周辺の反抗勢力を一掃させた。

八月五日、信直は約束どおり、楢山義実を遠野に赴かせ、葛西晴信に挨拶させている。

版図の広さからいえば、信直も晴信に劣るものではなかった。

同じ日、葛西晴信は楢山義実宛に斯波氏討伐を労う書状を送っている。身分に差がない限り、昵懇になるまでの間は相手の家臣宛に書状を書くのが礼儀でもある。内容は信直に対してで、葛西家臣の男沢越後守《おとこざわえちごのかみ》が高水寺城に届けている。

南部家が斯波家を滅ぼしたことは周辺の諸将にも衝撃を与えたようで、同じ八月五日、隣接する北出羽の本堂《ほんどう》城主の本堂伊勢守道親《いせのかみみちちか》が、斯波攻略を慶祝する書状を信直に送っている。

本堂道親は九月八日にも書状を送り、もし、上方（豊臣）勢が奥羽に下ってくる時は、是非お報せくださいと信直に懇願していた。斯波家の実情を知らないようで、信直を頼りにしていた。

ちょうど遠野の阿曽沼氏内でも内訌が起こり、当主の広郷と従弟の鱒沢広勝が争っていた。この際、名ばかりの葛西麾下とはいえ、阿曽沼氏にも影響力を示しておこうと、信直は桜庭直綱《さくらばなおつな》を派遣して、調停役を務めさせた。特に支族の広勝と誼を通じるようにも命じておいた。

斯波領平定ののち、信直は高水寺城を中野直康に預け、帰途に就いた。

（斯波は直康を嫌い、排除しようとしたゆえ隙を作り、家を滅ぼしたか。勝負は時の運とは申せ、戦は感情が作りだすものかのう）

馬に揺られながら、信直はふと大浦為信のことを思い浮かべた。

（感情や意地はなくはない。一時の恨みや怒りではない。南部家惣領として返り忠が者を許しては、ほかの家臣に示しがつかぬ。大浦を討つのは武士の宿命じゃ）

信直は自分に言いきかせた。

（南は順調じゃが、あとは北か。その前に鹿角、比内を押さえておく必要があるか）

馬上、信直は津軽攻めのことを思案していた。

信直が斯波討伐で三戸を空けていることを知ってか、九戸方の七戸家国が蜂起し、兵を南に進めた。報せを受けた北信愛は、隣領に在する北郡の切田《きりた》館主《だてぬし》・切田兵庫《ひょうご》と沢田《さわだ》館主・沢田定次《さだつぐ》を鎮圧に向かわせたが、返り打ちに遭い、二人とも討死してしまった。

慌てて北信愛が出陣すると、七戸家国は揶揄《やゆ》するように兵を引き上げた。三戸方の様子を見るための軽い一当てだったのかもしれない。

三戸城に戻ったのち、信直は次第を聞かされた。

(いざ戦うと九戸に与する者たちは強いの)

信直は個別に力を削ぐ方法を思案した。

四

まだ雪深い天正十七年(一五八九)一月上旬、北出羽・比内郡の大舘《おおだて》城主の前田《まえだ》下総《しもうさ》が死去した。主家の安東家は若き実季と従兄の通季が争って不安定。対して、隣国の南部家は名門の斯波家を滅ぼして勢いがある。かねてから城代の五十目《ごじゅうめ》兵庫《ひょうご》は比内の山田村に逃れていた大光寺左衛門佐光親と誼を通じていたので、南部家の力を利用して所領を増やすことを考え、光親の許に使者を送った。

報せを受けた大光寺光親は、家臣たちを掻き集めて大舘城に迫る。五十目兵庫が大光寺兵を引き入れたので、一刻とかからず攻略することができた。信直から勘当同然に比内に居させられた光親は、八戸政栄に信直への報告を依頼した。

「左様か、左衛門佐もなかなかやるではないか」

信直は宿老衆と相談の上、大舘城を拠点に比内を掌握するため、浄法寺重安《じょうほうじしげやす》、大湯昌次《おおゆまさつぐ》を嚮導役にし、桜庭直綱、唐牛兵蔵《かろうじへいぞう》、毛馬内政次《けまないまさつぐ》、田頭直祐《たがしらなおすけ》、沼宮内春久《ぬまくないはるひさ》、太田将監《おおたしょうげん》、大釜政幸《おおかままさゆき》、米内正吉《よないまさよし》ら五百の兵を進めさせた。

南部軍は難なく大舘城に入り、北信愛の嫡子の秀愛を郡代として差し置いた。

時をほぼ同じくする二月九日、戸沢盛安の支援を受けた豊島城主の安東通季が、従弟である実季の湊城を攻略。脇本城にも迫った。実季は脇本城を家老の大高康澄《おおたかやすずみ》に任せ、旧城の檜山城に籠城せざるをえなかった。かつて信直も通季に武器の支援をしている。安東氏は内乱で北に手が廻らない。南部軍は春を待たずに比内郡を制圧し、支配下に置いた。

報せは信直にも届けられた。

(これで大浦を包囲できたの。あとは七戸、櫛引を牽制できれば三方面から仕寄せられる)

絵図に碁石を置きながら信直は策を思案する。この功により、信直は大光寺光親には三千石を、五十目兵庫には五百石を与えた、と『聞老遺事』に記されている。恩賞を与えたことには間違いないが、この頃、石高表示はしていないので、実際の数字は定かではない。

比内郡の制圧を知り、安東氏からの独立を果たすべく、蝦夷《えぞ》ヶ島《しま》の蠣崎慶広《かきざきよしひろ》が信直に誼を通じてきた。信直は応じて大浦勢を牽制させ、大光寺光親らには南の阿仁《あに》辺りまで兵を進めさせた。

さらに版図を南に広げようと準備している、その時だった。秀吉から北出羽の取次役を命じられている越後の上杉景勝《うえすぎかげかつ》が、安東実季の支援を表明した。

これにより、六月、檜山城の安東実季の要請を受け、由利《ゆり》十二頭《かしら》の赤尾津《あかおつ》（小助川《こすけがわ》）光政《みつまさ》、矢島満安《やじまみつやす》、仁賀保挙誠《にかほきよしげ》らが、安東通季《みちすえ》が在する湊城の背後を突いた。上杉家を敵に廻したくない戸沢盛安は、さっさと兵を退いて帰城すると、通季の弟の政季までも檜山城の実季に寝返る始末。

事実上の大将である戸沢盛安に見放されれば、安東通季の敗北は濃厚。滅ぼされる前にと包囲を解き、鵜川《うかわ》から船で逃亡を企てたが、脇本城の大高康澄らに追撃され、さんざんに撃ち破られ、通季が命からがら三戸城に落ちのびたのは七月のこと。

「その節は支援を賜りながら、かようなる醜態を晒し、羞恥の極みに存ずる。叶うことならば、後詰を戴きたく存じます。勝利した暁には、安東領の半分を差し上げます」

涙ながらに安東通季は信直の前で懇願する。

（十四歳の従弟に敗れるとは情けない。儂が支援して実季を討てば、半分どころか、全領を奪うことも判らぬのか。かような目には遭いたくないものよな）

声を震わせる安東通季の姿は嘆かわしいばかり。信直は落胆すると同時に、自戒の念にかられた。

（彦九郎も実季と同じ十四歳か。そろそろ元服させねばの）

信直は嫡子のことを考えた。すでに大柄な信直に並ぶほどの背丈に成長していた。

（上杉の後ろ楯があったとは申せ、実季、侮れぬな。こののち安東を敵にすれば、上杉と事を構えることになるのか。上杉は関白に認められた大名。ならば、その前にやらねばならぬことがあるの）

豊臣政権との昵懇。信直は、まだ本領安堵の書状を手にしてはいなかった。

信直は即座に近習の木村《きむら》秀常《ひでつね》の孫の秀勝《ひでかつ》を上洛させ、秀吉に謁見を求めた。前田利家との誼は通じているが、秀吉にはまだである。惣無事令に触れぬように、北出羽のことは安東通季に助けを求められたので、これに従ってのこと。実際、秀吉は安東氏に停戦命令を出している。津軽、九戸をはじめ、領内にはほかにも背信者がいるので、討つか降伏させるかしなければ安寧な仕置ができない。このことを利家経由で秀吉に伝えた。

前田利家からの助言のお陰か、秀吉は思いのほか信直には好意的であった。

「その方のこと、同じ名、親類等ならびに檜山の城主以下を納得させて上洛すると聞いている。路地に問題がないように越後宰相《さいしょう》（上杉景勝）に対し話を通しておく。なにかあれば、羽柴加賀中将《ちゅうじょう》（前田利家）、浅野弾正少弼《あさのだんじょうのしょうひつ》（長吉《ながよし》）に申すように。

八月二日　（秀吉朱印）

「南部大膳大夫殿」

おそらく秀吉は、反抗的な伊達政宗や、これと敵対する山形《やまがた》の最上義光《もがみよしあき》のことはある程度知っていても、それ以北の存在をよく知らないようである。早くから前田利家の許に使者を送り、秀吉に贈物をしている信直に対しては好意的で、北奥羽の盟主だと思っているのかもしれない。

信直には有り難いことだが、大浦為信、九戸政実らと事を構えているので、簡単に領国を空けるわけにはいかなかった。

追いかけるように八月二十日の日付で前田利家からの書状も信直の許に届けられた。

「この夏、木村杢助《もくのすけ》（秀勝）へ差し上げられた御状を、つぶさに拝見致した。上洛を申し出られたので、尤《もっと》もなことと御朱印を遣わされたのであろう。越後への道筋も上杉家が保証する命令が出されたのはとても目出たい。このたび、お迎えに進むべきところ、秋田表に赤津（由利十二頭）らが乱入し、その争いをもって津軽まで進めぬとのこと。御家中にも叛逆《はんぎゃく》の輩があると、あらましを聞いているので、千万心許ない次第である。この上は落ち度なきように相談することが第一である。

この秋か、来春には上様（秀吉）が出馬なされ、出羽、奥羽両国の御仕置を堅く仰せつけられる旨《むね》の御諚《おじょう》が出されている。北国の人数はことごとく拙者《せっしゃ》に付けられ、先手となって秋田表に出馬することになっている。近年の御内の鬱憤《うっぷん》、残さず晴らし、御本意に属するよう手堅く整えられ、油断ないようにすることが肝要である。

秋田のことは、当年は御蔵納《おくらおさめ》とし、貴所と上杉方より奉行を遣わし、務めるところと言われている。このことを杢助（秀勝）に伝えられている。なお詳しくは寺前縫殿助に申されるように」

文面から、八月の段階で秀吉は東国討伐を決定していたことになる。相模・小田原《おだわら》の北条氏直《ほうじょううじなお》と信濃《しなの》・上田《うえだ》の真田《さなだ》昌幸《まさゆき》が、上野の沼田《ぬまた》領の所領争いの裁定を下したにも拘わらずである。

秋になり、木村秀勝が帰国して、上方の様子を信直に伝えた。

「左様か、来春には関白が出馬するのか……とすれば当所《あてど》は伊達か」

信直の思い当たる節は伊達政宗しかない。政宗は関白が出した惣無事令など守るつもりは毛頭なく、六月五日には猪苗代湖《いなわしろこ》北の摺上原《すりあげはら》で蘆名《あしな》義廣《よしひろ》を撃破し、ついで蘆名氏の居城である会津の黒川《くろかわ》城を攻略し、名門蘆名氏を滅ぼした。義廣は常陸《ひたち》の闘将・佐竹義重《さたけよししげ》の次男で、実家に逃げ帰っていた。その後も政宗は南下し、佐竹氏や親戚にあたる南陸奥の岩城《いわき》常隆《つねたか》や相馬《そうま》義胤《よしたね》と争っていた。すでに政宗は南出羽、南陸奥、中陸奥で百五十万石近い所領を得ていた。

北奥羽から東陸奥にかけての地に在する大名や国人衆は、本領安堵さえされれば秀吉に逆らおうとする者は見当たらない。大浦為信や九戸政実も、秀吉への接触を求めていた。

（儂もか。まあ、せっかく関白からの朱印状を得たのじゃ。関白が来る前にしておかねばの）反逆者討伐の許可を得たので、信直はこれにかこつけて版図を広げるつもりだ。とはいえ、大浦為信、九戸政実は精強。若い安東実季も侮れない。

「大浦、九戸は政で屈服させ、その上で討つ手もあるのではなかろうか」

北信愛の意見である。

「関白との接触をさせず、儂が謁見した時、両名は家臣だと訴えるということじゃな」

「左様。家臣となれば、あとは移城も所領替えも思いのまま。出仕させて腹切らせることも」

あくまでも北信愛は津軽攻めをしないで為信を討ちたいようだった。他の宿老たちもほぼ同じ。

「考えておく。まずは南に」

伊達家の血を引く葛西晴信が、いつ政宗と手を結んで北に侵攻してくるか判らない。これに九戸政実が手を結ぶようなことがあれば、信直としては厄介この上ない。斯波郡の地固めが必要だ。

斯波郡の国人から忠誠を誓う起請文をとらせている時、逃亡した斯波詮基の消息が摑めた。一旦、山王海に逃れた詮基は、信直に降った大萱生玄蕃《げんば》秀重の許を訪れ、扶助を受けたとのこと。秀重は詮基の叔母を正室にしている。

「玄蕃はなにゆえ報せて来ぬ？　左様なことはすぐに露見しように。あるいは稗貫《ひえぬき》らの支援を受け、旧地の奪還を試みるつもりか？　修理亮（中野直康）に命じて玄蕃を引っ捕らえさせよ」

信直は、高水寺城に入っている中野直康に命じて大萱生城に兵を向けさせた。

中野直康は信直に忠誠を誓った国人衆を参集して、大萱生城に兵を進めた。直康は降伏勧告を行ったが、大萱生秀重は応じない。大萱生城は山城で攻めにくいので、直康は夜陰に乗じて城に火をかけた。たまらず、秀重は家族と斯波詮基を連れて逃亡した。追手をかけさせたが、旧主、旧友を討ち取ることを憚《はばか》ってか、詮基や秀重らを捕らえることはできなかった。

申し訳ありません、と中野直康は信直に報告してきた。信直は引き続き、背信者がでないように、起請文の提出を求めさせた。

九月三日、再び蝦夷ヶ島の蠣崎慶広が信直に誼を通じてきた。安東氏からの独立を画策しているようである。

（安東を牽制し、大浦を挟み撃ちにできる）

信直も応じる返書を送った。

都では九月一日、秀吉は麾下の諸大名に対し、下準備として妻子の在京を命じた。背信防止の人質である。十月十日には満を持して小田原の北条家討伐を宣言した。兵糧《ひょうろう》は二十万石を用意し、動員する兵は二十万を超える。北条家がどのように動こうが、もはや秀吉には関係なかった。

十月二十四日、武蔵《むさし》の鉢形《はちがた》城主・藤田《ふじた》氏邦《うじくに》の家臣の猪俣邦憲《いのまたくにのり》が、秀吉の裁定を覆し、真田領にある上野の名胡桃《なぐるみ》城を奪取した。これは氏邦を飛び越え、小田原で隠居する氏《うじ》政《まさ》からの指示であった。勿論、秀吉の動員命令などはまだ伝わっていない。北条家は出来星関白になど従うつもりは最初からなかったことになる。

十一月二十四日、秀吉は北条家当主の氏直に対し、宣戦布告状を発した。

この報せが信直の許に届くのは、年が明けてからのことであった。

信直が南に目を向けている頃、津軽の大浦為信も上方への接触を試みていた。

十二月、為信は家臣の八木橋備中《やぎはしびっちゅう》に書状を持たせ、十数人と共に上洛させ、秀吉に謁見した。鷹のほか筑紫鹿毛《つくしかげ》の駿馬を贈ると、秀吉は大喜びし、為信に朱印状を与えた。

「書状と黄鷹一居《すえ》（羽）、蒼鷹《あおたか》の兄《しょう》一居を貰い悦んでいる。道中、鷹を損じるのも当然で、重ねて遠路でもあるので、多くの鷹は無用である。なにかあれば増田右衛門尉《ましたうえもんのじょう》（長《なが》盛《もり》）、木村弥一右衛門《きむらやいちえもん》（吉清《よしきよ》）に申すように。

十二月二十四日　　　　　　　　　　（秀吉朱印）

南部右京亮《うきょうのすけ》（為信）とのへ」

為信は秀吉に対し、津軽を居とした津軽姓で、藤原氏の出と称して近衛《このえ》家の庶流であると主張したが、信直らからの報告により、あくまでも南部氏の支族という認識でいた。

天正十八年（一五九〇）の年明けにも秀吉は為信に書状を送っている。

「弟の鷹二居が到来した。遠路、懇《ねんご》ろの志は悦び感じ入っている。其許の境目のこと、堅固に申し付けるのが尤もである。なにかあれば増田右衛門尉、木村弥一右衛門に申すように。

　正月十六日　（秀吉花押）

　津軽右京亮とのへ」

　宛先を津軽とし、朱印から花押に変えている。朱印は秀吉の許可を得た奉行が押しても、花押は秀吉自ら記さなければならない。大浦家が南部氏の支族とは違うという認識に変わったようである。

　秀吉が移動の途中で傷ついた鷹がいたことを指摘すると、大浦家は即座に新たな鷹を用意した。いくら北国船を使ったとしても、京都から津軽まで半月で往復するのは困難。おそらく、別の誰かに贈ろうとしていた鷹を改めて献上したのであろう。大浦家は秀吉の謎かけを見事に解決したことになる。これにより、南部家からの独立大名として認められた。

　為信の贈物作戦は成功した。

　書状を受け取った為信は、これより津軽右京亮為信と名乗るようになる。周囲の武将から認められるようになるには、まだ先のことではあるが。

　天正十八年（一五九〇）一月、秀吉からの返書を心待ちにしている為信に対し、信直は八戸直栄の実力を試すために津軽攻めを命じた。父の政栄は乗り気ではなかったが、十九歳の直栄は喜び勇んで出陣した。

津軽郡攻めに際し、信直は九戸政実に出陣要請をしたが、公然と拒否されている。

（今は仕寄せることができぬ。大浦が片づいた暁には討ってくれる）

信直は九戸政実への憎しみを新たにした。

気概《きがい》は溢《あふ》れるほどあるものの、為信は戦上手。直栄は追い返され、帰城を余儀無くされた。

（大浦は手強《てごわ》く、直栄はまだ未熟じゃな）

軽い一当《ひとあ》てとはいえ、あっさり退却することは考えものである。

（彦九郎の代になった時の先鋒は務まらぬか）

信直は、中野直康あたりを南部家の先陣にしようという考えを巡らせていた。

同年二月、大浦軍が蜂起して浪岡御所を攻撃。城代の楢山義実と南長勝は支えられずに城を捨てて南部領に逃げ戻った。これによって、為信は完全に津軽郡を制圧したことになる。

「……申し訳ございませぬ。お詫びのしようもございませぬ」

楢山義実と南長勝は宿老衆を前に額を床に擦りつけたまま、顔を上げようとはしなかった。

「畏れながら、出任《でまか》せだとは存じますが、大浦勢は、我らは関白殿下に津軽の領有を認められた大名。我が領から出て行け、と申しておりました」

恐る恐る楢山義実が告げる。

「左様な偽りに動揺して闘志を亡くすとは、情けなし」

東政勝が眉間に皺を作って叱責する。

(大浦が関白に認められた大名？　真実《まこと》だとすれば、儂は大浦に手を出せなくなるのか)

報告を受けた信直は、急に焦りを覚えた。背信者に対し、父の仇討ちすらできなくなる。

「真実を確かめぬうちは出馬せぬがよいと存ずる。大浦を討って関白を敵に廻すは賢くない」

自重を促すのは北信愛だった。

「尤もな意見。早急に探るように」

信直は浪岡御所から逃げ帰った二人に命じた。信直は気が気ではなかった。

大浦家だけではなく、南部家に兵を向けたのは北出羽の安東家も同じ。内部争いに勝利した安東実季は、比内郡を奪還するべく大舘城に全兵ともいえる三千の兵を向けて二刻とかからずに同城を奪い返した。城代を務めていた北秀愛をはじめ、同攻略に尽力した大光寺光親らは這々の体で南部領に逃げ帰った。安東家は比内郡を取り戻している。この戦いで秀愛の弟の愛邦《ちかくに》が討死している。

「戯け！　弟を死なせ、己だけおめおめと戻って来たのか！　直ちに戻って大舘城を奪い返せ！」

嫡子だけに、北信愛は厳しく叱咤する。

「こうなると、大浦と安東は手を結んでいるのやもしれぬな」

八戸政栄は先に行われた嫡子の失態を庇《かば》うかのように言う。

「僭越《せんえつ》ながら、安東勢は、関白殿下に認められた大名だと叫んでおりました」

少しでも敗走の罪を軽くしようと大光寺光親が言う。

連続したことなので、皆は、そうかもしれないと口を噤《つぐ》んだ。

この時、まだ安東実季の許には届いていないが、秀吉からの朱印状が出されている。

「その方の領地は、今の知行全て有る所を相違なく認める。なにかあれば石田治部少輔《いしだじぶのしょう》（三成《みつなり》）、増田右衛門尉（長盛）に申すように。

二月二十三日　（秀吉朱印）

湊安東太郎《みなとあんどうたろう》（実季）とのへ」

「大浦ともども安東にも警戒し、真実を摑むように」

今の信直は、そう命じるしかなかった。

時を同じくして信直の許に、秀吉からの参陣命令書が届けられた。書状によれば、秀吉は三月一日に京都を出立するので、遅れずに参陣することと記されていた。九州討伐に出陣した日が三年前の同じ日なので、吉事に因んだものであろう。

（致し方ない。かくなる上は関白の前で明らかに致すしかないの）
信直は秀吉の前に出た時の説明を、あれこれ思案した。

第五章　大名認可の屈辱

一

三戸《さんのへ》城の主殿には、信直をはじめ南部家の宿老衆が集まり、みな強ばった面持ちをしていた。小田原《おだわら》参陣の命令書が届いて以来、何度も行っている。

（いかがいたすか）

参陣は決定事項。秀吉の命令に従うことに異議はないものの、周辺諸将への対応に信直らは頭を悩ませた。依然として、大浦《おおうら》（津軽《つがる》）為信《ためのぶ》と安東実季《あんどうさねすえ》が独立した大名として認められたかどうかを摑めていないからである。

前年の天正《てんしょう》十七年（一五八九）八月に信直が与えられた秀吉からの朱印状には、主従関係にない安東氏などを連れて上洛しろと書かれているので、北陸奥、北出羽の領主に認められたと解釈できる。これならば、浪岡御所《なみおかごしょ》を掌握した大浦家や大舘《おおだて》城を奪った安東家を公然と討てるが、もし、両家がすでに大名として認められていれば、兵を向けた段階で惣無事令に違反し、秀吉に背信したことになる。

「今、我らから動くのは得策ではない」

前田利家《まえだとしいえ》への使者に何度も立った北信愛《きたのぶちか》は、控えることを勧める。

「城を奪われたまま小田原に行けば、なんのために朱印状を出したのだと叱責されるやもしれぬ。統治能力がないと言及されれば、逃げることもできぬ」

東政勝《ひがしまさかつ》が異論を唱えると、北信愛はすかさず反論する。

「未だ我らが確認できぬ大浦、安東に所領安堵、いわゆる大名の承認がなされていた時、当家は惣無事令に違反し、討伐の的になる。今は危ない賭けに出る時ではなし」

「所領安堵がなされていれば、我らにも報せがくるのではなかろうか？」

南慶儀《みなみよしのり》は、東政勝と考えが近いようであった。

「そこが上方武士の狡《ずる》いところ。我らが争うように仕向け、纏めて討とうとしているやもしれぬ」

北信愛が言うと、東政勝は顔を顰《しか》める。

「よもや」

「戦だけで天下は取れぬ。戦と謀《はかりごと》は表裏一体というのが、上方の政《まつりごと》でもある」

自信を持って北信愛は告げる。東政勝らは、買い被りだと愚痴をもらすが。

結局、不満を吐いても反撃の兵を出すまではいかずに、評議を終えるのが常。あるいは、士気を失わせぬようにするための演出なのかもしれない。信直の思案は北信愛に近かった。

結果が出ぬまま四月になった。すでに秀吉は伊豆《いず》の山中城《やまなか》を陥落させ、二日には箱根《はこね》の湯本《ゆもと》に着陣し、翌三日には小田原城を包囲しはじめていた。

「二月の下旬、北国船が深浦《ふかうら》の湊から出ており、船には大浦の者が十数人乗っていたとのこと。おそらく、大浦平蔵《へいぞう》（為信）は津軽を発ったものと思われます」

楢山義実《ならやまよしざね》が漁師の証言を信直に伝えた。

為信は、隣国との関係があるので大人数では上洛することができず、軍師の沼田面松斎《ぬまためんしょうさい》（祐光《すけみつ》）や金出雲信就《こんいずものぶなり》ら一騎当千の兵十八人を連れて二月に出立し、同月二十三日、京都に着き、三月二十七日、駿河《するが》の沼津《ぬまづ》で秀吉に拝謁《はいえつ》し、津軽を安堵されたと『金家記《こんかき》』に記されている。

おそらく上洛は三月に入ってからであろう。日付等の違いはあっても、信直より先に行動を起こし、秀吉に謁見したのは事実に違いない。

南部家に叛逆したことは前田利家を通じて秀吉に伝えられており、当初、為信は討伐の対象にされていたが、鷹などの贈物作戦によって回避された。津軽領の石高は為信の自己申告によって四万五千石とされたが、惣無事令違反の罪を指摘され、一万五千石は豊臣家の蔵入地《くらいりち》にされたという。三万石とはいえ、為信は晴れて大名として津軽家を秀吉に認められたことになる。本州の北端に位置する梟雄《きょうゆう》の面目躍如《めんもくやくじょ》たるところ。宴の席では高笑いをしていることであろう。

奥羽の中で一番早く出仕したのは北出羽の角館《かくだて》城主の戸沢盛安《とざわもりやす》で、三月十日、駿河の島田《しまだ》で秀吉に臣下の礼を取り、太刀を賜っている。

前田利家から嚮導役《きょうどう》として内堀四郎兵衛頼式《うちぼりしろうびょうえよりのり》が遣わされた。信直も悩んでいる場合ではなかった。

「前田殿に取次をしてもらった間柄ゆえ、北殿には同行して戴く」

信直が言うと北信愛は頷いた。

「九戸《くのへ》に備えねばならぬゆえ、方々には留守を守って戴きたい」

三人を見廻しながら信直が告げると、八戸政栄《はちのへまさよし》は不満そうな顔をする。

「八戸殿も国を空ければ、領内は戦火に晒される。されば関白から所領を安堵されても、破棄される恐れがある。名代として直栄《なおよし》殿を伴い、貴殿の所領も安堵するよう頼むゆえ、いかがか」

信直に代わり、北信愛が説いた。

「……左様なことなれば。所領のこと、嫡子のこと、お頼み致す」

惣領の信直にというよりも、北信愛に頭を下げる八戸政栄だった。

南家も慶儀の代わりに次男の右馬助正愛《うまのすけまさちか》、東家も政勝の次男・彦七郎正永《ひこしちろうまさなが》を名代に立てた。これで信直も一安心である。

「小田原には元服した上で参じとうございます」

十五歳になる嫡男の彦九郎が不服げに言う。

「そちは小田原で元服させる。楽しみにしておれ」

四月十九日、信直は内堀頼式を嚮導とし、十数人の家臣を伴い、多数の贈物を持って三戸城を後にした。為信とは違い、陸路を通っての長旅である。どうしてもというので安東通季《みちすえ》も加えた。

(関白とはいかな人物かのう。たとえ誰であろうとも、南部を必ず承認させねばならぬ)

馬足を進めながら信直は重圧を感じていた。遠出するのは初めてであるが、遊山気分はなかった。信直一行は出羽から越後《えちご》、信濃《しなの》、上野《こうずけ》と進み、武蔵《むさし》の国に達したのは五月下旬のこと。

東海道《とうかいどう》と中仙道《なかせんどう》、海路から関東に侵攻した北条《ほうじょう》討伐軍二十余万人は、破竹の勢いで関東の諸城を攻略。すでに上野、下野《しもつけ》、上総《かずさ》、下総《しもうさ》を制圧し、残っているのは武蔵、相模《さがみ》、伊豆の城を合わせても十城を切るほどになっていた。寄手が圧倒的な兵数を有していることもあるが、諸城の城主が精鋭を連れて小田原城に籠っているので、留守居は寡勢《かぜい》。碌《ろく》な戦いもせぬまま降伏したこともあった。

信直らは前田利家が包囲する鉢形《はちがた》城に到着した。同城は、北西を流れる荒川《あらかわ》が削った段丘の上に築かれた平山城である。東には深沢川《ふかさわかわ》が流れ、これを天然の堀とし、南は同川からの沢が流れてこちらも自然の堀となっている。西は荒川へ流れる沢を広げて堀として防備にしている。

城に籠る兵は領民を含めて四千ほど。城主は北条氏康《うじやす》の四男・藤田《ふじた》氏邦《うじくに》で、その家臣の猪俣邦憲《いのまたくにのり》が、秀吉の裁定を無視して上野の名胡桃《なぐるみ》城を奪取し、秀吉に小田原攻めの口実を与えたことになる。氏邦の知らぬところで、指示は小田原の氏政《うじまさ》が邦憲に出したという。氏邦は氏政の下知を無視して居城に籠っていた。

大まかに前田利家勢は城の東、上杉景勝《うえすぎかげかつ》勢は南、真田昌幸《さなだまさゆき》勢は荒川を挟んだ北に陣を布き、上野、武蔵で降伏した兵はその隙間に列ねていた。総勢四万余の軍勢は北国《ほっこく》軍と呼ばれていた。

(関白は城一つに、かような人数を割くことができるのか……)

万余の大軍を見るのは初めての信直、北国軍の人数を目にして愕然とした。多勢も然《さ》ることながら、着用している具足の華美なこと。足軽が身に着けているお貸し具足ですら光沢を放っていた。驚くべきは鉄砲の数。全体で数千ほど所有していた。

(かような兵が糠部《ぬかのぶ》にまいれば、薺《なずな》一本残るまい)

秀吉を敵にしないでよかったと、今さらながら背筋に冷たいものが流れるようだった。

信直は内堀頼式に案内され、前田家の陣幕を潜った。

首座の床几《しょうぎ》に腰を下ろしている大柄の男がいる。金箔押縫延白糸素懸威胴丸具足《きんぱくおしぬいのべしろいとすがけおどしどうまるぐそく》を着用している。信直には後光が差しているかのように眩《まぶ》しく映った。若い頃は傾奇者《かぶきもの》で鳴らした利家である。

「我が殿にござる」

内堀頼式が紹介するので、信直は利家に近づいて一間《けん》前で立ち止まった。

「お初にお目にかかる。三戸の南部大膳大夫《だいぜんたいふ》信直にござる。関白殿下への取次、ならびに昵懇にして戴いていること、感謝の極みに存ずる」

謝礼の気持は本心である。年上であり、位階の高い利家に、信直は丁寧に挨拶をした。

「遠路、ようまいられた。利家じゃ。貴殿が参陣したことは遣いで小田原に報せるゆえ、しばし我らの城攻めでも見物されるがよい。謁見《えっけん》は殿下の機嫌が良い時がよかろう」

鷹揚に利家は言う。加賀《かが》、能登《のと》、越中《えっちゅう》にわたり、前田一族合わせて百余万石の太守で、この一月には正四位下の参議《さんぎ》に任じられている。この年五十四歳、押しも押されもせぬ殿上人《てんじょうびと》である。利家としても、秀吉からの命令を果たし、奥羽に威光を示すことができて、信直の到着を喜んでいた。

「忝《かたじけ》のうござる」

参陣が遅れたわけではなさそうなので、信直も安堵した。

「書状でもお伝え致したが、津軽の大浦の件にござるが……」

言いかけたところで利家に遮《さえぎ》られた。

「津軽か、貴殿に先駆けて右京亮《うきょうのすけ》は殿下に謁見され、所領安堵の朱印状を得ておる。殿下の上意を変えることは難しかろう。機嫌を損ねても益がない。ここは怒りを堪《こら》えて未来に望みを託すがよかろう」

残念そうに利家は言う。

「左様にござるか……」

力なく信直はもらした。

（今少し早くまいっておれば……評議などしている場合ではなかった。儂は父の仇討ちに挑むことすらできなくなったのか。なんたる親不孝者……なんたる腰抜けか）

痛恨の極みとはこのこと。悔やんでも悔やみきれない。信直は肚裡《とり》で落涙した。

寄手は圧倒的な兵力を持つが、鉢形城は堅固で攻めにくい。そこへきて梅雨に入ったので大量の鉄砲が有効に活用できず、荒川沿いの崖は登れない。北国軍は攻めあぐね、兵糧攻めに切り替えた。

真田昌幸は秩父《ちちぶ》郡の諸城を攻略するために鉢形城の陣を離れたが、他の武将たちは残っている。信直は利家の紹介で、それぞれの武将と顔を合わせた。

興味深いのは、軍神と謳われた上杉謙信《けんしん》の養子である参議の景勝だ。謙信死去後、もう一人の養子の三郎景虎《さぶろうかげとら》との家督争いを制したのち、信長存命時には滅亡覚悟で徹底抗戦し、本能寺の変という幸運があったものの、激動の中を生き抜いてきた武将である。

この年三十六歳、越後、佐渡《さど》、北信濃、南出羽《みなみでわ》の庄内《しょうない》を所領としている。

「よしなに」

信直が挨拶しても、無愛想に返ってきた言葉はその一言だけ。無口という噂は本当らしい。

（此奴が安東の後押しをしたゆえ、当家は比内《ひない》を失ったのか）

文句の一つも言ってやりたいところであるが、喧嘩を売りにきたのではないので堪えた。

「背後にいるのは直江山城守《なおえやましろのかみ》じゃ。殿下の一国をやるという誘いを断って、上杉の家宰《かさい》を務める変わり者じゃ」

「上杉家家臣・直江山城守兼続《かねつぐ》にござる。お見知りおきを」

景勝を支えてきた上杉家の筆頭家老は、秀吉をして、天下の仕置を任せられる男は直江山城守と小早川《こばやかわ》左衛門佐《さえもんのすけ》（隆景《たかかげ》）と言わしめた偉丈夫《いじょうぶ》である。この年三十一歳になる。

「一国の主を蹴るとはいかな思案であろうか」

おそらく南部家の宿老衆ならば、二つ返事で受けるはず。信直は首を傾げながら問う。

「身のほどを知らぬ者が一人いると、その家は滅びると申す。某《それがし》は国主の器にはあらず。上杉家に仕えてこそ我が才も生きると思うてのことにござる」

主君よりは人当たりがいい。忠義心も篤《あつ》い直江兼続であった。

（上杉の強さは、この男が主を補佐しているからかもしれぬの）

信直は景勝が羨《うらや》ましくもあった。

（他家の家臣に一国やろうという関白。これならば八戸を立てることも容易《たやす》いやもしれぬな）

南部家とともに八戸家の承認も担っていたので、少しは気が楽になった信直だ。

六月四日、鉢形城攻めを憂えた秀吉は、武蔵の岩付《いわつき》城を落とした浅野《あさの》長吉《ながよし》、本多《ほんだ》忠勝《ただかつ》ら一万五千の兵を援軍として差し向けたが、兵が増えても攻め口《ぐち》は決まっているので、攻略の契機にはならなかった。

五日、ようやく伊達政宗《だてまさむね》が大遅滞の上で小田原に到着し、箱根の底倉《そこくら》に押し込められた。利家と浅野長吉は詰問するために鉢形城から小田原に呼び寄せられた。

「今、殿下の機嫌は悪かろう。改めて取り次ぐゆえ、今少し待たれるがよい」

説くように告げ、利家は小田原に向かった。

(伊達政宗か、南陸奥を席巻し、公然と関白に刃向かった男。いかな処分が下されようか)

政宗ほど大胆ではないが、自身、背信者の討伐という大義名分を楯に取り、東陸奥の斯波《しば》郡と閉伊《へい》郡の半分を占領したので、信直も伊達家の処遇には注目していた。

底倉で利家らの詰問を鋭い舌で躱《かわ》した政宗は六月九日、笠懸山《かさがけやま》に普請中の石垣山城《いしがきやま》に赴いた。政宗は髷《まげ》を水引きで結い、死に装束で秀吉の前に罷《まか》り出て謝罪した。斬首を免れたものの、奪い取った会津《あいづ》、岩瀬《いわせ》、安積《あさか》、二本松《にほんまつ》、石川《いしかわ》、白河《しらかわ》は没収された。

信直は、帰陣した利家から話を聞いた。

「許されたのでござるか、伊達が」

驚いて問うが、利家は満更でもなさそうである。

「骨を折ったかいがあったというもの。殿下も目敏《めざと》い政宗の才を惜しまれたようじゃ」

利家は政宗の取次の一役を担っていたので、伊達家を存続させることができて嬉しそうである。

「安東（実季）はまだ参陣しておりませぬか」

「まだじゃ。留守の領国が心配であろうが、今侵せば取り潰しは確実。安堵なされよ」

寛容に利家は言うが、信直の興味は比内を南部家から奪い返したことへの惣無事令違反。安東家が滅びれば、比内郡は南部家の所有になる可能性が高い。これを期待しての質問であったが、利家は取り違えているようだった。

（こののち次第であろうが、伊達が許されたゆえ、安東も許されるやもしれぬな。あるいは、伊達同様に奪った地を没収されるか）

ささやかな希望を信直は繋いだ。

安東実季は小田原参陣を警戒しているに違いないが、取次を上杉景勝、石田《いしだ》三成《みつなり》という、秀吉の信任が最も厚い綱と結びついているからかもしれない。いずれにしても、まだ湊《みなと》城を出ていなかった。

利家は秀吉から、兵糧攻めばかりしていることを叱責されたという。こののち奥羽の平定を楽にするためにも、秀吉は豊臣家の威光を東国に示すために、総攻めして撫で斬りにすることを命じている。武蔵の忍《おし》城攻めには石田三成を大将として派遣し、水攻めを行わせていた。

水攻めは、人的・経済的な力を労して地形を変える大事業であり、豊臣家の力を見せつけるにはもってこいの城攻めである。秀吉はこれまで備中《びっちゅう》の高松《たかまつ》城、紀伊《きい》の太田《おおた》城と成功させている。三成は、両城とも秀吉の下で奉行職として普請工事を指示しており、その経験を買われての配属であった。

秀吉が関東を掃討したい理由の一つは、すでに徳川家康《とくがわいえやす》を東海、甲信五ヵ国から関東に移封を命じているからである。局地戦とはいえ、長久手の敗北は秀吉にとって痛恨の極み、臣下の礼を取らせても、今なお腸は煮え繰り返り、目の上の瘤《こぶ》には変わりない。家康を少しでも遠い地に追いやりたい。しかも蹂躙《じゅうりん》した地に移せば、一揆が蜂起する可能性が高い。所領を治めることができなければ、これを理由に支配地を削ることもでき、あわよくば取り潰すこともできる。移封したての地では、満足に兵は整わない。移封に際し、百姓を連れて行ってはならぬという命令を出しているからである。兵農分離の良いところであり、悪い部分でもあった。

そこまで信直は知らされていないが、秀吉に尻を叩かれた利家は従わざるをえない。利家は上杉景勝らと総攻めをするが、鉢形城の土塁すら崩すことができなかった。

六月十日、本多忠勝らの徳川勢は、家康から借りてきた大筒《おおづつ》を鉢形城の西端から十町ほどの車山《くるまやま》（標高約二百二十七メートル）に設置した。

十二日、徳川家に功を奪われまいと、利家は家臣の大井直泰《おおいなおやす》を鉢形城に差し向けて降伏を促した。同じように上杉景勝も、藤田氏邦の義弟で上杉家臣となっている藤田信吉《のぶよし》と、藤田家の菩提寺《ぼだいじ》（青龍寺《しょうりゅうじ》）の住職・良栄和尚《りょうえいおしょう》を入城させて降伏を呼び掛けた。当然、車山の大筒のことも告げさせた。

すでに関東の諸城も大方陥落し、残るは数城。藤田氏邦は降伏を受け入れた。十三日、手違いで車山の大筒が放たれて死傷者が出たものの、すぐに砲撃は停止され、鉢形城は開城した。

（噂には聞いていたが、豊臣麾下の武将は、かような恐ろしき武器を持っておるのか）

十町離れた場所から城門を破壊できる大筒の威力を目の当たりにし、信直は衝撃を受けた。同時に、このような者たちを、今は敵に廻してはならないという思いを強くした。

利家らは必死に鉢形城を攻略したが、命令を守らなかったと秀吉が激怒しているので、まだ信直は取次役の利家と小田原に参じることはできなかった。

小田原で秀吉に叱責された利家らは、鉢形城から十二里半ほど南に位置する八王子城《はちおうじ》に向かった。

八王子城は深沢山《ふかざわやま》（比高約二百四十メートル）に築かれた山城で、東西およそ十五町、南北約九町の城域の中に、大きく三つの郭で構成されている。頂《いただき》には本丸をはじめ、四つの曲輪が存在し、それらを取り巻く外郭からなっている。北の北浅川《きたあさがわ》、南の城山川《しろやまがわ》とその支流を総濠《そうぼり》とした。堅固な城であり規模も大きく、一年以上も前から城主の氏照《うじてる》が小田原城に詰めているので、未だ普請の最中で完成はしていない。城主不在の城は重臣の狩野一庵《かのういちあん》、中山家範《なかやまいえのり》、近藤綱秀《こんどうつなひで》らと四千ほどの家臣が守っていた。

六月二十三日、北国勢は八王子城を総攻撃した。城兵は坂東《ばんどう》武士の意地を見せ、勇敢に戦って討死した。女性は脇の城山川の滝壺に身を投げて自らの命を断った。逃げ延びた者はわずか、寄手にも相応の死傷者を出しての落城だった。

（落城はどこの地でも哀れなものよな）

血に染まった城が炎上する様を目にし、信直は滅びの無情にかられた。

「これで殿下もご満足であろう」

八王子城を落城させた利家であるが、嬉しそうではなかった。利家には妙な思惑はなく、勝利こそ第一。自身の家臣も多数の命を失っており、無用な流血は望んでいなかった。

（されど、これでようやく関白に会える）

虚しさの中であるが、信直は南部家の未来を見据えていた。

これで文句はなかろうと、利家は大手を振って小田原に向かう。信直も従った。

「なんと……」

初めて小田原城を見た信直は、雄大さに感嘆をもらした。相模の端に位置する小田原は、東に大磯丘陵《おおいそきゅうりょう》、西に箱根火山、北は丹沢山塊《たんざわさんかい》、南は相模湾に臨む東海との玄関口である。その八幡山《はちまんやま》に主郭を置き、西の早川《はやかわ》、東の山王川《さんのうがわ》を外堀として、土塁、空堀を備え、町をそっくり取り込む様相は惣構えと呼ばれ、その外郭線は延々三里にも及び、難攻不落を誇っていた。

「城の大きさもさることながら、この兵数はなんということか」

信じられぬほど大きな城の周囲を蟻の這い出る隙間がないほどの軍勢が取り囲み、さらに海岸線を大小の船団が埋め尽くしている。しかも、見たことのない巨大軍艦まである。

(十五万、いや、もっといようか)

とても数える気になれない。このほかにも、伊豆の韮山《にらやま》城や武蔵の忍城に何万ずつかの兵を差し向けて攻めさせているという。関白が号令をかけた軍勢に驚愕するしかなかった。

(この戦いからすれば、儂らの戦は童の喧嘩か)

敵味方を問わぬ規模の戦いに圧倒されながら、信直は昂揚して笠懸山の普請場に秀吉を訪ねた。

ところが、利家は木村重茲《きむらしげこれ》などの讒言《ざんげん》もあり、厳しい譴責《けんせき》を受けて謹慎させられてしまった。最大の原因は、鉢形城主の藤田氏邦を助命したこと。氏邦は小田原合戦の契機を作った猪俣邦憲の主君。斬首させなかったのは、なにか秀吉に含むところがあると疑われたのである。当然、信直も秀吉に会うことはできなかった。

(儂は運がないのか、あるいは選んだ取次を間違えたのかのう)

落胆しながら箱根の山中に控えた。

逸早く秀吉の許に出仕した戸沢盛安であるが、同行している最中の六月六日、小田原の陣中で没した。嫡子の政盛《まさもり》は四歳と幼く、弟の光盛《みつもり》に家督を譲ることを申し出て許された。戸沢氏は四万四千余石が安堵された。

二

七月になって韮山城将の北条氏規《うじのり》が開城を決意すると、若き当主の北条氏直《うじなお》の心も折れ、五日、小田原城を抜け出して敵方として布陣する岳父の家康を訪ね、降伏する旨を伝えた。

七月六日、ついに小田原城は開城し、片桐且盛《かたぎりかつもり》（のちの且元《かつもと》）、脇坂安治《わきさかやすはる》、徳川家の榊原康政《さかきばらやすまさ》らが受け取った。これによって秀吉の機嫌も直り、利家の謹慎も解けた。

晴れて信直も、利家に伴われて石垣山城に在する秀吉の許に罷り出た。連れは北信愛と八戸直栄。

秀吉は主殿の遥か上座にいる。信直は三間も離れた下座に腰を下ろし、上段にいる貴人に平伏した。

「ご尊顔を拝し恐悦至極に存じ奉ります。南部家が惣領・信直にございます」

書状に大膳大夫と記されているが、あくまでも官職は自称なので信直は名のみ名乗った。

「重畳至極。余《よ》が関白様じゃ。面《おもて》を上げよ」

磊落《らいらく》な口調で秀吉は言う。

一応、信直は少しだけ顔を上げて、視線を一畳先の繧繝縁《うげんべり》に落とした。よく見せろというのでさらに上げて秀吉の足下に目をやった。

（なんと）

秀吉は銀色に輝く足袋《たび》を履いていた。さらに袴は赤地に金。華美が過ぎた形《なり》をしていた。直視を許すというので視線を上げると、唐織り錦の陣羽織《じんばおり》を着ていた。その人物の顔たるや、まさしく噂されているとおりの日焼けした猿面。童とも思う貧相な体軀であった。

（武士の出ではないゆえ、かような出で立ちをするのであろうか）

百姓から人位を極めた小男は、贅沢を通り越して能役者のような格好だ。

「先日は御朱印状を賜り、感謝の極みに存じます」

「南部殿からは駿馬百頭と蒼鷹《あおたか》五十居《すえ》が殿下に献上されております」

山中橘内長俊《やまなかきつのうちながとし》が報告する。長俊は甲賀五十三家の出身で、忍びの者とも言われている。表向き右筆《ゆうひつ》として使い、裏では身辺警護を任せていた。

奉行実力筆頭の石田三成や準ずる長束正家《なつかまさいえ》、大谷吉継《おおたによしつぐ》らは小田原落城後も陥落していない武蔵の忍城《おし》を包囲しており、秀吉の縁戚である浅野長吉も、八王子落城後に忍城攻めに加わっていた。

「さすが南部じゃ、余の心を読んでいるようじゃ。欲しているものが判るらしい」

人垂《ひとた》らしと言われるだけあって、人を喜ばせる術には長けている。

「お喜び戴きまして、恐悦の極みに存じます」

「二月《ふたつき》も前に参陣していたそうじゃの。今少し早うまいればよかったものを」

脇に座す利家に、ちくりと皮肉をもらす秀吉だ。

「申し訳なく思っております」

取次をしてくれた利家を気遣い、信直は言い訳するような真似はしなかった。

「神妙でなにより。して、南部とはいかな地か」

「山が多く、冬は雪深く、痩せた地ではございますが、馬はよく育ちます。都からは遠き地にてございます」

偽りは口にしないものの、あまり興味を示させぬように、信直は控え目に答えた。

「津軽はさらに遠き地と聞く。その者が、そちよりも三月《みつき》も早く余に会いに来た」

「畏れながら申し上げます。大浦は南部家の葉流でありながら、主家である我が父を殺《あや》め、主家に背いた返り忠が者。なにとぞ某に討伐の先陣の御下知を賜りますよう、伏してお願い致します」

為信を擁護するような秀吉に、信直は慌てて平伏した。

「南部殿、出過ぎたことは申されるな」

焦ったのは利家も同じ。即座に注意する。前にも釘を刺したはずだという心境であろう。

「加賀宰相（利家）の申すとおり。すでに津軽には所領を安堵している」

秀吉の言葉を聞き、信直は鐘《かね》の撞《つき》で強く頭を突かれたような衝撃を受けた。

「そちには朱印状で返り忠が者を討つ許可を出した。なにゆえ小田原参陣前に討たなんだのか?」

厳しい秀吉の指摘に、信直は返答に窮する。

「それは……」

「討てなかったか、熟寝《うまい》を貪《むさぼ》っていたか、あるいは余に討たそうとしておったのか?」

「決して、決して、殿下のお手を煩わせようなどとは思いもよらぬこと。ほかにも返り忠が者がおりますれば、手が廻らなかっただけにございます」

妙な方向に進むので、信直は必死に否定する。

「事情は由緒書と、加賀宰相からの口上で聞いた。そちが由緒書どおりの当主ならば、とっくに津軽など討っていたはず。よもや偽りではなかろうな」

「仰せのとおり、偽りはございませぬ」

真夏なのに、背筋に冷たいものを感じながら、信直は答えた。

「左様か。まあ、乱世じゃ、これまではいろいろとあろうな。斯波のことなども」

全て知っているぞと、秀吉の金壺眼《かなつぼまなこ》は指摘する。

「恐れ入ります」

「正直じゃの。こののちは左様な武将が必要じゃ。南部の存続は認めよう。されど、いろいろと調べねばならぬこともあるゆえ、安堵の朱印状は、今少し待つがよい」

「有り難き仕合わせにございます。改めてお礼申し上げます」

やっと目的が一つ果たせて、信直は胸を撫で下ろしながら謝意を口にした。次の課題に入る。

「これなるは南部の別家にて、八戸家の嫡子・直栄にございます」

信直は右斜め後ろに控える八戸直栄を紹介した。

「別家？　余は南部家の当主ゆえ、そちに所領を認めたのじゃ。そちは、八戸という家を掌握しておらぬのか？　されば考え直さねばならぬの。それと、八戸の当主がおるならば、なにゆえ参陣せぬのじゃ？　北条同様、儂に含むところがあるのか？」

立て続けに秀吉は追求する。

「含むところなど、微塵《みじん》もございませぬ。ただ、我が三戸の南部と八戸の南部は共に栄えてきた家なれば、少禄でも認めて戴きますよう伏してお願い致します」

信直は両手をついて懇願した。

「すでに時機は逸した。当主が挨拶に来ぬ大名は認めぬ。そちが扶持してやるがよい。否と申すならば、南部の地は津軽にでも任せるしかないの」

「とんでもございませぬ。進言の儀は取り下げさせて戴きます。八戸の家は某が扶持致します」

為信に南部の地を奪われるなど、あってはならぬこと。信直は落胆しつつも受け入れるしかなかった。これにより、八戸家が秀吉の直臣になる道は閉ざされた。

「物判りがいいようじゃ。こののちは頑固者ではわたって行けぬ世の中になる。柔軟にの」

猿顔に笑みを浮かべて秀吉は言うが、金壺眼は笑っていなかった。

「これを遣わそう。まいれ」

秀吉は信直を気遣ってか、着ていた唐織りの陣羽織を脱いで、信直に手渡した。

「有り難き仕合わせに存じます。当家の家宝とさせて戴きます」

頭を低く擦り寄り、信直は恭《うやうや》しく陣羽織を受け取った。嬉しくはあるが気は重い。

（九戸が認められなかったのは有り難いが、八戸殿にはなんと詫びようか）

重さのほうが大きく、信直の気が晴れることはなかった。それでも、南部家の存続は認められた。あとは所領の広さ。少なくされぬように、根廻ししなければならなかった。

秀吉との謁見が終わると、何人かの武将を紹介された。そのうちの一人が徳川家康。

顔は下ぶくれで優しそうであるが、苦難を乗り越えてきただけあって団栗《どんぐり》のような丸い目の眼光は鋭い。耳たぶが大きいのは情報収集能力の高さを物語っているのか。体形は小太りであるが、兵法（剣術）や鷹狩りを趣味にしているので、たんなる脂肪太りの武将ではなかった。

家康は三河《みかわ》の小豪族・松平広忠《まつだいらひろただ》の嫡男に生まれたものの、隣の大大名・今川義元《いまがわよしもと》の力に押され、六歳の時に人質に出されるも、叔父の戸田《とだ》康光《やすみつ》に奪われ、織田信長の父・尾《お》張《わり》の信秀《のぶひで》に売られた。その後、再び今川家の人質となって同家で元服した。今川の先兵として遣い減らしにされる運命にあったが、信長が田楽狭間《でんがくはざま》で今川義元を討ち滅ぼしてくれたので、人質生活から解放された。

今川家から独立した家康は信長と清洲《きよす》同盟を結ぶと、今度は織田家の家臣のごとき扱いで、東奔西走させられ、戦国最強と謳われた武田《たけだ》信玄《しんげん》の矢面にも立たされた。三方《みかた》ヶ原《はら》の戦いでは完膚なきまでに叩きのめされたものの、西進を急ぐ信玄の思惑と病によって危機を脱した。

一難去ると、信長から忠誠を試され、妻と嫡男を殺めざるをえなかった。武田家の討伐が終わると、所領が増えて今度は自身が排除されるのではないかと怯えていると、惟任光秀《これとうみつひで》が本能寺で信長を討ってくれた。この時、家康は和泉《いずみ》の堺《さかい》を遊覧中で、わずかな供廻しかいなかったものの、忍びを配下に多数抱えていたことで、危険な伊賀《いが》越えも無事に突破することができた。

武田の旧臣を取り込んだのちは、秀吉の拡大を警戒し、小牧・長久手の戦いを仕掛け、局地戦で勝利したまではよかったものの、同盟者の織田信雄《のぶかつ》が秀吉に屈したことで、最終的には敗戦となった。それでも、秀吉の天下統一を念頭に置いた戦略のお蔭で滅亡から逃れることができた。代わりに臣下の礼を取るはめになり、秀吉の妹まで押し付けられた。苦労の人物である。

信直はこれらを利家から聞かされている。

（運も実力と申すが、家を存続させるため儂に妻子を殺められようか。おそらくできまい）

非情な男であることを、信直は思わされた。

「南部信直にござる。お見知りおきを」

「貴家の鷹や馬は優れてござる。こちらこそ、昵懇に願いたい」

思いのほか腰の低い家康だ。

秀吉は家康を律義と紹介したが、おそらくは恐れているので暗示にかけようとしているのかもしれない。地味ではあるが、信直は静かなる強さのようなものを家康から感じた。

謁見ののち、石垣山城の陣所で彦九郎の元服を行った。剃刀役は北信愛、太刀持ちは八戸直栄。

北信愛の手によって前髪が綺麗に剃り落とされ、青々とした月代《さかやき》があらわになった。彦九郎は心持ち恥ずかしそうではあるが、大人の仲間入りができて嬉しそうである。喜んでいるのは信直も同じ。嫡子の頭に烏帽子を冠《かぶ》せ、緒を締めた。

「そちは有り難くも前田利家殿から一字を戴いた。これよりは利正《としまさ》と名乗るがよい」

「有り難き仕合わせに存じます。名に恥じぬよう、励む所存にございます」

元服した利正は若者らしく覇気ある声で応じた。

ささやかな酒宴が催されたのち、信直は北信愛と二人きりになった。

「大浦（津軽）の件は、お詫びのしようがござらぬ。今少し早く発つことを勧めるべきであった」

珍しく北信愛が頭を下げた。南部家の者は、大浦の津軽姓を認めていない。

「貴殿一人のせいではない。それよりも、八戸殿を同行させなかったのは、南部に別家を立てさせぬためでござったか」

酒を口にしながら信直は問う。

「さあ、そこまでは……。されど、南部を潰すわけにはいかず、また、別家を立てぬことで、存続が認められた。仕方なかったということでござろう」

含むような言い方をする北信愛である。

「それで、北殿はよろしいのか？」

「直江山城守が申していたように、宿老が身のほどを知らぬと家が滅ぶ。これまで信直殿は惣領と呼ばれてきたが、実際は一族の代表のようなもの。されど、関白から所領安堵状が出されれば、間違うことなく南部家の惣領。これからは、皆を家臣として扱われよ。某も改めましょう」

しおらしく北信愛は言う。小田原に来て諸大名を目にし、感じるものがあったのかもしれない。

(確かに、我らが陸奥の端で同族争いをしている間に天下は一つになろうとしておる。他家は、同族は同格ではなく主従の関係が明確。我らも乗り遅れてはならぬ)

自戒しながら信直は頷き、盃《あお》を呷った。

山中長俊からは、先に発って下野の宇都宮《うつのみや》で待てという指示が出されたので信直は従った。

七月十一日、北条氏政、氏照兄弟は小田原城下の薬師・田村安栖軒《たむらあんせいけん》の屋敷で切腹し、ここに、早雲《そううん》以来およそ百年続いた北条家は滅亡した。当主の氏直は家康の娘・督姫《とくひめ》と離縁し、紀伊の高野山《こうやさん》に追放され、三百人ほどの家臣を連れて小田原を発った。

北条討伐の論功行賞で家康には内命どおり、関東六ヵ国が与えられ、旧領は召し上げられた。

秀吉が家康の旧領を織田信雄に与えると伝えたところ、信雄は先祖代々の地を離れられないので国替えはご容赦戴きたいと拒絶。これを聞いた秀吉は、待ってましたと五十余万石にも及ぶ信雄の領地を召し上げ、常陸《ひたち》の佐竹義宣《さたけよしのぶ》に預けた。信雄は佐竹家の監視下で下野の那須《なす》に追放された。家康と信雄の旧領には、山内一豊《やまのうちかずとよ》、堀尾吉晴《ほりおよしはる》、田中吉政《たなかよしまさ》、福島正則《ふくしままさのり》など秀吉子飼いの武将が配置される。

以上のことを、信直は移動の最中に聞かされた。

(前言の取り下げは関白の胸三寸。儂のことなど、どうでもよかったということか。対して織田は、最初から拒まれることを想定していたのやもしれぬ。なんたる方か)

今さらながら恐ろしくなるが、別の思案も浮かぶ。

旧主の息子を公然と虜《とりこ》にしてしまう秀吉。お前も旧惣領の八戸家などに遠慮していては乱世の当主は務まらぬと、天下人に言われているような気もした。

(このこと八戸の政栄も理解すればよいがの。それと、九戸の輩《やから》どもじゃな)

帰国後、説得しきれなかったことを考えると、胃のあたりが重くてならなかった。

七月下旬早々に、信直らは下野の宇都宮城下に到着した。同城は平安時代に、藤原秀郷《ふじわらのひでさと》あるいは藤原宗円《そうえん》が築城したと言われ、代々、藤原北家《ほっけ》の流れを汲む名家の宇都宮氏が居城としていた。この時の宇都宮氏は佐竹麾下で、城主は国綱《くにつな》が務めていた。

宇都宮氏と馴染みがないので、信直らは城下の宿に宿泊することにした。

秀吉らが宇都宮城に着陣したのは七月二十六日。ある意味、奥羽討伐軍でもあるので、すぐに城下は人馬で溢れた。十余万の兵はとても城下に入りきれるものではないので、奥州道中の諸城にとどめていた。前田利家、上杉景勝らはこの軍勢にはおらず、出羽の討伐に兵を進めていた。

信直は鉢形城で顔を合わせた浅野長吉の許に北信愛を遣わして居場所を伝えさせた。長吉は秀吉の正室・北政所《きたのまんどころ》（お禰《ね》）の妹（義妹とも）を娶っている秀吉の親戚である。

「安東（実季）が登城していると、浅野殿は申しておりましたぞ」

北信愛が戻り、信直に報せた。

「この期に及んでか？　して、安東の処遇は？」

「詳細は定かではござらぬが、安東の家は存続が許されたようにござる」

「なんと、惣無事令違反ではござらぬのか」

信直より早く、安東通季が声を荒らげた。

秀吉は、安東実季が謁見に来ると、惣無事令に背いて安東通季を追ったことに激怒し、一度は安東家を取り潰しにしようとしたところを、石田三成や上杉景勝らの説得でとどまったという。条件は、所領の半分を豊臣家の蔵入地にすることで収まった。のちに三分の一に変更される。

命令違反を怒ったのは事実であろうが、扇子を投げ捨てたりしたのは演技だったのかもしれない。詳細までは浅野長吉も伝えなかった。

「ほかにも、南陸奥の相馬《そうま》（義胤《よしたね》）が小田原に参じずとも認められたようにございます」

「骨折りとは言わぬがのう……」

随分と余計なことをしたような気がする。

「安東の存続は大浦と当家への睨み。互いに牽制させるためとのこと。相馬が許されたのは、ついこの間まで伊達と争っていたからで、相馬は寡勢ながら精強にて、何度か伊達を追ったと浅野殿が申しておりました。豊臣家は伊達を警戒している様子。おそらく我らも、これに北から備える役目を命じられるとも申しておりました」

丁寧に北信愛は説明した。

「左様か。伊達か」

まだ家中の問題も解決していないのに、新たな敵を設定されるのは迷惑なばかり。信直は胸苦しくてならない。

翌二十七日、登城命令があり、信直は秀吉の前に罷り出た。

「こののち、ちと奥羽は荒れるやもしれぬ。南部には期待しておる。早々に家中を纏めよ」

秀吉はよく通る声で信直を激励し、朱印状を与えた。

「　覚
一、南部内七郡のこと、大膳大夫の覚悟に任すべきこと。
一、信直の妻子は在京を定め仕るべきこと。
一、知行を検地致し、台所入りを丈夫に召し置き、在京の賄《まかな》いが続くように申し付けること。
一、家中の者を抱え、諸城を悉《ことごと》く破却《はきやく》致し、妻子を三戸に召し寄せて置くこと。
一、右の条々に異儀を唱える者があれば、御成敗することを固く申し付ける。
以上
天正十八年七月二十七日　（秀吉朱印）
南部大膳大夫とのへ」
「有り難き仕合わせに存じます。忠勤に励む所存でございます」
複雑な心境で信直は平伏した。
南部七郡の指定は書状ではなかった。地によってはかなり実入りが増える。人質として妻子を上方に置くことは前田利家から聞かされていたので、致し方ないとは思うが、屈辱感は拭えない。

検地は実行したいと思うが、兵農分離を考えると一揆の蜂起が予想できる。

(再び領内で血を流すことになるやもしれぬな)

嬉しさよりも、安堵と不安が絡み合う複雑な思いの信直であった。

三

朱印状を貰って下がったのち、浅野長吉が、秀吉の横に控えていた才槌頭《さいづちあたま》の男を連れてきた。

「こののちは貴家の取次は儂が務めさせて戴く。これなるは石田治部少輔《じぶのしょう》じゃ」

「石田三成でござる。なにかあればお聞き願おう」

色白の細い顔立ちである。奉行だけに理知的ではあるが、雄々しい武将の印象はない。

豊臣家の実力筆頭の奉行と言われる三成は、近江《おうみ》の坂田《さかた》郡石田村の出身で、浅井《あざい》旧臣の石田藤左衛門正継《とうざえもんまさつぐ》の次男として誕生した。幼少の時から利発で、近くの観音寺《かんのんじ》で手習いをしていた時、長浜《ながはま》城主の秀吉と対面し、三献《さんこん》の茶でもてなしたことを気に入られて召し抱えられた。

これまで戦場では主に兵站《へいたん》奉行を担い、平時には秀吉の手足として検地から大名の取次、時には台所奉行までもこなし、吏僚《りりょう》として重宝されている。

関東討伐では上野の館林《たてばやし》城を攻略したものの、小田原落城後も武蔵の忍城を陥落させられず、戦下手の汚名を着せられた。忍城は水攻めには向いておらず、秀吉が絵図だけを見て判断し、断行させたことが失敗の原因であるが、天下人の指示を失態とは言えないので、三成が罪をかぶった形である。忍城攻めに参じた武将たちは、三成の戦いを愚弄してはいなかった。

三成はこの年、三十一歳。美濃《みの》の関《せき》ヶ原《はら》から大垣の周辺に所領を与えられていた。

「南部信直にござる。南部七郡とは何処を指されるか」

「糠部、鹿角《かづの》、岩手《いわて》、閉伊、斯波、久慈《くじ》、遠野《とおの》にござる」

懐から絵図を取り出し、三成は淡々と告げる。一説には糠部、鹿角、岩手、閉伊、斯波、稗貫《ひえぬき》、和賀《わが》とも言われているが、稗貫には浅野長吉の家臣が代官として置かれているのでこれは違う。

遠野は閉伊郡に含まれているが、上方の武士には別の地という認識だったようである。信直とすれば、領地の安堵が優先なので、遠野が新たな郡と認識されようがされまいが、どちらでもよかった。

「令に違反して奪った地。心して治められよ」

厳しいもの言いをする。三成は南部家の存続には反対なのかもしれない。

「検地のことは、いかようにすればよかろうか」

「その様子では、棹入《さおい》れはしたことがござらぬであろうな。殿下が定められた長さを基準とし、これによって全ての田畠を計り、収穫できる量を決める。さすればその大名の力が確定致す」

三成は細かなことを口にする。

秀吉が太閤検地として定めた基準は、曲尺《かねじやく》六尺三寸《すん》を一間《けん》とし、一間四方を一歩《ぶ》とする。三十歩を一畝《せ》、十畝を一反《たん》として土地の面積を統一し、一反あたりの上田は一石《こく》五斗《と》、中田は一石三斗、下田は一石一斗の収穫があるものとした。上畠は一石二斗、中畠は一石、下畠は八斗とし、年貢は三分の二が領主、残り三分の一が耕作者とした。

曲尺を小さく設定したことで収穫料は変わらずとも、石高の数字は増えた。実地検地なので誤魔化しがきかない。家臣たちの余剰分を明確に計上し、これを南部家の蔵入地に組み込み、経済基盤を強化して軍役を果たさせるのが太閤検地である。

「……左様でござるか」

相槌を打つものの、正直、信直にはよく判らない。面倒だということは理解でき、疑問も湧く。

「収穫してから決めるのではござらぬのか」

「それも行うが、誤魔化す者が出るゆえ、前と後で確認せねばならぬ。田畠は全国それぞれ風土、気候によって同じにはできぬのが実情。貴家は貫文で示されておいでか？」

「一応」

答えたものの、正直に言えば、信直は把握していない。実際は「五百刈《かり》」と、「刈」で示していることが多い。「貫」と同等のものである。もう、質問しないでくれというのが本音だ。

「昨年、いかほどの収穫を得られたか」

「家ごとに任せていたゆえ、全体はなんとも。我が三戸は二万貫文ぐらいでござろうか」

言うと三成は、話にならないといった顔をする。

「それは南部殿の蔵入地（直轄料）ということでござるか」

「左様」

「朱印状にもあったとおり、こののち南部殿は台所奉行を立て、全体を把握して戴く。大名によって、一石が一貫文だったり、中には痩せた地で一石が十貫文という家もござる。これは、実際にその地を見てみぬとなんとも申せぬ」

三成の口調では、三戸家は二千石から二万石と十倍の差があるということになる。これは衝撃的だ。

「棹入れの仕方も判らぬでござろうゆえ、いずれ豊臣の役人を差し向けて指導致す所存。その時は反抗する者を一人も出さぬようになされ。さもなくば殿下に刃向かったとして所領の何割かは没収、あるいは全て召し上げられたうえ、家を取り潰されることもござる」

「承知致した」

追い詰められているようで、思わず言ってしまう。

「それまでは差し出しにてして戴こう。まあ全国どこもあてにはならぬ数字であるが、ないよりはまし。大概は半分以下の数字を報告してくるもの」

差し出し検地は、百姓や領主の自己申告である。

「棹入れをすれば倍の石高になるのでござるか」

信直の質問に、三成は頷いた。所領の広さが変化するので一概には言えないが、薩摩《さつま》の島津《しまづ》氏は二十二万四千余石から蔵入地を合わせれば六十一万六千余石に、土佐《とさ》の長宗《ちょうそ》我部《かべ》氏は九万八千石から二十四万八千石、常陸の佐竹氏は二十万石そこそこから五十四万余石に増えることになる。

「ただ、石高が増えれば軍役も賦役《ぶやく》も増える。軍役とは出陣に際する兵の人数、賦役は主に普請等で作業する人夫の数のこと。地によってさまざまにござるが、一郡につき一万五千石から二万五千石が諸国の常。貴家は七郡で糠部が広いと聞くゆえ十万五千石から十八万余石。山が多いとも聞くゆえ減るとして、どう少なく見積もっても八万石は下るまい。一万石に対し、二百から三百の兵を出さねば背信の疑いを持たれるので気をつけられよ」

またも数字が並び、信直の頭は混乱するものの、十八万石という言葉が耳に残る。

「八万石で最大二千四百、十八万石では五千四百。これに百姓は含まれぬ。どうでござろうか」

「百姓抜きで五千四百は厳しゅうござる」

南部領の兵は半数以上が百姓である。勿論、地侍は含まれていない。

「左様か、棹入れしてもおらぬのに、厳しい軍役を課しても貴家は苦しくなるばかり。それゆえ、一応、最低の八万石を基準にさせて戴く。実際に棹入れが終われば修正する。それでよろしいか？」

意外にも好意的な三成である。というよりも規律に忠実なのかもしれない。味方にすれば頼もしいが、敵にすれば、非常に厄介な存在であることを思わされた。

「忝のうござる」

「帰国なされたら、早々に兵と百姓を分けられよ。地侍は貴家の負担になるゆえ気をつけられよ」

さらに三成は百姓に対して刀狩りを行うことを命じると、忙しそうに立ち去った。

「頭の切れる男じゃが、嫌われやすい。気が合う者は少ないようじゃ。まあ、なにか判らぬことがあれば相談されよ。隠し事は貴家のためにはならぬ」

三成とは対照的で情に篤《あつ》そうな浅野長吉も、告げると戻っていった。

「相手は関白とは申せ、帰属することは面倒じゃの。祖先が足利に仕えた時もかようだったのか」

話を聞いただけで、信直は疲れた。

いずれにしても、三成との取り決めにより、南部家の表高《おもてだか》は八万石ということになった。愚弄されたような感はあるものの、おそらくは寛大な処置であろう。問題は兵農分離で、地侍の仕分け。さらに一郡に一城を残し、残りの城の破却。簡単に応じるとは思われない。

信直は不安にかられながら帰途に就いた。

因《ちな》みに、小田原に参陣しなかった安東実季が所領を安堵されたことを知ってか、同じように城にとどまっていた下野・烏山《からすやま》城主の那須《なす》資晴《すけはる》も宇都宮城に登城したが、こちらは所領安堵されず、所領を召し上げられた。

信直は秀吉の裁定により、津軽郡と北出羽の比内郡の支配権を放棄させられた。代わりに、奪い取った斯波、遠野の地の領有を認められた。武将として失ったのは、地よりも名誉のほうが大きいのかもしれない。但し、津軽と北出羽の諸将は所領の三分の一が豊臣家への蔵入地とされた。信直の南部七郡に蔵入地は組み込まれなかった。とすれば、領主として実を取れたということだ。三戸家の支族から立ち上がったこれまでの信直の行動は、屈辱に塗《まみ》れながらも正しかったことになる。

信直のほかに、この段階で豊臣政権の蔵入地が設定されなかった奥羽の武将は、伊達政宗と最上義光《もがみよしあき》であった。

また、信直は前田利家に頼み、内堀四郎兵衛頼式と宮永《みやなが》左月吉玄《げつよしはる》を家臣として貰い受けた。『参考諸家系図』によれば前年のことで、石高は五百石とされた。

帰城した信直は宿老衆を集める前に、城下の八戸屋敷に足を運び、政栄に向かう。

「……申し訳ござらぬ。お詫びのしようもない。今はただ、時節を待って戴きたい」

信直は小田原でのことを告げ、八戸政栄に謝罪した。

「直栄から聞いた。世も変わったようにござるの。儂一人、文句を申して南部に関白の兵を向けさせては先祖にも申し訳が立たぬ。こたびは承知致そう。されど、所領の変更はござるまいな」

「勿論。ただ……」

信直は、三成から命じられたことを懇切丁寧に伝えた。

「左様でござるか。流血は避けられぬやもしれませぬな。特に九戸党は納得なされまい」

誰もが思うことを八戸政栄は口にした。信直の悩みの種でもある。

まず、信直は宿老衆と主だった家臣を三戸城に集めた。九戸政実《まさざね》にも遣いを出したが、登城してはこなかった。仕方ないので、信直は集まった家臣たちに子細を告げた。

「城は武士の命。納得できませぬ」

誰とはなしに反対の声が上がると、諸将はこれに賛同した。

「皆の怒りは尤《もっと》もじゃ。できることならば儂も今までどおりにしていたい。腑甲斐無《み》いと申すやもしれぬが、従わねば当家は滅びる。関東六ヵ国に覇を築いていた北条家は三月《つき》とかからずに滅んだ。関白は今、会津にあり、上杉、前田の兵は南出羽におる。逆らえば当家は北条の二の舞。大浦、安東も従っておる。我らだけ拒むわけにはまいらぬ」

説くと家臣たちは悔しげに項垂れた。

皆は渋々帰城し、地侍の説得に当たった。積極的な者は誰一人いない。中には話を合わせておけばいいと、信直の命令に従わぬ者もいた。

奥羽討伐軍の北進にあたり、抵抗したのは東陸奥の葛西勢ぐらいで、ほかは小競り合い程度に終始した。奥羽勢は形《なり》を潜めて様子を窺っていたのかもしれない。討伐軍は各地を占領していった。

八月九日、会津の黒川《くろかわ》城に着城した秀吉は、改めて陸奥、出羽に在する大名家の存亡を発表した。存続が認められた武将は、岩城《いわき》貞隆《さだたか》、相馬義胤、伊達政宗、最上義光、南部信直、津軽為信、小野《おの》寺義道《でらまさみち》、戸沢光盛《とざわみつもり》、安東実季。大名ではないものの、蝦夷《えぞ》ヶ島《しま》の蠣崎慶広《かきざきよしひろ》も認められた。

取り潰しにされたのは大崎義隆《おおさきよしたか》、黒川晴氏《くろかわはるうじ》、葛西晴信《かさいはるのぶ》、石川昭光《いしかわあきみつ》、結城不説斎《ゆうきふせつさい》、田村《たむら》宗顕《むねあき》、和賀義忠《わがよしただ》、稗貫広忠《ひえぬきひろただ》ら、小田原に参陣しなかった武将たちである。

大崎、黒川氏は政宗を頼みとし、石川、結城は政宗の麾下として留守居の命令に従った。ほかは様子見で、秀吉を甘く考えていたようだった。

秀吉はこれを都合よく解釈し、自身に忠誠を誓った者は小なりとも大名と認め、政宗の指示に従った者は政宗の家臣とし、ほかは叛逆者として裁定を下した。

政宗から没収した会津、岩瀬、安積、石川、白河、二本松は蒲生氏郷《がもううじさと》に与えられた。

氏郷は伊勢《いせ》・松坂《まつさか》十二万石から会津・仙道《せんどう》四十二万石の大名になった。検地後はさらに増石することになる。

蒲生氏郷は信長から武才を認められ、信長の次女・冬姫《ふゆひめ》を正室にしたほどの武将である。氏郷が会津に移封させられた理由は、秀吉が憧れていた信長の妹のお市御寮人《いちごりようにん》に一番よく似た冬姫を要求したところ拒まれたからという下衆な勘繰りもあるが、北の伊達政宗を抑えると共に、東の徳川家康に睨みをきかせられる人物だからであった。

実質的な奥羽探題職を命じられた蒲生氏郷は、会津の黒川城に入城し、同城を普請し直し、鶴《つる》ヶ城と改名した。

大崎、葛西領は木村吉清《きむらよしきよ》・清久《きよひさ》親子に与えられた。木村親子は五千石から一躍三十万余石の大名に躍進したことになる。

稗貫郡の鳥谷《とや》ヶ崎《さき》城には浅野長吉の家臣・浅野勝左衛門尉忠政《しょうざえもんのじょうただまさ》（重吉《しげよし》）が、和賀郡の二子《ふたご》城には後藤半七《ごとうはんしち》が代官として置かれた。

「なにかあれば、勝左衛門尉らのことを頼み入る」

浅野長吉から懇願されたので、信直は快く応じた。

八月十二日、秀吉は浅野長吉に対し、「秀吉が仰せ出されたことを国人、百姓が十分に判るように確かに申し聞かせよ。もし、納得しない者がいれば、城主であればその者の城に追い入れ、皆と相談して一人も残らず撫で斬りにすることを申し付ける。百姓も含め一郷も二郷もことごとく撫で斬りに致すこと。命令は六十余州に固く申し付けているので、出羽、陸奥も例外ではない。たとえ荒廃して亡所《ぼうしょ》となったとしても構わない。その意を得て、山の奥、海は艪櫂《ろかい》の続くまで念を入れて従わせることが第一である。皆が従わぬとあらば、関白自ら出陣してでも従わせることを申し付けるように」と厳命して帰国の途に就いた。

報せは信直にも届けられた。

「悠長《ゆうちょう》に構えてはおれぬの。当家の領内からは叛逆者を出さぬように厳しく言い渡せ」

明日は我が身、信直は家臣たちの尻を叩き、地侍を説かせた。農民に関しては検地の役人が来るまでは手をつけないようにした。あとは、城の破棄と城下町の整備である。

「三戸に二千を超える家臣を住まわせるには狭くはござらぬか」

北信愛が指摘する。信直も悩んでいたところだ。

「確かに。津軽が戻らぬとなった今、三戸では北に片寄りすぎているかもしれぬ」

頭では思うものの、居城を移すのは一大事業である。支城の田子城から惣領家の座を奪って三戸城に入るのとはわけが違う。

「山城というのも不便でござるな。城下を栄えさせるには小田原のごとく平城が好ましい」

「尤もじゃが、未だ奥羽は落ち着きそうもない。これはしばらく様子を見てからに致そう」

告げると北信愛は頷いた。検地も追々《おいおい》ということで同意している。

「九戸のことはいかがなされますか。おそらく従うつもりなどはありますまい。大浦が大名として関白に認められた以上、討伐の対象になってまで九戸に加担することはないと存ずる」

「されば討てと？　斯波、閉伊が定まっておらぬ今、兵力は四対六ぐらいで九戸のほうが上ぞ」

信直が一番危惧していることである。

「唐入《からい》りなどという話もござる。豊臣の兵がいるうちに片づけるが賢明にござる。陣触れののちに背信者を出せば、当家の存続に関わりましょう。」

小田原参陣ののち、宿老筆頭の道を選んだ途端、積極的になる北信愛であった。

争乱に備え、陸奥の会津周辺に秀吉の甥の羽柴秀次《はしばひでつぐ》、白河に宇喜多秀家《うきたひでいえ》、出羽では前田利家、上杉景勝、大谷吉継らが在陣していた。

「戦いもせぬうちに他家を頼む儂を関白が認めようか。まずは気概を示さねば、諸将とて合力《ごうりき》（協力）すまい。それと、修理亮《しゅりのすけ》（中野直康《なかのなおやす》）の報せでは、伊達の遣いが斯波郡に来ているとのこと」

不快感をあらわに信直は言う。九戸攻めには、いまひとつ気が乗らなかった。

八月十二日、不来方《こずかた》城主の福士《ふくし》直経《なおつね》は政宗に返書をし、十五日には平沢舘主《ひらさわだてぬし》の簗田《やなだ》詮《あき》泰《やす》は政宗に九戸政実が信直に従っていないことを伝えている。同時期に、政宗は取り潰された和賀義忠にも接触している。秀吉に屈しても、まだ版図の拡大に余念がない。奥羽の梟雄は健在であった。

信直は一応、浅野長吉に対し、九戸政実らが従っていないことを伝えた。

所領を失った武将たちは、豊臣麾下の大軍が近くにいるので大人しい。大崎義隆も葛西晴信もあっさり城を明け渡し、義隆は都に上って御家の再興を懇願し、晴信は山中に隠棲と、旧領主が不在なので、さしたる邪魔もされず、浅野長吉は大崎、葛西領の検地を一ヵ月ほどで大方終えている。

東陸奥では水沢《みずさわ》城に松田《まつだ》太郎左衛門《たろうざえもん》、岩谷堂《いわやどう》城に溝口外記《みぞぐちげき》、佐沼《さぬま》城に成合平左衛門《なりあいへいざえもん》、鳥谷ヶ崎城に浅野忠政、二子城には後藤半七らの代官を置いて管理させた。

九月十三日、浅野長吉は葛西領の平泉《ひらいずみ》に到着し、翌十四日、有馬《ありま》の温泉で湯治している秀吉に、刀狩りや検地は順調に進んでいること、九戸政実らが信直に背いていることを伝えた。

浅野長吉は九月下旬には和賀、稗貫郡に至り、二十日には八戸政栄に対し、その方の家中の田部《たなぶ》のやすみと申す者が栗毛の然るべき馬を所持しているそうなので所望したい、という書状を出している。戦勝者にありがちな傲慢な要求である。

「機嫌をとっておけ」

八戸政栄は田部のやすみに命じて、浅野長吉に駿馬を贈らせた。

気分をよくした浅野長吉は、その後、旧葛西領で中陸奥の寺池《てらいけ》城を訪れ、木村吉清・清久親子に新領主の態勢整備を指導し、十月十日には葛西の地から軍を引き上げた。

前後して、他の豊臣麾下の軍勢も帰途に就いている。

浅野長吉が九月十四日に送った書状は、十月六日に秀吉の許に届けられた。翌七日、秀吉は長吉に返書している。

「（前略）南部境目の和賀、稗貫のことを申し付けるため、十三日、平泉内の高舘《たかだち》に到着したことを聞いた。しかれば南部方に御朱印を出すことにするが、彼の家中の者どもは南部に対して不満を申し、反抗する輩があるようなので、このたび厳しく申し付け、南部が安定するように致すこと。そちらの役目がすみ次第に、秀吉麾下の衆は上洛させること。長吉は引き続き逗留し、木村伊勢守（吉清）によくよく指導し、仕置することを固く申し付けてから帰途に就くこと。（後略）」

秀吉は信直に反抗する者が九戸政実であることを摑んでいる。

そのほかの文面から、秀吉は和賀、稗貫郡を信直に与えようとしているが、これを伊達政宗が狙っていた。同じ時期、政宗は稗貫広忠、和賀義忠に対して家臣の白石宗実《しろいしむねざね》、屋代景頼《やしろかげより》を派遣し、自分の言うことを聞くように諭している。着々と手を打っているようだった。

そのような時期の十月四日、宿老衆の東政勝が死去した。享年、諡号等は伝わっていない。

「この大事な時に……」

重鎮の死に信直は落胆するが、緊迫した状態なので悲しみに暮れている暇はなかった。

信直はすぐに家督を次男の彦七郎正永に継がせ、東家の安定を図った。但し、重要な一族衆として立てはするが、宿老衆の席に呼ぶことはしなかった。

これまで八戸、北、南、東の四家に支えられてきたのは事実であるが、お陰で身動きがとりづらかったのも真実。小田原参陣で主従らしくはなってきたが、まだ扱いづらいところがある。

(こののちは惣領家、なに家という横ならびで頭一つ出た体勢ではなく、当主と家臣という関係にせねば他の大名に立ち後れる。南部も変えねばならぬ)

信直の方針であった。

この頃、一触即発の九戸家との関係を危惧し、政実の従弟である九戸連尹《つらこれ》が、政実の末妹を利正に輿入れさせ、政略結婚を結んではいかがか、と申し入れてきた。

「一揆が周囲で蜂起した今、婚儀で九戸を抑えられるならば易きことかと存ずる」

北信愛をはじめ、八戸政栄、南慶儀らの宿老は政略結婚に賛成である。

(利正には上方の然るべき武将の姫を娶らせるのが、今後の南部家のためだがのう)

というのが信直の本音であるが、今、九戸政実に背信され、一揆と呼応されては、南部家の存続のほうが危うい。渋々信直は応じた。

これによって、九戸政実の末妹と利正の婚約が結ばれた。輿入れは年明けの雪解け頃とされた。

四

浅野長吉が帰路に就くと、これまで形《なり》を潜めていた一揆勢が蜂起した。引き金となったのは、葛西、大崎領。木村吉清・清久親子の地からであった。

木村吉清は荒木村重《あらきむらしげ》、惟任光秀に仕え、山崎の戦いののちに秀吉に取り立てられた。吉清は五千石の旗本だったので、三十万余石を有する大名の仕置の仕方を知らない。召し抱えていた家臣も百数十人しかおらず、急遽、大量に雇い入れた浪人や、にわかに出世した足軽、中間《ちゅうげん》などが、占領軍にありがちな略奪、乱暴、狼藉を自由気儘《きまま》に行ったので、領民たちの怒りは募るばかり。

さらに、刀狩りと検地が火に油を注ぐ。特に検地は実地で直に計り、隠し田などは見逃さずに調べあげる。しかも年貢の比率は四公六民の四割から、三分の二納と六割六分六毛と跳ね上がり、田の面積を小さくしたので、実際には三割以上の増税となった。百姓には重い税となってのしかかり、新領主に怒りの鉾先が向くのは当たり前。兵農分離で地侍たちはあぶれ、所領没収で禄を失った牢人たちの憤懣が暴発するのは自然の流れである。

重ねて、一揆を後押しした男がいる。伊達政宗である。政宗は支援する書状を一揆勢に渡した。奥羽一の武将が後ろ楯ならば恐いものはない。一揆勢は喜び勇んで立ち上がった。

因みに浪人はならず者を指し、牢人は禄を失った武士たちを指している。

十月十六日の深夜、東陸奥の百岡《ももおか》城主・柏山明宗《かしやまあきむね》の旧臣たちが近くの前沢《まえさわ》城を急襲し、木村吉清の家臣たちを殺害したのが一揆のはじまりである。柏山氏は葛西氏の旧臣で、前沢城も支配していた。

旧大崎領・中陸奥の古川《ふるかわ》城にいた木村清久は、父の吉清が在する中陸奥の登米《とよま》城（寺《てら》池《いけ》城）を訪れて、会津の蒲生氏郷へ救援を求める相談をし、佐沼城に帰城した。これを知った一揆勢は同城を包囲。急報を受けた吉清は嫡子を助けるために囲みを破って佐沼城に入ったが、寄手が増えて城から出ることができなくなり、籠城を余儀無くされた。

一揆は瞬く間に四方八方に広がった。東陸奥では旧二子城主・和賀義忠の次男秀親《ひでちか》と、旧鳥谷ヶ嵜城主の稗貫広忠が立ち上がり、十月二十三日、それぞれの城を襲撃した。鳥谷ヶ嵜城の二子城には浅野家臣の後藤半七が入っていたが、衆寡《しゅうか》敵せず討死した。鳥谷ヶ嵜城の浅野忠政はなんとか持ちこたえていた。

鳥谷ヶ嵜城の危機を摑んだのは葛西一族の旧岩谷堂城主の江刺重恒《えさししげつね》である。重恒は討伐軍に降伏したのち、家老を務めていた三《み》ヶ尻恒逢《じりつねとよ》の努力と、浅野長吉の同情によって、旧領近辺に在しながら、信直への仕官を頼んでいた。信直は何度か書状のやりとりをしている。

好機到来、江刺重恒は早馬を飛ばして信直に急を報せた。

「あい判った。至急陣触れせよ」

信直は江刺重恒の使者に告げ、家臣たちに下知を飛ばした。まだ、南部家は城下に家臣を集めておらず、所領地に点在している。ある程度の兵を集めるには数日を要するであろう。

「お待ちくだされ。参陣はよいとしても、九戸らが一揆に呼応せぬとも限りませぬ。しかも伊達が後押ししているとあらば、太刀打ちできませぬ。今少し様子を見たほうがよいかと存じます」

居合わせた八戸政栄が進言する。

「そちの申すことは尤もなれど、儂は浅野殿から家臣を頼むと言われ、応じた。助けねば信義にもとる。傍観していれば、一揆と同類に見られる。さすれば二十万の兵が押し寄せて南部は消えよう。滅びれば小田原まで出向き、頭を下げた意味がなくなる。伊達は蒲生殿が抑えよう。それに、九戸とは婚約を結んだ仲。信じねばなるまい」

信直も半信半疑であるが、願望をこめて言う。

「ご尤もでござるが、上方の大軍は引き上げました。広い陸奥に残るのは、その蒲生殿と木村殿、あとは代官が少々。対して周囲には禄を奪われた者が溢れております。しかもほぼ無傷な者ばかり。自領を守るだけでも大変にございます。ましてや助けだすなど、簡単にはいきませぬぞ」

「承知の上、時には命を賭けねばならぬ時がある。今こそ南部家の存亡の危機かもしれぬ」

決意を示した信直は、即座に兵の参集にかかり、翌二十四日、江刺重恒に書状を遣わした。

「昨日は子細を認《したた》めた書状をもらい、大変喜んでいる。岩谷堂の陣を取り、江刺一辺を破られ、遅れてはならぬところを早々と当家に報せ、一揆勢に引き退くように説得していることは殊勝である。伊達が天下に逆心しているとは是非もない。違うならば、伊達や蒲生は自ら兵を打ち出して即刻、葛西や大崎まで来るはずだ。一揆が起こり、大崎から来ると申している間、江刺の衆が一揆勢に呼応しないように譜代の家臣を郡に差し置かねば、岩谷堂を押し切っても、世間は一揆の仲間と疑うので、ことごとく鎮圧するべきである。従わねば、そなたの住む所もなくなるので、必ず命令を聞いて采配すること。某も明日には和賀に罷り下り、和賀と稗貫の一揆どもを鎮圧するつもりだ。関東から軍勢が来るであろうから、その前に江刺、胆沢《いさわ》を平定しておくつもりだ。我が家中にも一揆があると世間は見ているようだが、迷惑な話である。そなたは必ず江刺の者を勧奨《かんしょう》すること。旧臣を集めて胆沢に向けて一働きする覚悟が尤もである」

江刺重恒を労《ねぎら》い、激励する信直であるが、兵の参集は遅く、翌日の出陣には至らなかった。

秀吉に対して面従腹背の態度をとる政宗は、十月二十三日には一応、二手を先発させている。この日はグレゴリウス暦では十一月二十日にあたり、すでに雪が降り出していた。一揆討伐という表向きの題目を掲げ、政宗自身は二十六日に出陣している。政宗が実質的な奥羽探題に任じられた蒲生氏郷が鶴ヶ城を出立したのは十一月五日。政宗が一揆勢と共謀して挟撃するという噂が流れていたからである。

実際、政宗はそのようなことを計画していた。どさくさに紛れて氏郷を殺害したのちは、九戸政実と手を結んで奥羽を平らげる。奥羽を掌握すれば、各地で反秀吉の狼煙《のろし》が上がる。秀吉はとても北に兵を送る余裕はない。その間に、家康と手を結んで西進するという壮大な計画である。

政宗と氏郷は互いに牽制しながら一揆討伐に当たっているので、なかなか捗《はかど》らなかった。

この時、信直が参集できる兵は二千が限界であるが、信直よりも多く参集できる九戸政実に備えるため全てを出立させることはできない。五百余が具足に身を固めた。乱世なので、婚約だけで全てを信じるわけにはいかなかった。

「初陣《ういじん》をお許しください」

嫡子の利正が信直に頼み込む。

「ならぬ。こたびは死地に赴くことになる。そちは、然るべき時に初陣させる」

「戦場は常に死地ではありませぬか」

「左様じゃが、こたびはこれまでで一番危険じゃ。親子揃って討死致せば、南部の家はどうなる？　そちは宿老衆と三戸の城を堅く守っておれ。それとても敵《かな》わぬ事態になりかねぬ。心せよ」

不満そうな利正に厳命し、信直は宿老衆に向かう。

「利正と三戸の城、よろしく頼む」

信直は八戸政栄、北信愛、南慶儀に言い含め、三戸城を出立した。

宿老衆は参陣させなかったが、彼らの息子の八戸直栄、北秀愛らは軍勢に加えた。信直の身になにかあった時、豊臣政権がある以上、南部家を存続させるには宿老衆が若い利正を支えざるをえないからだ。息子たちを参集したのは人質の意味もある。なにが起こるか判らないのが乱世。万が一、九戸勢や一揆勢に与《くみ》せぬとも限らないからである。

周囲は一面銀世界。道すら判らないほどである。白い絨毯の中で、信直の赤い具足は一際目立つ。南部軍五百余は息を煙らせ、黙々と雪を踏み締めながら進んだ。

三戸城から鳥谷ヶ嵜城まではおよそ二十七里。雪中の進軍なので、到着するには二日を要した。信直らが城から半里ほど北に着陣したのは十一月七日のこと。

「申し上げます。鳥谷ヶ嵜城、三千余の一揆勢に包囲されております」

物見が戻り、信直に報せた。

六倍以上の敵に野戦で挑まなければならないことに闘志が失せそうになるものの、まだ城が落ちていないことは信直にとって明るい希望であった。

鳥谷ヶ嵜城は北上川《きたかみがわ》の西岸の稗貫平野の河岸段丘上（比高二十メートル）に築かれた平山城で、南を豊川、北を後川《うしろがわ》が流れて北上川ともども天然の惣濠としていた。城は後川に接しているため、一揆勢の大半は城の南に固まっていた。

戦国時代の一揆勢は、江戸時代の竹鑓《やり》を手にした農民一揆とは違う。大半が地侍であり、弓、鉄砲も所有する戦に馴れた集団である。しかも、秀吉の奥羽討伐によって禄を失った者ばかり。豊臣軍の手兵を血祭りにあげて失地を奪い返そうと燃え、士気も高い。恐ろしい武士集団である。

「いかがなさいますか。北側なれば手薄ですが」

楢山義実が信直に問う。

「敵を蹴散らしてから渡河し、城に入城し、再び出るのは難しかろう。されば、一つでも手間を省くべき。日暮れを待って東から敵に仕寄せるとする」

信直は下知して兵を北上川の東に移動させた。

雪が降っているので暗くなるのが晴れている時よりも早い。それでも地面は白く、空の闇が溶けるように見えるせいか、紫色に染まっていた。

夜になれば、さらに寒くなる。一揆勢たちは早めに夕食の用意をはじめた。城の周囲ではそれぞれ火を囲み、湯を沸かせ、食い物が煮えるのを心待ちにしていた。

すでに信直は兵に早めの腹ごしらえをすまさせ、いつでも押し出せる用意をさせていた。三千余人分の食事を外でしているので、暗くても焚《た》かれる煙は目にできた。

「ご注進！　一揆勢は夕餉《ゆうげ》をとりはじめました」

物見が信直の前に跪き、報告する。

「左様か。今が好機。南部の強さを天下に示す時。皆の者、押し立てよ！」

床几から立ち上がり、信直は怒号した。

「おおーっ！」

休養充分、腹も満たした南部兵は鬨で応じ、西に向かって積もった雪を跳ね上げた。

南部軍は勇気凜々、寒さも忘れたかのように北上川の朝日《あさひ》の渡しを渡河し、猛然と一揆勢に迫った。

食事に夢中の一揆勢は南部軍の接近に気づいていない。発見した時にはすぐ目の前であった。

「敵じゃ！」

椀《わん》や箸《はし》を捨て、慌てて武器を手にするが、まさにおっとり刀を絵に描いたようである。

「放て！」

馬上の信直は叫び、轟音を響かせた。筒先が火を噴くたびに、一揆勢は倒れ、雪を朱に染めた。

一揆勢の攻撃体勢が整わぬ間に弓を放ち、混乱している最中に突き入った。

「首を取るな。敵は突き倒せ！　斬り捨てよ！　皆の働きは儂がこの目で見ておる！」

武士にとって首取りは恩賞の証であるが、六倍の敵に挑むので、首を掻いている最中に討たれてしまう。五百余人全ての戦いぶりなど把握できるものではないが、信直は大音声で厳命した。

家臣たちはもの欲しそうな顔をしながらも命じられたとおり、首を取らずに討ち捨てた。

「止まるな。動き廻れ！」

混乱しているうちはいいとしても、止まればたちまち囲まれて討ち取られてしまう。南部軍の兵は主君の命令どおり、敵の中を縦横無尽に走り廻る。皆かんじきを履いているので、一揆勢のように雪に足をとられることはない。仕留めると即座に次の敵に向かった。

南部勢の救援を知ると、城内から浅野忠政らも出撃し、東西から一揆勢を挟撃した。攪乱されているところへ新手の攻撃を受けた一揆勢は壊乱となり、南へと退却していく。

「追い討ちをかけよ！撫で斬りにせよ！」

信直は絶叫し、自ら疾駆して背後から逃げる一揆勢を斬り捨てた。

一度逃げ出すと恐怖心が増し、一揆勢は我先にと逃亡する。戦場から十町ほどのところに豊沢川《とよさわがわ》があり、慌てているので深みにはまって溺れる一揆衆も続出した。

ここで踏みとどまり、味方を逃していたのは百騎組の大将と言われる八重樫掃部《やえがしかもん》である。今、兵を立て直され、反転されては敵わない。数の優位は依然として一揆勢にあった。

「皆で彼奴を討ち取れ！」

主格を潰せば、さらに敵は烏合の衆となる。信直は下知を飛ばした。

数人が八重樫掃部に襲いかかるが、さすがに豪勇、簡単に討ち取らせてはくれなかった。そのうちに周囲に味方が少なくなると、八重樫掃部も豊沢川を渡って対岸で馬首を返した。

南部軍の鉄砲衆が筒先を向けると、八重樫掃部は仲間を追うようにその場を去った。その後、八重樫掃部は岩谷堂の八森《はちもり》に駐屯したという。

「深追いは致すな」

命じて信直は鳥谷ヶ嵜城に向かうと、途中で浅野忠政と顔を合わせた。

「ようまいってくださった。貴殿は我が命の恩人でござる」

浅野忠政は目に涙を浮かべて感謝の言葉を述べた。

「ご無事でなにより。ところで、こののちのことでござるが、鳥谷ヶ嵜城に戻れば、明日の朝にはこたびより多い兵で囲まれよう。さすれば同じような戦いはできぬし、武器、兵糧も長く持ちますまい。上方からの後詰がいつ着陣するかも判らぬゆえ、ひとまず我が城に退かれてはいかがか？　残念ながら周囲の城は一揆勢に奪われてござる」

「左様でござるな。されば南部殿の世話になりましょう」

せっかく助かった命を無駄にはできぬ。浅野忠政は躊躇《ためら》うことなく応じた。

信直は浅野忠政らを伴い、三戸城に引き上げた。無事に帰城し、九戸政実らが一揆に呼応しなかったことを聞いて、信直も安堵の吐息をもらした。信直は使者を送り、このことを浅野長吉に報せた。

陸奥の取次役の浅野長吉が一揆の蜂起を聞いたのは十月二十三日のこと。長吉は家臣の浅野正勝《まさかつ》を伊達政宗の許に差し向け、一揆の討伐を指示している。その後、長吉は江戸に下り、徳川家康と相談して秀吉に子細を報せ、自身は陸奥に兵を返した。

十一月二十八日、浅野長吉が南陸奥の岩瀬《いわせ》に達した時、蒲生氏郷から政宗が一揆を煽動したことが証拠と共に伝えられた。伊達旧臣の須田《すだ》伯耆《ほうき》が、一揆を支援する政宗の書状を携えて氏郷の許を訪れたのである。政宗は一揆勢と共謀して氏郷を殺害しようとしていると訴えた。

須田伯耆の父・道空《どうくう》は政宗の父・輝宗《てるむね》が死んだのちに殉死したが、息子の伯耆は期待した加増が得られず恨んでいたという。

これにより、事態は葛西、大崎一揆から伊達政宗謀叛へと大きくなった。

翌十一月二十九日の日付で、浅野長吉は信直に書状を出した。

「特別に申し入れます。葛西、大崎の一揆が蜂起した時、貴所（信直）はさっそく和賀まで罷り出たことは、誠に奇特なことです。いよいよ其許の悪党等をご成敗するため、我らも駿河の府中まで進んだところ、奥羽の様子を届けられて折り返し、この口（岩瀬）に戻ったところです。陸奥に残し置いた拙者の者どもは変わりありませんか？　お心添え頼み入ります。やがて葛西、大崎まで出陣するように、面《おもて》を下げて申します」

以前とは違い、感謝を示した丁寧なお礼状になっていた。伊達政宗が謀を画策する中、都から遠い地に住む信直が、危険を顧みずに浅野忠政を救助した行動は、主君の浅野長吉をはじめ豊臣政権を支える武将たちを信じさせた。秀吉の新体勢に必要な存在であることも印象づける結果になった。

とはいえ、すぐに出陣を要求されても、今の信直に一揆勢を討伐できる余裕はなかった。

書状を受け取った信直は考え込んだ。

(この雪じゃ。上方勢が陸奥にまいるのは春の雪解けののちであろう。それまで一揆勢は好き勝手に暴れるに違いない。儂が安堵された斯波や閉伊もいかになることか……)

不安感が募っていく。

(九戸は動かなかったか。彼奴はなにを思案しているのか。婚約のお陰か)

反旗を翻《ひるがえ》すには好機のはず。信直には九戸政実の考えていることが理解できなかった。

(上方勢が来るまで寝かしておくか。されど、不意を突かれるのは迷惑。儂に屈するとは思えぬが、上方勢が来た時、猫をかぶられても難渋する。いかな動きをするか、探ってみるか)

旗幟《きし》を確認したい。信直は確かめるために浅野忠政を利用することにした。

「城主のいる城にいては息苦しかろう。貴殿のために城を一つ空けましょう」

信直は、宮野《みやの》城(九戸城)から五里ほど西の足沢《たるさわ》城に浅野忠政を移した。忠政から南部の現状を上方に報せてもらう意味があり、政実の動向を窺う意味もあった。

（九戸め、いかに動くかのう）

葛西、大崎、和賀、稗貫のみならず出羽の諸地にも一揆が飛び火し、奥羽が厳寒の中で大騒動になっている中、南部領でも、新たな争乱の火が灯され、寒風に怪しく煽られはじめた。

第六章　飼い犬と野良犬

一

天正十九年（一五九一）が明けた。信直は三戸《さんのへ》城で新年の祝賀会を催した。家臣は宿老衆をはじめ、城主、城将たちは皆、顔を揃えたが、出席しない者たちがいた。九戸《くのへ》左近将監《さこんのしょうげん》政実《まさざね》、九戸彦九郎《ひこくろう》実親《さねちか》、櫛引《くしびき》河内守《かわちのかみ》清長《きよなが》、櫛引左馬助《さまのすけ》清政《きよまさ》、七戸《しちのへ》彦三郎《ひこさぶろう》家国《いえくに》、久慈《くじ》備前守《びぜんのかみ》直治《なおはる》、久慈中務少輔《なかつかさのしょう》政則《まさのり》、久慈主水正《もんどのすけ》政祐《まさよし》、大里《おおさと》修理亮《しゅりのすけ》親基《ちかもと》、大湯《おおゆ》四郎左衛門《しろうざえもん》昌次《まさつぐ》ら、九戸党の者たちである。小さな舘主まで入れれば三十人を超えるであろう。

（昨年の大浦攻めに続き、公然と二度も儂の命令を拒みよった。九戸め、まこと儂を敵に廻すつもりか。儂を敵とすれば関白を、天下を敵に廻すことが判らぬではあるまい。敵にするならば、なにゆえ一揆勢に呼応しなかったのか。儂からの独立も、もはやできぬ。なにを考えておるのか）

挑発するように足沢《たるさわ》城に浅野《あさの》忠政《ただまさ》を入れても九戸政実は喰いつかない。年が改まっても、信直には政実の思案が理解できなかった。

翌日、信直は宿老衆を呼んで膝を詰めた。八戸政栄《はちのへまさよし》、北信愛《きたのぶちか》、南慶儀《みなみよしのり》である。

「九戸は大崎《おおさき》の者どもを城に招いていると、秀愛《ひでちか》が報せてきてござる」

北信愛が告げる。嫡子の秀愛は一戸《いちのへ》城内にある一戸彦四郎勝富《かっとみ》の郭に在していた。

「日増しに数が増えるようにござる。当家への切り崩しもあからさまに行われていると、昨日集まった者たちが申していたこと、皆も存じているはず。婚約を持ちかけたのは、我らを油断させるための謀《はかりごと》。早う叩いておくがいいと存ずる」

南慶儀が勧めると、八戸政栄が問う。

「浅野弾正《だんじょう》（長吉《ながよし》）殿からの報せはございませぬか？」

「伊達《だて》と蒲生《がもう》の調停に苦労している様子」

信直は重い口調で答えた。一揆の支援と蒲生氏郷《うじさと》殺害の画策が露見し、南陸奥の飯坂《いいざか》城に入った伊達政宗《まさむね》は、中陸奥の名生《みょう》城から動かぬ氏郷といがみ合ったままでいた。浅野長吉はなんとか二人を和解させ、政宗が従弟の伊達成実《しげざね》と叔父の留守《るす》政景《まさかげ》を氏郷の許に人質として差し出し、ようやく帰途に就いたのが元旦。政宗は南陸奥の二本松《にほんまつ》城に在する長吉の許に向かっている。

蒲生軍が一揆討伐にあたり、北進したのは名生城まで。伊達軍は佐沼《さぬま》城が一番北。いずれも中陸奥までである。一揆討伐はそこで中止となり、一揆勢の勢いは増していった。

「この大雪ゆえ、春まで後詰は望めますまい」

困惑した表情で北信愛が言う。周囲は五尺近くも雪が積もり、まだ降っていた。

「雪で動けぬのは後詰のみならず、我らも九戸も同じこと」

信直はなんとか宥《なだ》めようと必死だ。

「春を待たず、九戸は一揆勢と共に仕寄せてくるに違いなし。鹿角《かづの》郡の大半が九戸に与《くみ》しているゆえ、北出羽への往復も閉ざされてござる。このままでは、じり貧で追い詰められますぞ」

南慶儀の浅水《あさみず》城と櫛引氏の櫛引城は三里ほどしか離れていないせいか、強く主張する。

「お屋形様は、関白から所領の安堵を賜った。ということは、北陸奥における関白の先鋒。今少しこれを翳《かざ》し、返り忠が者どもに強く当たられてはいかがでござるか」

かつての惣領家であった八戸政栄が強く迫る。まだ、多少のわだかまりはあるようだ。

「関白に従おうという者には、関白の旗も馬印も崇《あが》められようが、京儀《きょうぎ》（豊臣の政治）を嫌う者には、ただの布、ただの飾りでしかない。世の流れを知る我らが不利というのは皮肉じゃな」

信直自身も、煮えきらぬところがあった。

「されば、その不利をいかがなされるか」

南慶儀が問う。

「我らは関白に賭けたのじゃ。苦しい時期があろうとも、ひたすら信じるよりほかない。関白が唐入《からい》りを本気で考えるならば、奥羽をこのままにはしておけぬ。必ず昨年並みの軍勢を送り込んでくる。それまでは忍耐じゃ。三月《みつき》や四月《よつき》、耐えられよう。皆にも左様下知してくれ」

信直の方針は籠城策に近いもの。豊臣の援軍が来るまでは自ら打って出ず、攻めてくれば反撃するつもりである。宿老たちは、覇気のない大将だと、失意に満ちた表情をしていた。

評議ののち、信直が格子窓から外に目をやると、眩《まぶ》しいほどの白一色。幸いにも北陸奥やその周辺の者ですら、出陣が難しいほどの大雪となっていた。

（こたびは厄介だと思っていた雪に助けられているのやもしれぬな）

密かに信直は面倒な大雪に期待していた。


都では、伊達政宗の問題が取り沙汰されていた。

一揆先導の嫌疑《けんぎ》を受けた政宗は秀吉からの出頭命令を受けて、一月三十日、西上の途に就いた。尾張《おわり》で一旦秀吉と会見した政宗は、二月四日、異様な姿で入洛を果たした。斬れるならば斬ってみろと、秀吉の器を試すように、あるいは迫るように、政宗は白装束で金箔を張り付けた磔柱《はりつけばしら》を担いで三条大橋を渡った。ゴルゴダの丘に向かうイエス・キリストを真似た行動に、都人たちは一目見ようと群がり、路に人垣ができた。

須田《すだ》伯耆《ほうき》に宛てた密書の審議は、絢爛豪華《けんらんごうか》な聚楽第《じゅらくだい》で行われた。

秀吉は政宗に、須田伯耆の書と政宗が氏郷に宛てた書を二通差し出して、間違いないなと確認する。

「これはよう似ておりますな。されど、真っ赤な偽物にござる。かようなこともあろうかと、某が記す鶺鴒《せきれい》の花押には細工をしてござる。本物には針の一点を入れ眼《まなこ》を開けてござる。ゆえに、蒲生殿に差し上げた目のある花押が本物。眼のない花押は偽物でござる。篤《とく》とご披見《ひけん》戴きますよう」

政宗は悪びれることなく言ってのけた。

どちらの書状も鶺鴒の眼は開いていない。秀吉は天下人をはじめ、徳川家康や前田利《まえだとし》家《いえ》などの歴戦の武将を前に、臆することなく申し開きをした政宗の器量を惜しんだ。

「確かに須田伯耆の書は偽物。眼に針の穴はなし」

須田伯耆の書だけを指摘し、政宗の命と伊達家の存続を認めた。

但し、一揆を煽ったのは明白で、所領は割譲された。米沢《よねざわ》の本領は一応安堵で、葛《か》西《さい》・大崎を下賜された上で南陸奥の一部を没収することが内々に告げられた。政宗は煽った一揆を討伐しなければ、自身の所領を失うことになる。毒をもって毒を制する、秀吉のほうが一枚上手だったわけだ。

政宗に大崎の地が安堵されたことにより、迷惑を蒙ったのは大崎旧主の大崎左衛門佐《さえもんのすけ》義隆《よしたか》。小田原《おだわら》に参陣しなかったばかりに所領を失い、その後、上洛してお家の再興を懇願していた。

これが功を奏し、前年の十二月七日、大崎義隆は秀吉から奥州の本地の三分の一を安堵するという朱印状を与えられていたが、破談となり、政宗の麾下になるように告げられた。政宗にしてやられた形になった義隆は、支族にあたる最上《もがみ》家を頼り、蒲生、上杉と主を変えることになる。

伊達家の家臣たちの動向を窺うためか、政宗はしばし上方に留め置かれ、帰国したのは六月のこと。その間、葛西、大崎、稗貫《ひえぬき》、和賀《わが》一揆は勢いを増すばかりであった。


春とは名ばかりで二月になっても雪は降り、まだ土が見える状態ではなかった。

九戸左近将監政実は雪の馬場で駿馬を走らせていた。雪中で脚をとられ、疾駆させるのは難しいものの、日に日に緊迫感を増していることもあり、馬の訓練を怠るわけにはいかない。全速力で駆けさせて急に方向を反転させ、再び鞭を入れて、三尺の柵を飛び越える。五十六歳の政実は衰えてはいない。

「殿、弥五郎《やごろう》（中野直康《なかのなおやす》）が三戸の遣いでまいりました」

弟の九戸実親が政実に告げる。何年も前に改名しても、まだ幼名時の仮名《けみょう》で呼んでいた。

「降参の遣いか？」

手綱を引き、馬を止めた政実は、白い息を吐きながら問う。

「いえ、和睦《わぼく》の遣いのようにござる」

「和睦とは笑止な。上方勢が仕寄せるまでの日にち稼ぎか。まあ、よかろう会うとするか。このまま敵対すれば二度と見ることが叶わぬやもしれぬからの」

した。


鷹揚に告げ、政実は本丸に向かった。

主殿《しゅでん》に入ると、下座に弟の中野直康が座していた。政実はゆっくりと上座に腰を下ろした。


「ご無沙汰しております。ご健勝にてなにより」

中野直康のほうから挨拶をした。

「重畳至極。されど、儂が健勝ではまずかろう」

「いえ、兄上が健やかで南部の一武将として働いてくれることをお屋形様は望んでおられます」

「南部の一武将とは笑止な。儂は謀にて惣領家を簒奪したどこぞの支族とは違い、公儀（幕府）に認められた九戸の当主じゃ。支族こそ我が家に轡《くつわ》を繋ぐのが筋であろう」

鼻で笑いながら政実は言い放つ。

「今や公儀は豊臣。考えを改めてくだされ」

「この世に武士は九戸党ばかり。さしずめ三戸は関白の犬じゃな」

「兄上は関白を愚弄《ぐろう》しますが、勝手に名乗っているわけではなく、御上《おかみ》（天皇）が認めたからにござるぞ。関白に背くは則ち朝敵。未来永劫、反逆者として憎まれましょうぞ」

中野直康は懇々《こんこん》と説く。

「左様なことは今にはじまった話ではない。元来、騒ぐのは御上ではなく、周囲におる取り巻きにて、儂が勝てば、朝敵はそちたちということになる。気にすることはない」

「人の好嫌はそれぞれやもしれませんが、関白に背くは身の破滅にござるぞ」

「未だ葛西、大崎の一揆とて鎮められぬではないか。伊達は都に呼び出されて首を刎ねられるとか。上方の腰弱どもに、この寒さは耐えられぬ。儂らは半年耐えれば彼奴らは尻尾を巻いて逃げるばかり。なにが関白じゃ。なにが天下じゃ。笑わせるな」

　これまで静かに話していた政実は、声を荒らげた。

「それは早計にござる。子細は判りませぬが、今はゆえあって意の疎通がとれておらぬだけ。雪解け頃には上方の軍勢が押し寄せましょう。兄上がいくら戦上手で、一度や二度、上方勢を追い返しても、関白はいかな手負い（死傷者）を出そうとも、天下人の威信をかけて、何度でも仕寄せ、九戸に住む者を撫で斬りに致しましょう。兄上は領主としてそれでよろしいのですか」

「同じことを何度も申させるな。儂は百姓関白には負けぬ。それはそうと、そちはなにゆえ三戸の犬になっておるのか？　まあ、一度餌《えさ》を貰うと獲物を取れなくなると申すが、誠か？」

「兄上といえども無礼でござろう。某は何度も城を落としてござる」

　眉間《みけん》に皺を刻み、中野直康は強く抗議する。

「棺桶に片足を突っ込んだ斯波《しば》どもの城であろう。九戸の血を引く者ならば誰でも落とせよう」

「某は二度も質に出された。兄上にはこの屈辱、お判りにはなるまいな」

「嫡子以外を養子に出すは、一族の力を広げるための大事な政。にも拘わらず、そちは九戸に背いた。返り忠が者じゃ」

政実が言うと、中野直康は握った拳を震わせた。

「儂のことなどはどうでもよい。三戸のお屋形様と和睦する気はないのでござるか？」

「なにゆえ優位な儂が和睦などせねばならぬ。信直が降参してまいれば、城一つぐらいは与えてやろう。あくまでも関白の犬になり下がるならば、踏み潰すのみ」

蠅でも軽く払うかのように、政実は軽く言う。

「妹（貞姫《さだひめ》）と利正《としまさ》殿の婚約は謀でござったか」

「信直が九戸を認め、共に糠部《ぬかのぶ》の地で生きていく考えに改まるならば輿入れさせようと思うていたが、気概なき者にいかほどの歳月を与えても、気概は湧かぬらしい」

「説得は無理のようにござるの」

首を横に振り、中野直康は腰を上げようとする。

「帰って臆病者の主に申せ。我が所領は建武《けんむ》以来に安堵された地にて、誰の指図を受けるものではない。左様な我らに対し、上方の犬となって意見するなど言語道断。もはやこれ以上の遣いは無用。送ってくる者は、たとえ弟であっても斬り捨てる。左様心得よ、とな」

「承知致した。判ってもらえず、残念でござる。されば、これが今生の別れでござろう。

はたや次に相まみえるは戦場やもしれませぬ。その時は兄上にも容赦致しませぬゆえ、覚悟なされよ」

立ち上がった中野直康は吐き捨てる。

「よう申した。さすが九戸の血じゃ。楽しみにしておるぞ」

背を向けて主殿から出ようとする中野直康に、政実は声をかけた。

「なにかあれば頼ってまいれ」

兄には返答せず、中野直康は端座していた従弟の九戸連尹《つらこれ》に告げると、主殿から出ていった。

「我らの弟ではござるが返してよろしいのですか。虜にしておくがよかろうかと存じます」

中野直康が主殿から出ると、実親が政実に言う。

「彼奴《あやつ》が敵方におれば、どちらが滅んでも九戸の血は残る。まあ、儂は負けはせぬがの」

末弟の離れていく姿を見て、政実はわずかながらの寂寥《せきりよう》感にかられた。

(今さら小田原参陣の出遅れは取り戻せぬ。津軽《つがる》のように贈物も通用せぬ。今の我らにできることは、儂らの強さを見せつけ、無益な争いを続けるより、存続を認めて収めるが賢明と思わせること。それまでは屍の山を築いてくれる)

政実は陸奥人の意地や気概を見せようという気持はあるものの、別に玉砕《ぎよくさい》覚悟で戦おうなどとは思っていない。天下人に挑むというよりは、天下人に認めさせるための戦いをして、九戸家と麾下の存続を図るつもりであった。

和睦の決裂とともに、利正と政実の末妹の婚約は破談になった。貞姫は九戸旧城の大《だい》名館《みようだて》から一里ほど南に位置する伊保内《いぼない》城主の伊保内美濃守《みののかみ》正常《まさつね》に嫁いだ。


その足で中野直康は三戸城に登城し、政実との会話を信直に伝えた。

「……左近将監め、左様なことを申しよったか」

奥歯を嚙みながら信直は声を絞り出した。

「儂が関白の飼い犬ならば、彼奴は九戸の野良犬。野良犬の末路はのたれ死ぬのみ。自ら死ぬ道を選んだか」

これまで誰の命令も受けず、独自の支配を貫いてきた九戸政実。天下を相手に戦おうとする政実に、信直はある意味、羨《うらや》ましさを感じた。

「九戸への先陣、なにとぞ某にお願い致します」

中野直康は両手をついて懇願する。

「そちの忠義心を疑ってはおらぬゆえ安堵致せ。九戸が背いても、今仕寄せるのは得策ではない。それより、斯波の地にも和賀、稗貫の一揆が雪崩込み、呼応せんとする者が出ていよう。そちは高水寺《こうすいじ》城に戻り、これらの警戒に当たれ。そちが止めねば一揆はそのまま九戸に合流してしまう」

「承知致しました」

信直からの下知を受けた中野直康は、高水寺城に戻っていった。

(利正の婚約の破談は先の南部家には喜ばしいが、直近《ちょっきん》の南部には迷惑か)

南部家にとっては痛し痒《かゆ》しであった。

「話は聞きました。この屈辱、晴らさずにはおれませぬ。九戸への先陣、某にお任せください」

利正が信直の前に罷《まか》り出て強く求めた。

「そちの心中は察する。考えておこう。されど、これは個人の戦にはあらず。関白が命じた天下の討伐じゃ。そのこと忘れるでないぞ」

諭すが利正は不満そうに主殿を出ていった。

(そういえば、左近将監とは直に干戈《かんか》を交えたことはないの。彼奴は慎重。彼奴が動くということは、我らに勝ち目がないと判断したからか)

信直は切迫感に胸苦しさを覚えた。

(飼い犬か。天下を取れねば誰かに従うもやむなし。左近将監は関白を見ぬゆえ、九戸の地で偉そうなことを申していられるのじゃ。彼奴らが知る足利の天下は落日前の公儀に過ぎぬ。日の出の勢いの豊臣とは違う。彼奴の戦は局地のもので、大戦《おおいくさ》とは違う。第一、戦い続けられぬ)

肚裡《とり》で一息吐き、信直は続けた。

（武士の意地を貫けば、胸はすくやもしれぬが、一族は滅び、家臣は路頭に迷う。儂は我が一時の感情で家を傾けるような真似はできぬ。惣領を奪った責任もある。南部を潰すことはできぬ。それに、世が乱れれば、大浦と戦うことができるやもしれぬ。それまでは、関白であろうが取次であろうが、利用して生き残る。それが我が戦いじゃ。来るなら来てみよ左近将監、討ち取ってくれる！）

萎《な》える気持を振るい立たせ、信直は脇差を抜いて宙を斬った。

秀吉が蒲生氏郷と伊達政宗を上方に出頭させたことによって、一揆討伐は停滞。一揆勢をはじめ陸奥の国人たちは、上方軍は陸奥に手を出せないと叫び合い、勢いは盛んになっている。信直が与えられた所領七郡のうち、大半の国人たちが離反あるいは日和見《ひよりみ》をして味方しようとしていない。

信直麾下の諸将は、自分の城が危ういといってそれぞれの居城に戻っている。

まだ雪の残る二月中旬、九戸方の攻撃が開始された。七戸家国、櫛引清長、晴山治部《はれやまじぶの》少輔《しょう》などが、三戸周辺の城を急襲した。三戸城も政実に牽制されたので、信直は後詰を送ることもできなかった。

軽い様子見の一当《ひとあ》てだったのか、すぐに引き上げていったものの、力不足を露呈してしまった。

（このままでは雪解けを待たずして落とされる城が出るやもしれぬな）

信直の危機意識は急速に増し、現状を小田原の陣で知り合いになった上杉家に報せた。

「これまで音信をしていませんでしたが、初めてお便り致します。去る冬から出羽に在陣しているとのこと、誠にもってのご苦労をお察し致します。早々に飛脚を差し上げるところ、こちらの郡中に一揆が蜂起し、派遣するのが遅くなったことは本意ではありません。この春、我らの同心どもが逆意を企てているため、討伐のために毎日二十里、三十里も掛け合っております。こうなっては京都の軍勢が差しくだされることが必定です。戴けましょうか。こちらは都から遠いゆえ、確かな報せが届きません。お報せ戴ければ本望です。なお、詳しいことは使者の口上をもってお伝え致します。何度も送るのは難しそうです。慎んで申し上げます。

二月二十八日　南部大膳大夫信直　（花押）

色部次郎兵衛《いろべじろうびょうえ》殿」

この色部次郎兵衛は、北出羽の大森《おおもり》に在していた揚北衆《あがきた》の修理亮長真《しゅりのすけながざね》であろう。長真は激戦を極めた第四回目の川中島《かわなかじま》合戦で活躍し、上杉謙信《けんしん》から血染めの感状を与えられた勝長《かつなが》の次男である。

同じように、浅野忠政、伴資綱《ばんすけつな》、福井《ふくい》忠重《ただしげ》、後藤吉宗《ごとうよしむね》も色部長真に切実に現状を訴えた。

「はじめてお便り致します。我らは浅野弾正（少弼《しょうひつ》長吉）の代官として去年から稗貫郡に残っておりました。一揆が蜂起したので籠城していたところ、南部殿が出馬なされ、一揆を追い散らしました。南部殿が三戸城に退くと、当郡の侍衆が逆意し、糠部中が錯乱しています。南部殿は天下に御奉公致していますが、当地の衆はいずれも京儀を嫌っております。このような姿なので、浅野弾正は二本松で年を越し、この春もこちらに報せております。この表に、上方衆がご加勢し、仕置を仰せつけられるとのこと。貴家も、その（出羽）口にも兵を差しくだされると聞き及びます。こちらは遠いので確かなることが伝わりません。ご様子を具《つぶさ》にお報せ願えれば恐悦です。この表に必ずご助勢なくば、南部殿のお身体も難儀なことになります。子細は使者に申し含めます。慎んで申し上げます」

本気の懇願であり、誇張はない。

使者は雪の山間を縫って大森に達し、上杉家臣の色部長真に伝えた。

上杉家への遣いだけでは不安は拭えない。

「近く利正を上洛させるゆえ、そちは先に上って報せよ」

三月一日、信直は前田旧臣の宮永《みやなが》左月吉玄《さげつよしはる》を秀吉の許に派遣した。

（行き違いになるぐらいの勢いで、関白の軍勢が下向してくれればいいが）

信直は上方軍の着陣を心待ちにすると共に、同月五日には九戸政実を南から牽制するため閉伊《へい》郡の織笠左京助《おりかささきょうのすけ》に出陣ならびに参陣を催促した。

参陣の要求をするが、糠部郡の九戸政実は大敵。信直の期待に応える者は少なかった。

二

三月十三日、ついに九戸政実は本格的な攻撃を分散して開始した。政実の妹婿の七戸家国は七戸城から四里少々南に位置する伝法寺《でんぽうじ》右衛門《うえもん》正長《まさなが》の伝法寺舘を、櫛引清長は櫛引城から一里少々西に位置する苫米地《とまべち》因幡守《いなばのかみ》忠純《ただずみ》の苫米地舘を、九戸政実は苫米地舘から三里半ほど西に位置する木村《きむら》伊勢守《いせのかみ》秀清《ひできよ》の又重舘《またしげだて》を配下に攻めさせた。いずれも攻略には至らなかった。

櫛引清長の出陣を知った八戸政栄は、手薄となった櫛引城に兵を進めた。この報せを摑み、清長は兵を返す。八戸勢は八戸と櫛引の間にある島守《しまもり》安芸守《あきのかみ》の島守舘を攻略したのち、櫛引城を包囲したが、すでに清長は帰城したあとで、陥落することはできなかった。

すぐに報せは三戸城の信直に届けられた。

「おのれ九戸め、居城を空けて、遠地に出陣するとは我らを愚弄するにもほどがある」

信直は即座に五百ほどの軍勢を掻き集め、三戸城を出立した。宮野城（九戸城）は三戸城よりも大きくて堅固。一千や二千の兵を集めても攻略するのは難しいので、信直は鉾先を一戸城に向けた。

一戸城は三戸から南東に四里半ほどの位置にあり、宮野城の一里半ほど南の城である。

朝方出立し、宮野城の横を素通りして午後には一戸城に着陣できた。同城は馬淵川《まべちがわ》の東岸に築かれた平山城で、周囲は谷地の卓状台地《たくじょう》の上に築かれている。一戸遠江守義冨《いちのへとおとうみのかみよしとみ》亡き後の城には次男の図書助光方《ずしょのすけみつかた》と三男の彦四郎勝富《ひこしろうかつとみ》兄弟が在していた。長男の彦次郎実冨《ひこじろうさねとみ》は宮野城に出仕している。

信直が到着すると、近くの野田《のだ》城主の野田政義《まさよし》が参じた。斯波郡では中野直康だけという寂しい集まり具合である。信直に味方すれば九戸方や一揆勢に攻められるので、皆恐れていた。

(これが現実か。されど、勝利を重ねれば味方は増えよう)

信直は大光寺光親《だいこうじみつちか》を宮野城の押さえとし、総攻撃を命じようとした時、三男の彦四郎勝富が配下と投降してきた。

「畏れながら、兄とは仲違いしてまいりました。なにとぞ軍勢の端にお加えください」

豪勇と謳われる一戸勝富が跪いて懇願する。一瞬、軍勢を攪乱《かくらん》する策と疑ったが、おそらくは一戸家の存続のため、兄弟が相談の上で分かれたものと信直は察した。

「左様か。されば、兵に混じって押し立てよ!」

承諾した信直は大音声で下知を飛ばした。

東の山側に配置した弓、鉄砲兵が矢玉を放って城兵を威嚇《いかく》している間、南の大手から月舘隠岐《つきだておき》、湖平《こへい》、左近《さこん》兄弟が、一戸城をよく知る一戸勝富は東の搦手《からめて》から押し寄せた。寄手は多数の死傷者を出しながらも果敢に攻め上がり、ついに一戸城を攻略した。一戸光方は討死して武名を残した。

「兄の菩提《ぼだい》を弔ってやるがよい」

果敢に戦った一戸勝富を信直は労《ねぎら》った。

「一戸城攻略は宮野城の喉元に鉾先を突きつけたようなもの。それゆえ、九戸らは死にもの狂いで奪い返しに来よう。城の守り、任せたぞ」

信直は城将に北秀愛《ひでちか》を命じ、一戸勝富らもそのまま守りにつくように命じた。

「承知致しました。命に代えても守りぬきます」

覇気をあらわに北秀愛は応じた。

「九戸にとって一戸城は重要な城。我らも当城に残ります」

稗貫郡の代官を務めていた浅野忠政が申し出た。信直に庇護《ひご》されているだけでは、主君・浅野長吉の顔に泥を塗ると思ってのことかもしれない。

「左様か、頼むぞ。南部家の命運がかかっておる」

労い、激励の声をかけた信直は北秀愛らに一戸城を任せ、意気揚々と帰途に就いた。

一戸城の陥落を知った九戸政実は、信直らが帰城したのち、家臣の晴山治部少輔に七百の兵をつけて城の奪還を命じた。

深夜、晴山治部少輔らは息を潜めるようにして一戸城に近づき、城下に火をかけるや一斉に攻めかかった。この時、北秀愛は大手を守り、浅野忠政らは搦手を守備していた。

秀愛らは夜襲を警戒していたので、さしたる損害を受けずに撃退したのち追撃にかかった。

北秀愛は敵の戦意が失せるほど完膚《かんぷ》なきまで叩き伏せようと、北の小清水《こしみず》まで追っていた時、鉄砲を足に受けて重傷を負い、退却を余儀無くされた。

報せは信直の許に届けられた。

「血気に逸《はや》ったか。命に別状がなかったのは勿怪《もっけ》の幸い。しばらく休めと申せ」

信直は使者に命じて帰城させた。

九戸方の動きは止まらず、一戸城の攻略に失敗すると、同城から五里半ほど西に位置する浄法寺重安《じょうほうじしげやす》の浄法寺城を攻撃している。攻略に至りはしないが、死傷者を出し、城郭も損傷した。

積極的な九戸方に脅威を感じてか周囲に在する吉田館の吉田《よしだ》兵部少輔《ひょうぶのしょう》、福田《ふくだ》館の福田掃部助《かもんのすけ》なども九戸に使者を送り、忠節を示すようになった。

報せは一戸城から信直の許に届けられた。一戸城は時折、九戸方の攻撃を受けている。

「かくなる上は、上方勢が来るまで九戸と和睦してもよろしいのではありませぬか」

側近の一方井安則《いっかたいやすのり》が勧める。

「ならん。関白は我らが惣無事令に違反し、斯波、閉伊を併呑したことを知りながら、当家の存続を認めたのじゃ。少しでも怪しい素振りを見せてみよ、一揆や九戸ともども潰される。安東《あんどう》など北出羽の者どもは皆、蔵入地を定められておる。生き延びても米のとれぬ南部に蔵入地を決められては身動きできなくなる。先の寛大な処置には信頼で応えるしか儂らの生きる道はないのじゃ」

家臣への叱責は己の揺らぐ心への一喝でもあった。

これ以上の離反者を出さぬため、信直は城主、城将これに準ずる家臣たちから誓紙を取った。

北信愛、北秀愛、八戸政栄、八戸直栄《なおよし》、毛馬内政次《けまないまさつぐ》、東彦七郎正永《ひがしひこしちろうまさなが》、東三政《みつまさ》、南慶儀、南右馬助正愛《うまのすけまさちか》、下田直政《しもだなおまさ》、桜庭直綱《さくらばなおつな》、楢山義実《ならやまよしざね》、野田政義、大光寺光親、金田一下総《きんだいちしもうさ》、石井直光《いしいなおみつ》、葛巻光祐《くずまきみつすけ》、一方井安則、川守田秀正《かわもりだひでまさ》、中野直康などなど、『南部根元記《なんぶこげんき》』には五十余名の名が記されている。同記にはすでに死去した人名も記されているが、まずは信直にとって有り難い者たちである。

兵の参集に余念がないのは九戸政実も同じで、遠野保《とおのほ》の阿曽沼広長《あそぬまひろなが》や稗貫の大迫昌家《おおはさままさいえ》なども九戸方に誼《よしみ》を通じてきたので、信直は二本松の浅野長吉と使者の往復を遮断されだした。

「戯《たわ》けどもめ、九戸と共に滅ぶつもりか」

信直は東陸奥の国人たちを罵倒するが、自軍の苦しさは変わらない。

三月十七日、信直は浅野忠政らと上杉家の色部長真に糠部で侍と百姓が蜂起したことを伝え、援軍を求めた。浅野長吉にも困窮を伝えている。

じわじわと包囲網が縮まっているようで、息苦しくてならなかった。そこで、信直は嫡子の利正と北信愛を呼んだ。

「そちは儂の名代として北殿と一緒に上洛致し、現状を伝え、上方の軍勢を連れてまいれ。これは先陣で首を取る以上に重要なことぞ。南部家の存亡に関わる大事と考えよ」

「畏まりました。命に代えて連れてまいります」

覇気ある声で利正は応えた。

四月十三日、利正は北信愛らを伴い上洛の途に就いた。

翌十四日の日付で浅野長吉からの返書が東正永に届けられた。

「良い日のついでにお便りを申し入れます。九戸、櫛引が逆心したようですが、是非もない次第です。皆々なんと考え違いを起こしていることか。これに対する行《てだて》があるのでしょうか。たとえ奥州一体に広がったとしても、安心することと仰せつけられますように。九戸、櫛引の始末は決まっております。東殿が南部大膳大夫殿に尽くしていることは尤《もっと》もなことです。このたび羽柴忠三郎《はしばただざぶろう》（蒲生氏郷）殿、政宗が上洛しましたが、近々帰国するでしょう。その時には出陣なさるよう。津軽、仙北《せんぼく》口よりは北国《ほっこく》（上杉、前田）の兵が出陣し、葛西、大崎表へは家康、中納言《ちゅうなごん》（羽柴秀次《はしばひでつぐ》）殿が御働きなされる。それまで、今少しの辛抱なので、南部殿のために働くことが第一です。おのおの忠節は南部殿に伝わり、扶持が増えるので、皆々精を出すことが肝要です」

浅野長吉からの書状を受けた信直は、わずかながら安堵した。

（上方勢が到着する前に少しでも切り崩しておくか）

十六日、信直は一戸城近くの野田政義に対し、久慈氏と相談して小軽米《こかるまい》で防備することを命じた。この久慈氏は、おそらく九戸方である備前守《びぜんのかみ》直治《なおはる》の弟の出羽守《でわのかみ》治光《はるみつ》であろう。治光は体が弱いせいか、積極的に九戸方には加担していなかった。

久慈氏の当主の直治には女子しか生まれず、九戸政実の弟の政親を婿に迎え、久慈家を継がせていた。直治の弟の治光は、これを不満に思い、三戸方の呼び掛けに耳を傾けたのかもしれない。治光には治吉《はるよし》（のちに直吉《なおよし》）という嫡子がいた。

五月三日、先に派遣した宮永吉玄が三戸城に帰城した。

「一揆の討伐軍を送ると殿下は仰せになられました。それまで忠節を尽くせと」

「左様か！　上方の軍勢が来るか！　して、いつ頃まいるのじゃ？」

吉報に歓喜し、信直は身を乗り出して問う。

「今月中には出陣するとのこと。さしあたっては伊達左京大夫《さきょうたいふ》（政宗）が先鋒となって葛西、大崎の一揆を討伐。これに蒲生、上杉、徳川、羽柴中納言様が続くとのことにございます」

「左様か」

伊達政宗が討伐の先陣を切るということに、いささか不安を覚えるが、徳川家康や、秀吉の甥である羽柴秀次も参陣すると聞き、一応信直は安心した。

喜びも束の間だった。九戸政実も近く討伐軍が下向するという報せを摑み、その前に少しでも敵を減らしておこうと、攻勢を強めた。

櫛引清長が南慶儀の浅水城を攻撃した。櫛引勢は三十ほどの寡勢だったこともあり、南勢は一蹴した。のみならず、櫛引勢に追撃を行って城の南に位置する馬淵川対岸の法《ほう》師岡《しがおか》に達した。

すぐ近くには九戸方の小笠原兵部《おがさわらひょうぶ》が城主を務める法師岡城がある。南部勢百余が舘に押し寄せると、城に隠れていた櫛引勢と小笠原勢が一斉に押し出し、三倍の人数で南勢を囲んだ。

「敵は弱兵。臆せず討ち取れ」

多勢に包囲された時は慌てず、一撃を喰らわしてから退却するのが常道。そのまま逃げれば背後から討たれるだけである。南慶儀は怒号して櫛引・小笠原勢に攻めかかった。

途端に鉄砲が咆哮《ほうこう》し、南慶儀の前にいた数人が血飛沫をあげて落馬した。轟きは止まず、南勢は足留めされた。その間に包囲は狭まり、やがてあちらこちらで剣戟《けんげき》が響き、南兵《みなみ》は果敢に戦うものの討ち取られていった。

「ここは某が支えます。兄上はお逃げくだされ」

末弟の南典膳康政《てんぜんやすまさ》が、馬上で太刀を振るいながら南家当主の慶儀を気遣って申し出る。

「戯け、そちも一緒に退くのじゃ」

弟に負けず、南慶儀も馬首を返しながら櫛引兵を斬り捨てる。

「兄弟揃って討死しては南家の恥。こたびは負け戦、腹を決めて退かれませ」

歪んだ刀で攻撃を躱しながら南康政は勧めるが、ついに反対側にいた敵の鑓が脇腹を抉った。

「うぐっ」

呻きをもらし左手で脇腹を押さえた時、左右の穂先が南康政の体を貫いた。

「康政！」

絶叫して南慶儀が弟の許に近づくと一斉に櫛引兵が群がり、慶儀の体に数本の鑓が突き刺さった。

「南の家は任せたぞ……正愛《まさちか》」

浅水城には弟の右馬助正愛が残っている。南慶儀は宙を掴むように馬上で身悶えして落馬した。

南慶儀・康政兄弟は討死した。法師岡の戦いで、生きて帰城できた者はわずか数人。南勢はほぼ全滅し、三戸方は戦力の低下を余儀無くされた。因みに慶儀・康政兄弟の死は夏説と三月説がある。

報せは即座に信直の許に届けられた。

「なんとしたことを！」

呆気無く宿老が討ち取られ、信直は脇息を強く叩いて激昂した。

（追い払うだけでよいものを。この大事な時に、宿老たるものが血気に逸っていかがする！）

周囲に側近がいるので肚裡で罵倒するにとどめた。

「兄弟の仇討ちがしとうございます。なにとぞ兵をお貸しください」

南慶儀の弟の正愛が両手をついて懇願する。

「そちの気持はよう判るが、敵は手ぐすね引いて待っていよう。今は城を堅く守るがよい」

恥の上塗りは御免である。信直は応じなかった。

(児戯な策にかかって簡単に釣り出されるとは話にならん。こたびの失態は許しがたし。南家は宿老から外すしかあるまい)

劣勢の中でも信直は冷静に思案する。南家を潰す気はないが、責任は家としてとらせるつもりだ。

信直は中野直康を呼び寄せ、八戸直栄と共に顔を合わせた。

「おそらく櫛引は南殿を討って浮かれていよう。浅水城には気を配っても、ほかはそれほどでもなかろうゆえ、さして警戒はしておるまい。我が手兵も連れて攻め落とせ」

二人は二つ返事で応じ、兵を仕立てて櫛引城に向かった。

中野直康と八戸直栄が櫛引城に到着すると、城主の櫛引清長と弟の清政は、戦勝報告のために宮野城に行っていたらしい。信直の思惑とは少々異なるものの、手薄であったことは間違いない。

三戸勢は猛然と攻めかかる。城兵は奮戦するが、城主不在の城は脆いもの。二刻とかからずに陥落し、脱出した兵は縁の深い法師岡城に逃れた。

吉報はすぐさま信直に齎《もたら》された。

「櫛引城の落城を知れば、左近将監自ら出陣してくるやもしれぬの」

もし九戸政実が誘いに乗って出馬すれば、信直は挟撃しようと画策した。

「修理亮（中野直康）には法師岡城を落とせと命じよ。くれぐれも南家の二の舞は踏むなと申せ」

命じた信直は、いつでも自分が出陣できるように用意させた。

五月七日、中野直康らは法師岡城を攻撃した。同城は馬淵川東岸の丘に築かれた丘城である。東側は谷に面した急崖で、西から南にかけて三重の堀が巡らされている。大手《おおて》門《もん》は北で搦手は東、虎口《こぐち》は北東と北西、南にあった。

城主の小笠原兵部も櫛引清長・清政兄弟と共に宮野城に出仕して留守であった。櫛引城ともども、城主が顔を見せないので、寄手は小笠原兵部が不在であることを悟り、喜び勇んで攻めかかった。

櫛引城同様にと、中野直康と八戸直栄は南北から攻め寄せたが、小城の割に思いのほか攻めづらく、また城兵の士気が高い。さらに櫛引城の恨みを晴らそうと、櫛引旧臣たちが奮戦して簡単に攻略することはできなかった。

明日こそは、という日が連続し、気がつけば包囲してから十日が経っていた。

「後詰の望みがなくば籠城は続けられまい」

中野直康と八戸直栄は話し合い、城兵に対して、小笠原兵部が九戸の戦いで討死したため、帰城もせず、援軍も駆け付けないのだ、と触れさせた。

流言を耳にした小笠原夫人が意気沮喪《いきそそう》し、寄手に降伏して開城したのは五月十七日のことだった。

一方、利正らが上洛したのは五月二十八日。翌二十九日、利正らは聚楽第で秀吉に謁見した。利正は秀吉に鷹十三居《すえ》、馬二疋、御太刀を献上し、糠部の状況を伝えた。秀吉は上機嫌で利正に応対し、伊達政宗は六月中に、蒲生氏郷は七月には出陣し、これに徳川家康、羽柴秀次らが続く旨を伝えた。利正が歓喜したのは言うまでもない。南部家に報せが届くのが遅いものの、四月二十三日、蒲生氏郷が家臣の蒲生源左衛門《げんざえもん》郷成《さとなり》に宛てた書状に、「(秀吉が)奥郡の様子を仰せ出られたので、近日帰国する」と記している。すでに二十三日以前に、陸奥討伐は決定していたのだ。

吉報を持った利正は意気揚々と帰国の途に就いた。

片や尻に火がついた伊達政宗は、秀吉の命令に従わねば伊達家の存続は許されないので、必死の覚悟で五月二十日、南出羽の米沢に帰国した。政宗は二十七日に改めて一揆討伐の陣触れを出し、六月十四日、米沢城を出立。徳川家康、羽柴秀次、上杉景勝《うえすぎかげかつ》らも下向するので手心は加えられない。身から出た錆とはいえ、煽った一揆を殲滅する必要に迫られた。

六月二十五日、伊達軍は中陸奥の宮崎城を落とし、七月三日には佐沼城を攻略し、城兵五百人、農民二千人を討ち取った。翌日、登米《とめ》に移動すると、一揆勢が投降してきたので、その首領を深谷《ふかや》に移した。七日には長江月鑑斎、黒川月舟斎を米沢に送った。葛西領主であった葛西晴信《はるのぶ》は、消息を絶った。前田利家に預けられた、遠野に逃げた、黒川の大谷村に蟄居した、討死したなど諸説ある。死人に口なし。おそらくは政宗が一揆先導の露見を恐れ、どさくさに紛れて始末したのだろう。

これによって葛西、大崎の一揆はほぼ鎮圧されたことになるが、九戸勢は盛んなまま。まだ、上方勢はおろか、伊達、蒲生勢すらも糠部に姿を見せていない。信直の立場は厳しいままであった。

三

六月十五日、二本松の浅野長吉は八戸政栄と東正永に書状を出している。

「特別に申し入れます。そちらはどうなっているでしょうか、気がかりです。家康、中納言殿が七月上旬に御出馬なされます。蒲生氏郷は昨十四日、二本松に到着しています。政宗は昨日、長井（米沢）を発ち、葛西、大崎表へ向かっています。我らもすぐに移動して、その表に入ります。しかれば九戸のことは、皆々と申し合わせて必ず御成敗することになりましょう。このたびは存分に精を出されることが肝要です。子細を南部殿に申し入れてください。慎んで申し上げます」

八戸政栄と東正永から報せを聞き、信直の心配は少し和らいだ。

「ようやく上方勢が来るのか。先の南殿のようなこともあるゆえ、決して逸らず、敵の挑発にも乗らぬように、自重することを厳命せよ」

信直は強い口調で八戸政栄らに命じた。

それでいて信直は浅野長吉に、一刻も早い加勢の到着を頼んだ。

六月二十日、秀吉は陸奥再仕置の軍令を発した。動員令は奥羽の諸将にも出されている。命令書を受け取った武将には、信直のもう一人の宿敵である津軽為信と、秋田実季《さねすえ》もいた。

安東実季は大名として認められたのち、居城を湊城《みなと》（秋田城）に移して姓を秋田に改姓し、秋田城介《あきたじようのすけ》を名乗るようになった。秋田城介は古代から中世において、湊城を専管した国司のことである。

秀吉は北、東、中陸奥と北出羽以外の武将の陣立も発表した。

一番は米沢の伊達政宗。二番は会津《あいづ》の蒲生氏郷。三番は常陸《ひたち》の佐竹義宣《さたけよしのぶ》と下野《しもつけ》の宇都宮国綱《うつのみやくにつな》。四番は越後《えちご》の上杉景勝。五番は江戸の徳川家康。六番は尾張の羽柴秀次であった。

家康と羽柴秀次は二本松に本陣を置き、佐竹義宣、岩城貞隆《いわきさだたか》、相馬義胤《そうまよしたね》、宇都宮国綱は浜通りと呼ばれる太平洋沿岸の道を、上杉景勝と出羽衆は最上を通ること、陸奥の諸城を援軍のために空けることなどを指示している。

七月になって討伐軍が動きはじめると、これまで日和見をしていた者や、九戸方に与していた者たちが後難を恐れて、信直に誼《よしみ》を通じてきた。

岩手、斯波郡では帷子吉平《かたびらよしひら》、厨川光林《くりやがわみつしげ》、田頭直祐《たがしらなおすけ》、大釜政幸《おおがままさゆき》、太田伊右衛門《おおたいえもん》、大迫昌家《おおはさままさいえ》、日戸秀恒《ひのとひでつね》、玉山直秀《たまやまなおひで》、手代森秀親《てしろもりひでちか》、岩清水義教《いわしみずよしのり》、簗田詮泰《やなだあきやす》、大萱生秀重《おおがゆうひでしげ》、太田義勝《おおたよしかつ》、新堀義広《にいぼりよしひろ》。閉伊郡では阿曽沼広長《あそぬまひろなが》、襲綿直顕《ほろわたなおあき》、大槌広紹《おおつちひろつぐ》、船越安国《ふなこしやすくに》らである。

因みに襲綿直顕は九戸政実の妹を正室にしている。

あとは上方軍が来るのを待つばかり。信直は配下に自重を促した。

葛西、大崎一揆が平定され、上方の大軍が押し寄せるという報せが届くと、九戸政実は三戸方の城を攻撃しながら籠城の準備をはじめた。宮野城への武器、弾薬、兵糧、薪等の備蓄。浅くなった空堀を掘り返し、逆茂木《さかもぎ》の作成などなど、城兵や領民たちは朝から晩まで忙しく働いた。

「敵は刈り入れ前に仕寄せるつもりですな。いかがなさいますか」

炎天下の中、堀端で作業を眺める政実に弟の実親が問う。周囲の田には稲穂が青々と育っていた。

「際まで待ち、間に合わねば焼き払うがよい。みすみす敵にくれてやることはあるまい」

多くの稲作ができる地域ではないので、惜しいが致し方ないことである。

「多勢が来る前に、今少し糠部の敵を減らしておいてはいかがでしょう？　流言を聞いて、我らから離反する者が跡を絶ちませぬ」

不安そうな顔で実親は言う。

「流言ではなかろう。おそらく真実じゃ。敵は必ず来よう。それと、我らと生死を共にせんとする者が味方でなくば、多勢を相手には戦えまい。戦の最中に返り忠されては目も当てられまい」

「左様ですが、皆、心配しております」

「さもありなん。近く皆を集めるか。それで大方、味方の形も定まろう」

楽観的な口調で政実は言うものの、どう戦ったらいいか、ということばかりを思案していた。

(天下を相手に戦うのじゃ。劣勢になるのは承知の上。その上で同等以上の戦いをすれば、関白とて、儂を認めざるをえなくなろう。儂は北条のように妥協はせん)

強い意志だけは、ぶれていなかった。

七月二十日、伊達政宗は政実に、信直との和睦を勧めるが、政実はこれを拒否した。

数日後、宮野城には政実のほか、九戸実親、櫛引清長、櫛引清政、七戸家国、久慈直治、久慈政則、久慈政祐、大里親基、大湯昌次、姉帯兼興《あねたいかねおき》らが顔を揃えた。主殿は緊迫している。

「多勢の敵が接近する中、方々にはわざわざ集まってもらって感謝致す。かつて見たことのないほどの敵が仕寄せてこよう。陸奥の端に暮らしていた我らも有名になったものじゃ」

政実が挨拶がてらに話をすると笑みがこぼれ、その場が一瞬だけ和んだものの、すぐに静まった。

「儂はこれまで、多少は同族争いをしたが、敵が我らの所領を侵そうとしたゆえ戦ったに過ぎぬ。儂から率先して兵を進めなかったのは、狭い地を奪い合うよりも広き地を求めんとしたためじゃ。それを、田子《たっこ》（信直）の戯けは判っておらぬらしい」

一息吐いて政実は続けた。

「儂は同族の衰退を見とうはなかったゆえ、戦わなかったものを、あの戯けは判らぬどころか、百姓の成り上がりに屈し、これに後詰の依頼をして仕寄せてきよる。母御の背に隠れる童がごとく、自身では戦うことができぬ腰抜けじゃ。儂は、かような腑抜けに屈することなどはできぬ」

「そのとおり」

政実の言葉に諸将は力強く相槌を打った。

「古より奥羽の者は上方の者から蝦夷《えみし》じゃ、東夷《とうい》じゃ、北狄《ほくてき》じゃと蔑まれ、忌み嫌われてきた。のみならず財は掠め取られ、畜生のように命を奪われてきた。もう我慢する必要もなかろう」

「そうじゃ！」

「そもそも関白とは、どれほど偉いのじゃ。御上に纏わりついて我欲を満足させている輩《やから》であろう。奥羽の者は誰に迷惑をかけることもなく暮らしていたところ、左様な者になにゆえ所領を認めてもらわねばならぬ。安東や津軽を見よ。国のためと称して蔵入地を設けて米を奪われ、湯水のごとく使われておるというではないか」

　言うほどに政実は熱が入る。政実は津軽家の独立を認めていた。

「祖先が武士の棟梁、将軍に認められた地は、子孫の我らが、掠《かす》め取らんとする猿面と腑抜けから守らねばならぬ。儂は北条とは違う。この命尽きるまで戦う所存じゃ」

「我らも同じじゃ」

政実の決意表明に、諸将は呼応する。

「皆の気持は有り難いが、先にも申したとおり、敵は多勢。我らの十倍も来るやもしれぬ。小田原攻めでは二十万の兵を動員したゆえ、あながち偽りでもあるまい。かような時は、北条のごとく皆から質を取って籠城するのが常であろうが、永年苦楽を共にしてきた方々に強要するのは気が引ける。御家の滅亡にも関わることゆえ、遠慮なく敵方へ付かれるがよい。儂への気遣いは無用じゃ」

「なにを申される。三戸や上方の腰抜けに屈するならば、今ここにはおらぬ」

七戸家国が言うと久慈直治が続く。

「左様。この期に及び、敵に寝返るならば、とっくに三戸に出仕しているはず」

二人の言葉に、皆は頷いた。

「さすが陸奥の武士。皆の心意気には敬意を表すると同時に感謝致す」

頭を下げた政実は改めて諸将に向かう。

「多勢を相手に戦うには籠城するしかないと存ずる。されど、皆が各々に城に籠れば兵は分散することになり、各個撃破されてしまう。それゆえ北条家のごとく、この城に籠られてはいかがか」

麾下とはいえ、家臣ではないので、命じることはできない。政実は勧めるばかり。

「承知した」

七戸家国が応じると、大半の武将が頷くものの、拒む者もいた。姉帯兼興である。

「我が城は、この宮野城にも近く、上方勢が迫れば、まず先に相対することになる。儂は我が城を敵に奪われたり、放火されるところを見たくはない。敵を姉帯の城に引き付けて迎撃する所存にござる」

姉帯兼興は政実の祖父の弟・兼実《かねざね》の嫡子で、これまでずっと行動を共にしてきた武将である。

「左様なことなれば某も同じ」

根曽利弥五右衛門《ねそりやごえもん》も同意した。

「ただ城に籠って敵を待つだけでは面白くござるまい。我らが敵を引き付けている間に、九戸殿は後詰を出して戴きたい。さすれば挟《はさ》み撃ちにできて、敵の数を減らせましょう」

「さすが姉帯殿、いつでも兵を出しましょうぞ」

最初から城外で迎え撃ち、城に引き付けて叩くつもりでいたので、政実は快く承諾した。

「その前に一戸の城を排除してはいかがか？」

姉帯兼興が指摘するとおり、周辺の城の位置関係は、奥州道中沿いにそれぞれの城があり、南から北に向かって姉帯、根曽利、一戸、宮野という並びになっていた。北秀愛らが在する一戸城は九戸方にとって、中間に楔《くさび》を打ち込まれたような形になっており、城攻めの橋頭堡になってしまう。

「無論、上方勢が到着する前に落とす所存。案じられますな」

政実が告げると、皆は当然だといった顔をする。

「陸奥の冬は早い。八月《はちがつ》から三月《みつき》も屈せずにおれば、雪が舞い、敵は凍えて逃げ帰ろう。その時は、さんざんに追い討ちをかけて国境沿いに首塚を山ほど築いてやろうぞ！」

「おおーっ！」

覇気ある政実の宣言に、諸将は闘志溢れる鬨で応じた。

（今一つ、しておかねばなるまいな）

政実は十二歳になる長男の鶴千代《つるちよ》を呼び寄せた。

「本来は、そちを元服させたいところだが、面倒なことがあるゆえ、のちに致す。そちはこれより、周囲の者と津軽に行け。すでに話はつけてある」

九戸家は久慈氏を通じて津軽家とは親戚である。

「なにごともなければ、そちを呼び戻して元服させるが、儂になにかあれば、そちは吉《きち》左衛門《ざえもん》政知《まさとも》と名乗るがよい。九戸の姓は、時に応じるように。されど、決して忘れてはならぬ」

政実は脇差と銭を渡し、わずかな供廻と共に津軽に向かわせた。鶴千代は側室の子で庶子である。

（これで、なにがあっても、九戸の、儂の血が絶えることはなかろう）

遠ざかる息子の背を櫓の二階から眺め、政実は無事を祈るばかりであった。

天下軍の出動が決まった今、無駄な兵の損失を避ける必要がある。九戸方の一戸城攻撃を事前に察した信直は、北秀愛らに命じて同城から退かせた。

八月六日、徳川家康、羽柴秀次が南陸奥の二本松に到着し、浅野長吉、蒲生氏郷らと合流した。伊達政宗も参じるはずであったが、葛西、大崎の一揆討伐による労功と体調不良によって糠部への出陣を免除された。真の理由は、南部領地への介入を避ける秀吉の思案だったのかもしれない。

評議の結果、蒲生氏郷を九戸攻めの先陣とし、翌日から移動を開始した。この頃、石《いし》田《だ》三成《みつなり》は太平洋側の浜通りを進み、南陸奥の北東に位置する相馬義胤領辺りにいた。上杉景勝や大谷吉継《おおたによしつぐ》は、最上領を通過して北に兵を進めている最中であった。

同月十八日、家康は中陸奥の岩手沢《いわてざわ》に到着した。ここで政宗は正式に所領を言い渡された。南陸奥の伊達、信夫《しのぶ》、田村《たむら》、刈田《かった》郡と、二本松、塩松《しおのまつ》および南出羽の長井《ながい》(米《よね》沢《ざわ》)を没収。

新たに下賜《かし》および認められた地は東陸奥の江刺《えさし》、胆沢《いさわ》、気仙《けせん》、磐井《いわい》、中陸奥の本吉《もとよし》、登米、牡鹿《おしか》、加美《かみ》、玉造《たまつくり》、栗原《くりはら》、遠田《とおだ》、志田《しだ》、桃生《ものう》、黒川、宮城《みやぎ》、名取《なとり》、亘理《わたり》、伊具《いぐ》、柴田《しばた》、南陸奥の宇多《うだ》の二十郡。およそ五十八万五千石。旧領と比べて十四万余石の減封のほか、父祖の伝来の米沢城と伊達家先祖累代の仙道《せんどう》を失ったことになる。食指を動かしていた和賀、稗貫は与えられなかった。

同時期、信直は蒲生氏郷の出迎え、ならびに嚮導《きょうどう》役として北信愛と中野直康を派遣した。信直自身、浅野長吉からの指示があり次第、いつでも出陣できる用意は整っていた。

信直は利正を居間に呼んだ。

「こたびの九戸討伐において、露払い役にそちも加えよう」

「有り難き仕合わせに存じます。南部の名に恥じぬ働きを致します」

双眼に喜びの色を輝かせ、利正は礼を言う。待ちに待った初陣である。

二十二日、信直は具足を着用した。

「宿願を果たす時がまいった。上方勢が下向したとはいえ、こたびの戦は我らのもの。決して他家に後れを取るまいぞ。南部が無能の烙印を押されて所領を失うか、武勇を示すかは皆の働き次第。天下に南部の力を示すのじゃ!」

「うおおーっ!」

信直の大号令に家臣たちは鬨で応え、闘志満々三戸城を出立した。わずかながらの留守居を残し、率いた軍勢は二千五百。九戸党が敵対し、これに与する斯波、閉伊、岩手らの国人がいるので、この時の信直に動員できる最大の兵数であった。

初陣の利正は色々威《いろいろおどし》の具足を身に着け、漆黒の駿馬に揺られている。まだ戦場に接近していないせいか、さして緊張した面持ちではなかった。それでも晴れ晴れとしているのは、先陣の一人に名を列ねたからであろう。補佐として北秀愛、東正永、桜庭直綱、大光寺光親をつけた八百を率いさせた。南部軍は奥州道中を南下した。

三戸城から二里半ほど南に進んだところに長瀬《ながせ》という地がある。南北に流れる馬渕川《まべちがわ》から支流の十文字川《じゅうもんじがわ》が西に伸びる辺りで、馬渕川を東に渡河しなければ宮野城に行くことはできない。同城までは三十町ほど。信直の本隊は半里ほど後方にいた。

九戸政実は三戸方面に義弟の伊保内正常と久慈備前守直治ら一千を配置した。九戸勢は馬渕川の東岸の堀野《ほりの》に陣を布き、南部勢は川の西岸。遭遇したのは未《ひつじ》ノ下刻（午後三時頃）であった。

両軍共に弓、鉄砲を放って、しばし遠戦が続く。南部勢はなんとか渡河しようと兵を進めるが、九戸勢は逆に阻止しようと、飛び道具を手にしていない兵も石を投げて南部勢の足を止めた。

開戦から一刻半ほどで陽が暮れたので、双方共に兵を退いた。南部方は夜襲をかけなければならぬほど切迫はしていないので、追いはしない。逆に夜襲を受けないように気をつけるばかりだ。

夕食ののち、信直は嫡子の利正を呼んだ。

「明日は勝敗がつく戦いとなろう。そちは先陣の大将じゃ。血気に逸って敵陣に切り込んで無駄に命を落とすでない。そちの首があげられれば、南部家の敗走にも繋がるゆえの」

「承知致しております」

この期に至り、諫言《かんげん》はやめてくれ、と利正は迷惑そうな顔で応じた。

利正を本陣から下がらせたのち、信直は北秀愛、東正永、桜庭直綱、大光寺光親らを呼び、絶対に利正に単騎敵陣に突撃するような真似をさせないように、と諄《くど》いほど釘を刺した。

たった一発の流れ弾や一本の流れ矢で、人は呆気無く命を落としてしまう。唯一の男子なだけに、信直は先陣を命じたものの、気が気ではなかった。

翌二十三日の夜明けと共に、九戸軍が持参してきた全ての鉄砲、弓を放ち、先に馬渕川を渡り、南部軍に仕掛けてきた。即座に南部軍も迎え撃ち、水飛沫をあげて浅瀬の川中で戦いがはじまった。

九戸軍の大将の一人、伊保内正常は浪内五郎左衛門《なみうちごろうざえもん》、西野勘助《にしのかんすけ》、穴沢吉右衛門《あなざわきちえもん》、名久井《なくい》虎之助《とらのすけ》らを率いて信直の本陣を目指そうとした。

「彼奴らを止めよ」

利正は伊保内正常らを見つけ、配下に命じた。勿論、正常であることは知らない。命じられた鳥谷安秀《とりたにやすはる》は名久井虎之助を止めようとして斬り捨てられた。堀九郎衛門《ほりくろうえもん》も虎之助に斬り倒された。これを弓の名手である佐藤彦三郎《さとうひこさぶろう》が射倒し、彦三郎は続けざまに浪内五郎左衛門、西野勘助らを悉く《ことごと》射殺した。

「おのれ」

配下を失った伊保内正常は激怒し、矢を払いながら佐藤彦三郎に接近し、ついに太刀打ちとなって剣戟を響かせた。双方入り乱れる中、彦三郎と正常が組み打ちとなり、そのまま川中に落馬した。上下入れ代わる戦いの中、正常が上になって彦三郎を仕留めようとした。

「彦三郎を討たすな！」

利正が怒号すると、佐藤彦三郎の弟の伊五郎《いごろう》が背後から組み付き、逆に伊保内正常を捕らえた。

「正常を助けよ」

虜になった伊保内正常を見た久慈直治は大音声で配下に命じるが、この日はすぐに信直が毛馬内政次や楢山義実らの二陣を投入したので、寡勢となった九戸軍は支えられなくなり、退却を余儀無くされた。南部軍は半里近く追撃を行い、百余人を討ち取った。南部兵も百余人の死傷者を出したものの、昼前には勝鬨があげられた。

「よき差配ぶりじゃ。戦いぶりもの」

九戸兵の首を討った利正を信直は賞賛した。個人の戦いよりも采配のほうを喜んだ。

「父上の後詰のお陰にございます」

謙遜する利正であるが、満更でもない表情だ。

ほどなく、捕らえられた伊保内正常は信直と利正の前に引き出された。

「そちが伊保内美濃守か。宮野城の攻撃前じゃ。降伏致せば命を助け、然るべき所領も与えよう」

信直は誘降を試みる。

「この期に及び、我一人、返り忠致すは武門の恥。早々に首を刎ねられよ」

臆することなく伊保内正常は言ってのけた。

「左様か、そちはどう思う？」

隣の床几に腰を下ろす利正に信直は問う。

「天晴れなる気概。召し致すがよいと存じます」

婚約した姫の夫が捕らわれの身となる程度の武士と知り、罵倒し、一度ぐらいは殴り飛ばすかと思いきや、利正が逆に助命の判断を下したことに、周囲は驚いている。信直も。

「なに？」

斬られると思っていた伊保内正常は、助けると言われ、戸惑った表情をした。

（此奴《こやつ》、やりよるの）

伊保内正常を宮野城に戻せば、隙を突いて逃げたと言っても誰も信じないであろう。大半の者が、正常は信直の命令を受け、戦の最中に背信する目的で帰城したと思うはず。城内を疑心暗鬼にさせ、正常は九戸方の手によって始末させようという画策である。人は生かして使えということを、利正は理解している。信直は十六歳の嫡子に感心した。毎日、遠駆けをし、鷹狩りをよく行い、弓、鑓、兵法（剣術）に精を出す利正は一騎駆けの武将になるのではないかと危惧していたが、なかなか思慮深く育ったので信直は安心した。

「よかろう。利正の好意じゃ。縄を解いてやれ」

命じると木村秀勝《きむらひでかつ》が縄を切った。

「儂を放てば、必ずや汝《うぬ》ら親子に災いを齎《もたら》すことになろうぞ」

周囲を警戒しながら伊保内正常は言う。

「楽しみにしておる」

鷹揚に信直が言うと、伊保内正常は利正に目を向ける。

「貞姫は良き女子《おなご》。誰にも渡さぬ」

「左様か、されば守ってやるがよい」

伊保内正常の挑発に乗らず、磊落に言う。

「礼など申さぬ。儂を生かしたこと、必ず後悔させてくれる」

捨て台詞を残し、伊保内正常は丸腰で南部軍の陣を出ていった。

「彼奴《きやつ》は宮野城に戻ると思うか？」

信直は利正に問う。

「恥を知る者なれば出奔するか、腹を切りましょう。あの者をよく知りませぬので判りませぬ」

「九戸討伐ののちも生き残り、そちの代になって帰参を願ったらいかがする？」

「さあ、その時の世が伊保内を許す世であれば、認めるやもしれませぬ。今はなんとも……」

冷めた口調の利正であった。

「貞姫はどうする？」

「もはや他人の妻。某には関係ありませぬ。また、落城すれば武家の女子ゆえ生きてはおりますまい。左様に追い込むために、我らは出陣したのではありませぬか」

「そちの申すとおり。良き心掛けじゃ」

聞き返された信直は、悪い気はしなかった。

(此奴ならば、見事、儂の跡を継ごう)

親馬鹿と言われるかもしれないが、南部の血を引く次世代の者で利正以上の器はいない。信直は嫡子の将来に期待する。十分に応えられる確信もあった。

長瀬の戦いに勝利した南部軍は馬渕川を東に渡り、南に十町ほど進んで武内《たけうち》神社で軍を止めた。戦勝祈願を行ったのち、軍勢を南に移動し、宮野城から十町ほど北に屹立する金録山《こんろくやま》（金鹿山とも）に陣を張っていた九戸兵を蹴散らし、改めて陣を布き直した。ちょうど宮野城下を見下ろすことのできる最適の場所である。これより、この山は陣場山と呼ばれるようになった。

（やはり我が三戸城より大きいのぅ。他家の者が見れば、九戸を当主と思うのも仕方ないか。九戸を下したのちは、この城に居城を移すかのぅ）

眼下の敵城を遠望し、信直は思案していた。

四

「申し上げます。三戸勢が金録山に陣を布いております」

弟の実親が政実に報告する。

言葉に従って金録山を見上げると、白地に黒の「二引両と南部鶴」の旗指物、縹地に白の「九曜紋《くようもん》」の馬印が靡いていた。

「関白の飼い犬め。正面から仕寄せてこられぬか」

兵数の関係上、金録山に多数の兵を割くわけにはいかない。ある程度判っていたことであるが、やはり取られると悔しいもの。厄介だと思いながら政実は吐き捨てた。

「兵を差し向けますか。布陣したばかりゆえ、攪乱《かくらん》するのは今が好機にございます」

「昼はやめさせ、夜討ちをさせればよい」

政実としては、堅固な宮野城に引きつけて迎撃したかった。

「畏まりました。それと、伊保内美濃守（正常）が戻ってまいりました」

「敵の児戯な謀ともとれるが、怪しいのも事実。誰ぞをつけて監視させよ。万が逸のことあらば、妹婿でも斬り捨てさせよ」

怪しきは消せ、というのが乱世の常。政実は厳しく命じた。

（信直が着陣したということは、日を経ずして城は敵に囲まれよう。さて、いかに戦うか）

勿論、引き寄せて叩き伏せるのが籠城戦の常道であるが、敵が戦上手であったならば、いろいろと行《てだて》を考えておかねばならない。秀吉が殲滅《せんめつ》戦を覚悟で、一人一殺、城兵全てと寄手の兵を刺し違えるつもりであればたまらない。政実には、別に自殺願望があるわけではない。戦う理由は、あくまでも九戸領を守るためであり、陸奥人の気概を示すためでも、信直の人柱になるつもりもなかった。

（和睦は優位なうちにするのが常じゃが、我らから先には決して求めぬ。それまでは徹底して討ち取ってくれる）

政実は領主として生き残りを図るために、当たり前の対応をするつもりであった。

一方、宮野城を眼下に見る信直。

「おそらく最後は宮野への籠城となろう。宮野への兵糧の運び込みを阻止せよ」

少しでも敵の力を削ぐことが、この戦の当事者である信直の責任であった。

同じ二十三日、蒲生氏郷は東陸奥の和賀に到着したことを政宗に伝えている。大雨で北上川《きたかみがわ》と連なるそれぞれの支流が氾濫し、渡河できず足留めを余儀なくされた。

和賀では一揆が蜂起し、蒲生氏郷はこれを蹴散らしながら、二十七日、宮野城から十里ほど南の岩手郡・沼宮内《ぬまくない》に達した。氏郷は領内に総動員をかけたので、蒲生軍は一万五千が参じている。

蒲生氏郷は十八歳になる甥の氏綱《うじつな》に先陣を任せ、蒲生源左衛門郷成《げんざえもんさとなり》、谷崎《たにざき》（蒲生）忠《ちゅう》右衛《え》門《もん》を補佐につけ、三千の兵を預けた。

九月一日、蒲生氏綱率いる軍勢が姉帯城に達した。同城は馬淵川の北岸に東西に延びた尾根（比高六十メートル）に築かれた山城で、同川に面した南は断崖で、北は深く沢が切り込んだ要害となっている。東には二重の堀を掘り、東の主郭と西の二ノ郭を堀切で分断して橋を架けて繋げていた。

姉帯城には姉帯兼興・兼信《かねのぶ》兄弟のほか、樋《ひ》口与《ぐちよ》五《ご》右衛《え》門《もん》、月舘京兆《つきだてけいちょう》、岩舘彦兵衛《いわだてひこべえ》、野《の》田久兵衛《だきゅうべえ》、小池屋摂津《こじやせっつ》、吉田門助《よしだかどすけ》、高舘播磨《たかだてはりま》、中里霜台《なかざとそうだい》、一戸毘沙門堂別当《びしゃもんどうべっとう》の西法寺《さいほうじ》ら周囲の城主や舘主が家臣と共に籠った。その数は五百余。

蒲生氏綱は武家の習いに従い、姉帯城に使者を送り、降伏勧告を行った。

「主君の政実は信直に宿意《しゅくい》があり、多少の我意や政に違うことはあったかもしれぬ。されど、関白はこれに対して一応の詮議もなく、即座に多勢を差し向けた。武は乱世を静め、悪を退けるもの。文は国を治め家を整えると聞く。文をもって治めずして武を向けたもうは天下の政か！」

胸を張り、姉帯兼興は朗々と言い放った。

「されば、どうあっても降伏はせぬと申すか」

蒲生家の使者は念を押す。

「勿論。我らは天下に弓引くこともなく、先祖代々の地に住んで暮らしてきただけ。これを侵さんとする者は相手が誰であれ命を懸けて戦うのみ。帰って左様に申されるがよい」

使者を城から出した姉帯兼興は、改めて開戦に備えさせた。

降伏勧告を拒まれた蒲生氏綱は、攻撃の命令を下した。

蒲生勢は西から尾根を上り、姉帯城の北側に達すると、城内から弓、鉄砲が放たれた。矢玉に当たって数人の蒲生兵が倒れ、瞬時に周囲は激昂する。

「今のうちに突き崩せ！」

姉帯兼興は大音声で命じ、城を打って出た。配下を出撃させたあとに城主自ら続いた。

姉帯勢は寄手の陣形が整う前に蒲生勢の中に突き入り、混乱させながら蒲生兵を馬上から斬り捨てる。

「我は蒲生源左衛門郷成が家臣・本田《ほんだ》九助《くろう》じゃ」

二十一歳の本田九助はまっ先に姉帯勢に向かったが、逆に腰を突かれる重傷を負った。

「戯け！　なにを狼狽《うろた》えるか。それでも蒲生の家臣か。一歩でも退いた者は斬り捨てる」

背後で攪乱されている様を見て激怒したのは、補佐の蒲生郷成であった。蒲生家の軍法は厳しい。当主の氏郷は義父の織田信長が叱責してもきかず、先陣を駆ける武将なので、家臣たちにも同じことが要求される。後退することは敵からではなく味方から死を宣告される家である。

蒲生郷成の叱責で蒲生勢は目が覚めたように勇み、踏みとどまると押し返しはじめた。

「退け！」

多勢が態勢を立て直せば、寡勢はひとたまりもない。姉帯兼興は叫び、城内に退却していく。

「追え！　逃すな」

蒲生郷成が怒号すると、蒲生勢は姉帯勢を追って城に向かう。城からは月舘京兆、岩舘彦兵衛らの豪勇たちが躍り出て、蒲生勢に応戦しながら味方を城内に引き入れ、城門を閉ざした。姉帯兵は城内から弓、鉄砲を放って寄手を追い返そうとする。

城兵の攻撃を受けながらも、蒲生兵は楯や竹束を前に矢玉を避け、閉ざされた厚い城門には十数人で抱えた丸太を勢いつけてぶち当て、中の閂《かんぬき》を破壊しにかかる。

その間にも多勢の蒲生兵は城壁までの傾斜をよじ登る。上から石や丸太を落とされて沢に転落する者も続出するが、諦めることなく繰り返すと、城兵は仕留めきれなくなり、谷崎三十郎《たにざきさんじゅうろう》が一番乗りを果たすと、続々と二ノ郭内に乗り込むことができた。こうなると、止めることは難しい。やがて中から閂《かんぬき》は外され、蒲生兵が殺到した。重傷の本田九助であるが、城外で死ぬのは恥辱と、ふらつく体で城内に入り、倒れた。ほどなく両軍の屍が山となり、二ノ郭は蒲生勢に落ちた。

主郭と二ノ郭の間に橋がかかっている。これを落とせば、間には深い堀切があるので簡単に這い上がることはできないが、姉帯兼興は橋を落とそうとはしなかった。

二ノ郭でも散々戦った姉帯兼興は主郭に引き上げている。

「今しばらく持つと思ったがのう。上方勢は鉄砲に頼る臆病者揃いかと思いきや、そうでもないようじゃ。蒲生は戦いがいがある。さて、最後の働きをする前にしておかねばならぬの」

姉帯兼興が主殿で告げ、小姓に筆を執らせた。

――行き暮れて　我の今年の秋なきに
玉と見るまでおける白露《しらつゆ》――

辞世の句を残すと二歳年下の弟・兼信も続いた。

――もろともに　訪ねて行かん死出《しで》の山
遅れ先立つ習いなりとも――

思い残すことがなくなった姉帯兼興は弟の兼信ともども主殿から打って出た。すでに周囲には蒲生勢が群がり姉帯勢は残り少なくなっていた。

「うおおーっ！」

雄叫びと共に飛び出した姉帯兼興は蒲生勢の中に飛び込み、接近する敵を突き伏せ、抉《えぐ》り、薙《な》いだ。兄に負けじと兼信も奮戦、姉帯兄弟に近づいた者は皆、血飛沫をあげて地に伏せた。

十数人を討ち、疲労困憊した姉帯兼興が肩で息をしていると、正室の小滝《こだき》ノ前《まえ》が寄り添った。見れば具足に身を固め、鉢巻きをして手には薙刀を持っていた。

「わたしは十四歳の春にあなた様に馴《な》れ初《そ》めて、はや七年が経ちます。その間に教えて戴いた薙刀の腕前、今こそ、ここでご見物あれ」

言うや小滝ノ前は長い黒髪を靡かせて蒲生勢の中に走り、川勝《かわかつ》卯兵衛丞《うひょうえのじょう》と嶋田《しまだ》文七《ぶんしち》を斬り伏せて二人の首を下げて戻ってきた。

「さすが我が御台所。儂も女子には負けておれぬ」

一息吐《つ》けた姉帯兼興は、疲弊した体を一喝し、駿馬に飛び乗って蒲生勢の中に突撃した。勇猛な敵と見れば並んで駆け、組んでは首を打ち落とし、追い縋る足軽は斬り捨てた。

姉帯兼興が奮戦する最中、弟の兼信は寄手の熊谷《くまがい》貞氏《さだうじ》と戦い、肩から馬の腹まで切り込む勢いを見せたが、石黒《いしぐろ》喜助《きすけ》と組み打ちとなり、刺し違えて討死した。

「天晴れなる露払い。我も続かん」

勇猛な弟の戦いに賞賛の声をあげた姉帯兼興も、すでに十四ヵ所に傷を受けて満身創痍。もはや主殿に戻って切腹する退路も断たれていた。

「我は姉帯大学じゃ。これより自害する様を見て武士の手本と致せ」

絶叫した姉帯兼興は、馬上で切腹し、返す刀を飲み込んで死地に旅立った。

「なんと連れない方々でしょう。わたしを捨てて何処にいかれるのか、しばらくお待ちください」

夫の見事な死に様を目にした小滝ノ前は両手を合わせた。

「光明遍照十方世界、念仏衆生摂取不捨《こうみようへんじようじつぽうせかいねんぶつしゆじようせつしゆふしや》」

念仏を十度唱えた小滝ノ前は侍女に筆を持たせた。

――遅くとも　弥陀《みだ》の御法《みのり》を頼まんを
三途の川にしばし待て君――

辞世の句を詠《よ》んだ小滝ノ前は懐剣の先を喉に当てたまま、俯《うつぶ》せに倒れて二十一歳の生涯を閉じた。

姉帯城は落ちた。籠った兵は一人残らず城を枕に討死した。

「智仁勇の侍とは、かような者たちを申すのであろう。かような武士が左近将監に仕えたために死を遂げるとは不憫《ふびん》なことじゃ。惜しき侍たちかな」

姉帯兵の死に様を見た蒲生氏綱は、勇敢に戦った兵たちを労い涙ぐんだ。

蒲生兵の死傷者も多数に及んでいた。

姉帯城が包囲されたと聞き、同城から一里ほど北西に位置する根曽利城主の根曽利弥五右衛門は五百の兵を率いて救出に向かった。その最中、蒲生氏郷の命令で根曽利城の討伐に向かった田丸中務少輔《たまるなかつかさのしょう》直息《なおおき》勢二千と遭遇した。根曽利勢は奮闘するものの衆寡敵せずのたとえどおり、一蹴され、弥五右衛門は討死、一刻後には根曽利城は陥落した。

姉帯、根曽利両城の落城が同城から一里ほど北の一戸城にも伝わり、在していた九戸方の兵は城に火をかけて宮野城に退いている。

両城の援軍として九戸政実は弟の実親、久慈直治、大里親基、工藤業祐《くどうなりすけ》、嶋森安芸守《しまもりあきのかみ》、嶋森主膳《しゅぜん》らの二千を派遣したものの、陥落を知ると宮野城への入口にあたる険阻な浪打《なみうち》峠《とうげ》に兵をとどめ、細く延びた軍勢を叩くように命じた。

蒲生勢の先導をする北信愛は、これを察知し、一戸の本道から西に半里ほど反れた間道を通り、鳥越観音を経て中山の山中を進軍した。山間でゲリラ戦を仕掛けようと待機していた一揆衆は、突如湧いて出た多勢に驚き、宮野城に退いていったという。

（下巻へ続く）

本書は、二〇一二年八月日本経済新聞出版社から刊行された単行本を、文庫化にあたり、加筆修正のうえ、上下巻に分冊しました。

南部《なんぶ》は沈《しず》まず（上）

近衛龍春《このえたつはる》

令和6年 6月25日 初版発行
令和6年 8月25日 再版発行

発行者●山下直久

発行●株式会社KADOKAWA
〒102-8177 東京都千代田区富士見2-13-3
電話 0570-002-301（ナビダイヤル）

角川文庫 24210

印刷所●株式会社KADOKAWA
製本所●株式会社KADOKAWA

表紙画●和田三造

●お問い合わせ
https://www.kadokawa.co.jp/（「お問い合わせ」へお進みください）
※内容によっては、お答えできない場合があります。
※サポートは日本国内のみとさせていただきます。
※Japanese text only

ISBN 978-4-04-115152-5 C0193

◆◇◇

角川文庫発刊に際して

角川源義

第二次世界大戦の敗北は、軍事力の敗北であった以上に、私たちの若い文化力の敗退であった。私たちの文化が戦争に対して如何に無力であり、単なるあだ花に過ぎなかったかを、私たちは身を以て体験し痛感した。西洋近代文化の摂取にとって、明治以後八十年の歳月は決して短かすぎたとは言えない。にもかかわらず、近代文化の伝統を確立し、自由な批判と柔軟な良識に富む文化層として自らを形成することに私たちは失敗して来た。そしてこれは、各層への文化の普及滲透を任務とする出版人の責任でもあった。

一九四五年以来、私たちは再び振出しに戻り、第一歩から踏み出すことを余儀なくされた。これは大きな不幸ではあるが、反面、これまでの混沌・未熟・歪曲の中にあった我が国の文化に秩序と確たる基礎を齎らすためには絶好の機会でもある。角川書店は、このような祖国の文化的危機にあたり、微力をも顧みず再建の礎石たるべき抱負と決意とをもって出発したが、ここに創立以来の念願を果すべく角川文庫を発刊する。これまで刊行されたあらゆる全集叢書文庫類の長所と短所とを検討し、古今東西の不朽の典籍を、良心的編集のもとに、廉価に、そして書架にふさわしい美本として、多くのひとびとに提供しようとする。しかし私たちは徒らに百科全書的な知識のジレッタントを作ることを目的とせず、あくまで祖国の文化に秩序と再建への道を示し、この文庫を角川書店の栄ある事業として、今後永久に継続発展せしめ、学芸と教養との殿堂として大成せんことを期したい。多くの読書子の愛情ある忠言と支持とによって、この希望と抱負とを完遂せしめられんことを願う。

一九四九年五月三日

角川文庫ベストセラー

島津豊久
忠義の闘将
近衛龍春

関ヶ原の戦いで絶体絶命の窮地にあり、主君を逃がすため、自らが犠牲となって敵陣に飛び込んだ若き武者。その名は島津豊久。その知られざる半生を、緻密な筆致で描いた著者渾身の長篇歴史小説。

毛利は残った
近衛龍春

関ヶ原の戦いで、西軍の総大将に祭り上げられた毛利輝元。だが敗戦後は、石高を減らされ、財政は破綻寸前の窮地に。そして徳川幕府からの圧力も増すばかり。絶望的な状況から輝元はどう毛利を立て直すのか？

兵《つわもの》、北の関ヶ原に消ゆ
前田慶次郎と山上道牛
近衛龍春

戦国時代を駆け抜けた2人の男がいた。1人は、北条、上杉と戦い、織田信長、豊臣秀吉に仕えた猛将の山上道牛。そして1人は天下の傾奇者・前田慶次郎。2人の相反する生き様を描く、歴史長篇。

戦国秘譚
神々に告ぐ（上）（下）
安部龍太郎

戦国の世、将軍・足利義輝を助け秩序回復に奔走する関白・近衛前嗣は、上杉・織田の力を借りようとする。その前に、復讐に燃える松永久秀が立ちふさがる。彼の狙いは？　そして恐るべき朝廷の秘密とは――。

彷徨える帝（上）（下）
安部龍太郎

室町幕府が開かれて百年。二つに分かれていた朝廷も一つに戻り、旧南朝方は逼塞を余儀なくされていた。旧幕府を崩壊させる秘密が込められた能面をめぐり、旧南朝方、将軍義教、赤松氏の決死の争奪戦が始まる！